AtV

Christoph Hein wurde 1944 in Heinzendorf im heutigen Polen geboren. Er wuchs in einer sächsischen Kleinstadt auf. Bis 1961 besuchte er ein Gymnasium in Westberlin, lebte aber seit Errichtung der Mauer wieder in Ostberlin und war dort Montagearbeiter, Kellner, Buchhändler und Regieassistent Benno Bessons an der Volksbühne. Von 1967 bis 1971 studierte er Philosophie in Leipzig und Berlin, danach war er Dramaturg, später Autor an der Volksbühne. Christoph Hein schrieb Erzählungen und Romane, u.a. „Einladung zum Lever Bourgeois" (Prosa, 1980), „Der fremde Freund" (auch erschienen unter dem Titel „Drachenblut", Novelle, 1982), „Horns Ende" (Roman, 1985), „Der Tangospieler" (Erzählung, 1989), „Das Napoleon-Spiel" (Ein Roman, 1993), „Exekution eines Kalbes und andere Erzählungen" (1994), zahlreiche Stücke und Essays. Er lebt in Berlin.

„Die sich fremd Gewordenen müssen und werden sich näherkommen, freilich ist es dafür notwendig, miteinander zu kommunizieren. Dies ist aber eben dadurch erschwert, daß die Ostdeutschen und die Westdeutschen nur in sentimentalen Augenblicken die gleiche Sprache sprechen." So wie in dieser Rede „zur Sache Deutschland" versucht Christoph Hein immer wieder, kühl, prägnant und ironisch politische oder kulturelle Entwicklungen zu analysieren und damit eine Verständigung zu fördern. Die Auswahl umfaßt bekannte Essais und Reden, die überraschend aktuell sind, und bisher verstreut veröffentlichte Texte aus den letzten fünf Jahren: geistreiche und provozierende Schlaglichter auf Ereignisse und Figuren.

Christoph Hein

Die Mauern von Jerichow

Essais und Reden

Aufbau Taschenbuch Verlag

ISBN 3-7466-1127-X

1. Auflage 1996
Aufbau Taschenbuch Verlag GmbH, Berlin

Umschlaggestaltung Torsten Lemme unter Verwendung eines
Fotos von Peter Peitsch
Satz LVD GmbH, Berlin
Druck Elsnerdruck, Berlin
Printed in Germany

Inhalt

I

II

III

IV

I

Die Zeit, die nicht vergehen kann oder Das Dilemma des Chronisten

Gedanken zum Historikerstreit anläßlich zweier deutscher vierzigster Jahrestage

Nationen besitzen in ihrer Entwicklung einen Stand der Unschuld, von dem sie, wie Kinder, nichts wissen. Sie nehmen diese Unschuld wahr und begreifen sie in dem Moment, in dem sie ihrer verlustig gehen. Doch üblicherweise beharren sie – auch hier vergleichbar der menschlichen Entwicklung – von nun an auf ihrer längst verlorenen Unschuld. Diese mangelnde Selbsterkenntnis ist unfähig, die eigene Schuld zu sehen, und daher anrührend und gefährlich: Sie hat den Reiz ursprünglicher Tugend und die bedrohliche Hemmungslosigkeit des mörderisch Selbstgerechten. „Jedes Volk", sagt Nietzsche, „hat seine eigne Tartüfferie und heißt sie seine Tugenden. – Das Beste, was man ist, kennt man nicht, – kann man nicht kennen." Wir fügen, mit den späteren Erfahrungen, hinzu: Das Schlimmste, was man ist, kennt man nicht, denn es ist unerträglich, sich wirklich ins Gesicht zu sehen.

In einem uns sehr fernen deutschen Jahrhundert gab es eine Selbstdefinition unseres Nationalcharakters, die in dem Wort „Deutschland ist Hamlet" kulminierte. Der Satz erhellt viel vom Selbstverständnis der Deutschen, ihrem Anspruch und der philosophischen Grundierung: jung und schwarzgewandet, einsam und unverstanden, edel und beneidet, gerecht und bedroht, zögernd gegenüber Feinden und ihnen deswegen schließlich ausgeliefert.

Eine Revision dieses Bildes ist unnötig. Die letzten

achtzig Jahre haben es unauffindbar hinweggewischt. Weder wir noch unsere Nachbarn denken heute bei Deutschland an Hamlet. Es gibt andere, unabweisbarere Assoziationen, die freilich kaum freundlichere Farben aufzuweisen haben. Die Nation auf den Begriff zu bringen, ist schwieriger geworden. Daß es zwei Staaten einer deutschen Nation gibt, ist dabei nur eine der Schwierigkeiten, wenngleich es beiden deutschen Staaten aus sehr verschiedenen Erwägungen schwer fällt, dies zu erkennen und auch anzuerkennen.

Ein Staat, die DDR, hat sich damit abgefunden, mit einem anderen Staat durch eine gemeinsame Geschichte und nationale Bindung nolens volens verknüpft zu sein, und beharrt lediglich darauf, der fortschrittlichere Teil zu sein. Er setzte langfristig auf den Systemvergleich, auf den Vergleich zwischen einem von Markt, Profit und Ausbeutung beherrschten und einem von Ausbeutung freien Staat, versehen mit einem dichten sozialen Netz für die gesamte Bevölkerung. Sein unlösbares Dilemma: der Sozialstaat ermöglicht allen ein sorgloses Leben, unbesorgt allerdings auch um die eigene Leistung. Mit dem Profitsystem wurde die Arbeitslosigkeit abgeschafft, mit der Arbeitslosigkeit jedoch auch jedes wirksame Leistungsprinzip und damit die effektive Arbeit. Aus der Arbeiterklasse wurde eine Kaste von Berufsbeamten, unkündbar, schlecht bezahlt, frustriert und uninteressiert an der eigenen Arbeit. Das soziale Netz wurde zur Hängematte, aus der nicht der erwünschte, sondern ein völlig anderer Systemvergleich gezogen wird: Die soziale Sicherheit, ohnehin angegraut als eine Forderung aus dem 19. Jahrhundert, verblaßt vor den leuchtenden Farben der Konsumgesellschaft.

Der andere deutsche Staat, die Bundesrepublik, schuf mit den alten kapitalistischen Mitteln ein funktionierendes Wirtschaftssystem auf der alten Basis: Heil den Siegern und Weh den Besiegten. Als Staat hält sie dagegen, demokratischer zu sein, kann sich mit der anderen deutschen Existenz nicht abfinden und übt sich im pars pro toto: Unterderhand und wenn keiner es bemerkt, setzt sie sich für Deutschland. Wird sie bei der Schwindelei ertappt, belächelt sie die Kleinlichkeit des Hinweisenden. Aber ist es tatsächlich nur eine „läßliche Verkürzung", wenn Westdeutschland sich als „Deutschland" begreift, wenn als „Deutscher" sich allein der westdeutsche Bürger angesprochen sehen will?

In den letzten Jahren, bis zum Oktober 1989, vermieden es beide deutsche Staaten, über ihr altes Lieblingsthema „Eine Nation – zwei Staaten" zu reden. Das benachbarte Ausland nahm das mit Erleichterung zur Kenntnis. Es war die Erleichterung von Bewohnern eines Hauses, in deren Nachbarwohnung der laute Streit endlich einmal verstummt.

Derzeit wird das Ruhebedürfnis unserer Nachbarn wieder einmal strapaziert. Der scheinbar unendliche und unaufhaltsame Flüchtlingsstrom war eben dabei, auf beiden Seiten der Mauer einen neuen Kalten Krieg auszulösen. Auf der einen Seite, in der DDR, sollte der Kalte Krieg die ansonsten einen Offenbarungseid erfordernden Verluste erklären und für die Zukunft verhindern. Auf der anderen Seite sprach und spricht man ausgerechnet jetzt von der Wiedervereinigung, die zu keinem Zeitpunkt illusorischer war.

Wiedervereinigung ist ein Agreement, ein Kompromiß von Geben und Nehmen. Zur Zeit aber sieht sich Westdeutschland durch nichts veranlaßt, der DDR irgend etwas zuzugestehen, und die DDR dürfte kaum in der Lage sein, noch mehr ihrer Substanz an Westdeutschland abzugeben.

Selbstverständlich ist ein künftiges Agreement der beiden deutschen Staaten, das zu einer Konföderation oder auch zu einer Vereinigung führt, denkbar. Eine der Voraussetzungen dafür jedoch ist, daß beide Partner der Übereinkunft als Souveräne verhandeln. Daß die westdeutsche Seite das Thema in dem Moment auf den Tisch legt, in dem die DDR erhebliche Schwierigkeiten mit ihrer gesellschaftlichen und staatlichen Identität hat, stimmt bedenklich: Mit der Wiedervereinigung der Nation kann zum gegenwärtigen Zeitpunkt nur die Einverleibung der DDR gemeint sein. Damit aber droht zumindest die Gefahr eines erneuerten Kalten Krieges. Die Journaille hatte im Spätsommer 1989 bereits auf beiden Seiten aufgerüstet und schon vorsorglich die Vernunft zum Schweigen gebracht.

Die Berliner Mauer zeigte im Spätsommer 1989 eine – nach 28 Jahren zu erwartende – Materialermüdung und fiel im November in sich zusammen. Der Bau der Mauer sollte Probleme lösen und baute unlösbare auf. Der Abriß der Mauer löste ein unlösbares Problem und schuf neue. Die Geschichte schätzt die Ironie: Ein gordischer Knoten wurde mit einem Streich durchschlagen, der Knoten muß dennoch und nun nachträglich entknüpft werden, was nach der schlagartigen Lösung des Knoten nicht einfacher geworden ist.

Die größere Schwierigkeit zu definieren, was deutsche Nation ist, rührt aus der Geschichte und dem aktuellen Umgang mit ihr. Der sogenannte Historikerstreit vor zwei, drei Jahren machte das manifest, aber er zeigte nur eine der Spitzen jenes Eisberges.

Hamlet ist als Bild, als Metapher für Deutschland untauglich geworden. Ich bezweifle sogar, daß diese Tragödie und dieser Held je ein geeignetes Bild für uns abgegeben haben. Doch es ehrte natürlich eine Kulturnation, sich in einem großen Stück der Weltliteratur gespiegelt zu sehen.

Um beim Versuch, nach einem für die deutsche Nation geeigneten Topos zu suchen, die dramatische Literatur nicht ganz aufzugeben, biete ich zum Ersatz ein anderes Bühnenwerk zur Selbsterkenntnis, Selbstfindung oder Sinnstiftung an. Es besitzt nicht den gleichen hohen Wert im tradierten Kulturverständnis, dafür aber einen hohen Gebrauchs- und Unterhaltungswert. In einem Zeitalter, in dem über die Kultur die Medien und die Journalisten befinden, hat dies einen entscheidenden zeitgemäßen und praktischen Vorteil: Es besitzt mit seinem Unterhaltungswert noch sein Existenzrecht. Denn Kultur, die nicht zu amüsieren versteht, wird durch die Demokratie der Einschaltquoten liquidiert.

Das Stück, das ich zur Identifikation anbiete, ist eine Posse mit Musik. Die Vermutung, daß nach Mozart und Hitler ein dritter Österreicher, Nestroy, in deutsche Dienste genommen wird, ist naheliegend, aber falsch. Der Autor ist Eugène Labiche, ein Franzose; das Stück heißt L'Affaire de la Rue de Lourcine. Der Inhalt, mit dürren Worten nacherzählt: Zwei Schulkameraden, die sich gegenseitig herzlich verachten, treffen sich nach Jahren bei einem Bankett der ehemaligen Internatsschüler. Der reichlich genossene Alkohol bewirkt, daß sie sich am nächsten Morgen kaum noch an den vorangegangenen Abend erinnern können. Verschiedene Indizien weisen sie zu ihrem großen Erschrecken immer wieder daraufhin, daß sie offenbar, vom Alkohol ihrer Sinne beraubt, gemeinsam eine junge Kohlenträgerin ermordet haben. Diese Entdeckung, mehr aber noch die Furcht, als Urheber der Greueltat entlarvt zu werden, läßt sie sowohl verzweifeln als auch mörderische Pläne in ihnen reifen. Vergeblich versuchen sie sich gegenseitig und die Zeugen ihrer Untat umzubringen, bis sie endlich von ihrer Umgebung und aus der Zeitung erfahren, daß alles nur ein Mißverständnis war. Alle Indizien für den Mord bekommen nun eine andere, freundliche Erklärung. Die beiden Schulkameraden, eben noch bereit, mörderische Konsequenzen aus ihrem Verbrechen zu ziehen, sind wieder unschuldig. Die Posse endet mit dem Lied: „Ja, Verbrechen lohnt sich nicht / Und hätt man's auch begangen. / Wir zwei beide war'n es nicht / Mehr können Sie nicht verlangen. / Ist's vorüber, lacht man drüber / Lachen ist gesund."

Zwei Vier-Jahrzehnt-Feiern in den deutschen Landen liegen hinter uns. Happy birthday, es darf wieder gelacht werden. Geschichtsschreibung ist eine Frage der Erklärung, Schuld nur ein signifikanter Mangel an Begründung, Recht und Unrecht in der Geschichte eine Frage des überzeugenden oder geschickten Disputs, der Scholastik.

Wenn der Sieger sich vor der Geschichte nicht zu verteidigen braucht, so bedeutet dieser zynische Satz auch, daß der Verlierer den Historiker als Anwalt benötigt.

„Eine Vergangenheit, die nicht vergehen will", dieses Motiv stand über der letzten westdeutschen Diskussion zum Nationalsozialismus. Eine ungewöhnliche Situation sei es, hieß es da (bei Ernst Nolte), wenn „eine Vergangenheit ... sich gegen ihr eigenes Wesen sperrt, Vergangenheit und eben nicht Gegenwart zu sein, eine Vergangenheit, die sich nicht damit begnügt, daß die Menschen sich ihrer erinnern, sie erforschen, sie rühmen oder beklagen, sondern die ‚wie ein Richtschwert über der Gegenwart aufgehängt' ist."

Es überrascht, einen solchen Gedanken ausgerechnet

bei einem Historiker zu finden. Die Alliteration (Vergangenheit – vergehen) soll dabei offenbar einen Zusammenhang zeugen, der tatsächlich nicht herzustellen ist. Ich jedenfalls bezweifle, daß es das Wesen der Vergangenheit ist, nicht Gegenwart zu sein. Im Gegenteil: Vergangenheit ist der unveränderbare, sichere und weitgehend auch gesicherte Teil unserer Gegenwart, freilich auch der durch seine Unveränderbarkeit, durch die Unmöglichkeit jeder nachträglichen Korrektur beunruhigendste und verstörendste Teil unserer Gegenwart.

Denn Vergangenheit vergeht nicht, kann nicht vergehen, so wie die Toten nicht sterben und kein zweites Mal begraben werden können.

Vergangenheit ist die aktuelle Chance von gestern. Wir haben sie genutzt oder vertan, sie ist unkorrigierbar geworden, aber auch unvergänglich. Wir müssen mit ihr leben, sie gehört zu unserem Leben, zu unserer Gegenwart wie zu unserer Zukunft. Daß dies keine leere Maxime ist, kein folgenloser Stammbuchvers, zeigt uns die Gegenwart.

Zukunft ist die (erhoffte oder gefürchtete) Bestätigung unserer Arbeit, ein künftiges und schon heute gültiges Maß, wie Gegenwart bewältigt und gestaltet wird. Gegenwart ist die zu nutzende Chance, die Zeit für einen einmaligen Auftritt, und sie vergeht, um dann für immer unvergänglich zu sein. Zukunft und Gegenwart vergehen, sind vergänglich – die Vergangenheit ist es nicht. Sie ist eine unveränderbare Größe, unkorrigierbar und insofern unmenschlich, weil sie sich nicht mehr im Bereich menschlichen Wirkens und Eingreifens befindet. Von Menschen gestaltet, hat sie – selbst unvergänglich – den vergänglichen Menschen aus sich entfernt, anders gesagt: Sie manifestiert seine Arbeit, ist sein Produkt, das nun als unveränderbares Monument unsere Gegenwart beeinflußt. Die Vergangenheit ist die Bühne, auf der wir zu unserem einmaligen Auftritt in der Gegenwart gerufen sind.

Ihre unveränderliche Beständigkeit ist der Grund, warum die Vergangenheit uns fortgesetzt beschäftigt, beunruhigt, uns in Erklärungen, Deutungen und Interpretationen verstrickt.

Die zweite Hälfte unseres Jahrhunderts hat uns eine Fülle scheinbar oder auch tatsächlich unlösbarer Probleme geliefert. Einige von ihnen werden – das wissen wir heute bereits – für den Menschen von existentieller Bedeutung sein. Die Gelassenheit, mit der eine darüber unterrichtete Menschheit reagiert, könnte erstaunen. Und die Verwunderung müßte grenzenlos sein, wenn gleichzeitig und stattdessen in den verschiedenen Nationen und politischen Systemen heftigst geführte Kontroversen über die Vergangenheit, über die korrekte Sicht und Bewertung des Vergangenen einsetzen. Offenbar sind Gegenwart und Zukunft für den Menschen weniger bedrohlich als die unkorrigierbare Vergangenheit.

Gewiß sind bei Betrachtung und Bewertung der Vergangenheit die Interessen von Beschuldigten und Anklägern im Spiel, weist die eine Seite so vehement auf Irrtümer und Verbrechen wie die andere bestrebt ist, die unstrittigen Leistungen in den Vordergrund zu rücken, das Unentschuldbare zu banalisieren und das Unerklärbare in einen erklärenden Kontext zu bringen. Ebenso gewiß ist, daß der Streit über die Geschichte ein Streit über vollendete oder doch abgeschlossene Handlungen ist, wogegen jede Diskussion über Gegenwärtiges und Zukünftiges immer spekulativ sein muß, da aus stattfindenden Bewegungen extrapoliert wird.

Vor allem aber, denke ich, sind gegenwärtige und

künftige Probleme, auch wo sie scheinbar nicht zu bewältigen sind und innerhalb unserer Erkenntnis- und Handlungsmöglichkeiten kein Lösungsweg aufzufinden ist, allein dadurch weniger fürchterlich und schreckend für uns, weil sie sich noch in den Zeitfeldern befinden, in denen wir vorhanden sind und eingreifen können. Erst wenn die Gegenwart vergangen ist, wird das ungelöste Problem zur nicht mehr korrigierbaren und unvergänglichen Katastrophe.

Nur die Vergangenheit kann – im Unterschied selbst zu unserer Zukunft – nicht mehr vergehen. Mit meinem Feind kann ich mich versöhnen, ihn kann ich am Fest des Jom-Kippur um Verzeihung bitten, sofern er noch Teil meiner Gegenwart ist, sofern ihn mein Haß nicht getötet und zu meiner unvergänglichen Vergangenheit gemacht hat. Denn dann kann es keine Versöhnung mehr geben, und er ist ein Teil der – wie Marx sagt – „Tradition aller toten Geschlechter, die wie ein Alb auf den Häuptern der Lebenden" lastet. Unlösbar und unvergänglich, verstörend und zerstörend.

„Lachen ist gesund", mahnt uns die Posse. Die notwendigen Voraussetzungen dafür nennt – wir bleiben in der Unterhaltung – ein beliebter deutscher Sangestitel: Glücklich ist, wer vergißt, was doch nicht zu ändern ist. Lothar Baier bemerkt dazu: „Als hätte der manchmal unerträglich hellsichtige Nietzsche vorausgeahnt, was heute vor unseren Augen geschieht, heißt es in JENSEITS VON GUT UND BÖSE: ‚Das habe ich getan, sagt mein Gedächtnis. Das kann ich nicht getan haben – sagt mein Stolz und bleibt unerbittlich. Endlich – gibt das Gedächtnis nach.' Stolz und Gedächtnis liegen jetzt miteinander im Streit, nicht irgendwelche Historikerschulen."

Beim Nachdenken darüber, was ausgerechnet Historiker dazu bewegen konnte, auf das Vergehen der Vergangenheit zu insistieren, kommen mir mehr Zweifel als erhellende Erklärungen. Von den Parteiungen in jedem Historikerstreit abgesehen, die sogar zu einem Streit zwischen Gedächtnis und Stolz führen können, vermute ich, daß der Wissenschaftler das Vergehen einklagt um seiner Wissenschaft willen. Der Gegenstand des Historikers ist a priori nicht alleiniger Gegenstand seiner Wissenschaft, sondern Allgemeingut, öffentliche Angelegenheit, Sache der res publica. Die Weihen seiner Profession räumen ihm kein Ausschließlichkeitsrecht ein. Er hat in seinem Fach eine Öffentlichkeit zu dulden, die ihm nicht erlauben will, seine Wissenschaft ausschließlich als Wissenschaft zu behaupten.

Der Mathematiker, der Naturwissenschaftler kennt solche Berührungsängste nicht; im Gegenteil, hier ist es die Öffentlichkeit, die vor der Berührung zurückschreckt, ihm die alleinige Verfügung überläßt und so unkritisch wie verständnislos die Ergebnisse seiner Arbeit betrachtet. Der Mathematiker, der Naturwissenschaftler hat – zumal in unserem Jahrhundert, das aufgrund der Fakten- und Erkenntnisexplosion alle wissenschaftlichen Disziplinen in winzige Forschungsbereiche aufsplittern mußte – nur noch einen äußerst eingeschränkten Kommunikationsbereich. Das interessierte Publikum, das seine Arbeitsberichte verstehend zur Kenntnis nehmen kann, ist nicht selten mit dem weltweiten Versenden von zehn Belegen zu befriedigen.

Die Geistes- oder Gesellschaftswissenschaften können die Ergebnisse ihrer Arbeit einem ungleich größeren Publikum vorlegen. Gelegentlich werden solche Arbeiten, zumal die von Historikern, geradezu spektakulär aufgenommen. Neueste Forschungen dieser Wissenschaften erfreuen dann auch Verleger und Buchhändler, die von der Physik und Chemie allenfalls Standardwerke zu vertreiben bereit sind.

Der Laie, der als schweigender Interessent willkommen ist, von diesen Wissenschaften aber als Dilettant gescholten wird, sobald er sich zu Wort meldet, verweist auf eine Beschränkung und eine Chance der Geistes- und Gesellschaftswissenschaften. Der Versuch, ihn ausgrenzen zu wollen, ist töricht und allen Jahrhunderten mißlungen. Öffentliches Interesse wird sich stets stärker erweisen als jegliches Bemühen, einen Gegenstand der Öffentlichkeit dem Fachgelehrten vorzubehalten. Die betroffenen Wissenschaftler sollten hier eine Chance ihrer Wissenschaft erkennen und um die tatsächlichen Gefahren wissen (und sie von den eingebildeten und gelegentlich behaupteten zu trennen verstehen). Eine Front zwischen berechtigten Historikern und unberechtigten Dilettanten errichten zu wollen, zeugt von einem durch Fachinteressen verursachten Unverständnis der res publica.

Geschichtsschreibung ist als reine Wissenschaft nicht zu haben; sie war stets von ideologischen Prämissen abhängig, von ihrer Gesellschaft und dem politischen Umfeld. Diese Abhängigkeit unterscheidet sie nicht von anderen Geisteswissenschaften, allerdings waren – durch den Forschungsgegenstand bedingt – die Versuche einer bewußten Einflußnahme durch das Umfeld bei der Geschichtsschreibung stets energischer und massiver.

Im Historikerstreit wurde noch ein weiteres Dilemma der Geistes- und Gesellschaftswissenschaften signifikant. Es äußerte sich in einem Vorwurf, mit dem der Gegner zugleich als lächerlich, anmaßend und zeitfremd dargestellt werden sollte. Dieser Vorwurf lautet „Sinnstiftung von und durch Wissenschaft“. Er wurde von jeder Seite als

Beschuldigung erhoben und von jeder beschuldigten Seite als besonders infam zurückgewiesen. Die Beschwörung der Geschichte tauge nicht als nationaler Religionsersatz, hieß es da. Oder: Wissenschaft besitze prinzipiell keine normative Kompetenz. Oder: Geschichte und Geschichtsbewußtsein dürften nicht für die Bildung nationalen Bewußtseins genutzt und zur Konsolidierung des Nationalgefühls oder gar politischer Macht mißbraucht werden. Beschwörend wurde vor einer Geschichtsschreibung mit dem Zweck trans-rationaler Verankerung, einer tiefer grundierten Identität und kollektiv vermittelter Sinnstiftung gewarnt.

Ich halte solche Bedenken für gerechtfertigt, und ich teile sie sogar als Betroffener, denn nicht nur an die Geschichts- und Gesellschaftswissenschaften, auch an die Literatur werden immer wieder derartige Ansprüche gestellt. Der Autor, der ja *auch* ein Historiker ist, ein Schreiber von Geschichten mit einer vergleichbaren Zielstellung, nämlich Chronist der Zeit zu sein, allerdings mit anderen, nicht-wissenschaftlichen Mitteln, ist gleichfalls mit solchen zusätzlichen Forderungen konfrontiert, die literaturfremd und sogar literaturfeindlich sind. Auch er hat ein Publikum, daß eben diese Leistungen von ihm erwartet. Und auch die Literatur kann mit Beispielen aufwarten, wo Schriftsteller aus den unterschiedlichsten Gründen ihr Metier verließen (polemisch gesagt: verrieten), um dem Publikum, einer herrschenden Clique zuliebe, solche Fürchterlichkeiten zu verabreichen.

Sinnstiftung und Religionsersatz. Wir sind uns schnell einig, daß es nicht die Aufgabe von Geschichtsschreibung und Literatur sein kann und darf, dem Staat und der Kirche beizuspringen. Der Dissens, die abweichende Meinung, die ja immer eine Abweichung von der herrschenden Meinung ist, wird von uns verlangt, um ein einseitiges, erstarrtes Bild zu korrigieren. Ein Chronist, also auch der Autor als Chronist seiner Zeit, ist als Religionsstifter untauglich, da für ihn das erste Gebot jeder Religion nicht gilt, nämlich andere Götter nicht anzuerkennen. Der Chronist muß dem anderen Gott Gerechtigkeit widerfahren lassen, er hat die Tugenden und die Untugenden aller Götter zu nennen. Er hat nicht zu huldigen, vielmehr darf er den Blick nicht senken, muß alles wahrnehmen und aufzeichnen können. Und das ohne Haß und Eifer, also gelassen und unparteiisch. Das ist, seit es Geschichtsschreibung und Literatur überhaupt gibt, die Pflicht des Chronisten, des Historikers wie des Literaten. Eine Pflicht, die eingelöst zu haben nur ein Narr oder Spitzbube für sich behaupten kann.

Nicht Sinnstiftung und Religionsersatz, vielmehr ein Prüfen und Bezweifeln des Sinns, ein kritisches Durchleuchten der Gottheiten sind gefordert. Nicht die Umarmung durch den Staat, durch die Herrschenden hat der Chronist zu fürchten, wenn er diese Aufgabe einigermaßen befriedigend löst, eher den Scheiterhaufen für sich und seine Schriften.

Und dennoch bleiben Sinnstiftung und Religionsersatz reale Gefahren der Geschichtsschreibung und Literatur. Wenn noch der Chronist selbst sich an seine Pflicht hält, seine Arbeit ist nicht gefeit, in dieser Weise mißbraucht zu werden. Der Historiker wie der Literat haben solche möglichen Folgen ihrer Arbeit zu bedenken.

Der Naturwissenschaftler hat seine Unschuld spätestens mit der Atombombe verloren. Für den Historiker heute ist – nach Auschwitz, nach den Rassentheorien der Nazis, nach ihrer Geopolitik, nach dem Mißbrauch fast aller Wissenschaftsdisziplinen für die Zwecke der nationalsozialistischen Neuordnung Europas – die Pose reiner Wissenschaftlichkeit mehr als nur eine unmoralische Haltung, sie ist ein Verbrechen.

Keinem Historiker oder Schriftsteller ist es gegeben, einen Mißbrauch seiner Arbeit durch die Herrschenden wirksam, also auch über seinen Tod hinaus, zu verhindern. Aber der Gefahr muß er eingedenk sein. Er muß wissen, wie kurz der Weg ist vom Elfenbeinturm zum Schreibtischtäter.

Historiker wie Literat haben es mit einem Publikum zu tun, das ihre Schriften nicht nur kritisch aufnimmt, sondern auch mit Gläubigkeit. Die unkritische Haltung huldigt dem kenntnisreichen Wissenschaftler oder dem begabten Poeten, und mit der Huldigung verkürzt sie das eigene kritische Bewußtsein bis zur Selbstaufgabe. Dann wird die Schrift des Bewunderten ein Glaubensartikel. Versuchen wir dieses Dilemma zu negieren oder zu leugnen, werden wir sein Opfer. Wir sollten stattdessen versuchen, es zu erkunden, um damit leben und arbeiten zu können. Und das bedeutet auch, daß der Chronist unabhängig von seinen Zielsetzungen, durch seine Arbeit das Geschichtsbewußtsein stärkt und dadurch helfen kann, ein Nationalbewußtsein zu konsolidieren.

Geschichtsschreibung ist auch Aufklärung, aber sie ist nicht nur Aufklärung. Und selbst die aufklärende Geschichtsschreibung kann mit normativer Kompetenz versehen werden. Dann kann die Arbeit des Historikers durchaus – und selbst gegen seinen Willen – zur Konsolidierung politischer Macht gebraucht oder mißbraucht werden.

Der Chronist sollte seine Lage begreifen. Einem bestehenden Dilemma entgeht er nicht, indem er die Augen verschließt und sich zusätzlich noch die Hände davor hält. Das Kind, das im nächtlichen Wald laut singt, um seine Furcht und die Finsternis zu vertreiben, ist gewiß für jedes fühlende Herz ein anrührendes Bild. Wir wollen dem Kind glauben, daß sein Gesang ihm den Weg durch den Wald erleichterte und die beängstigende Dunkelheit besiegte. Aber wir sollten dennoch nicht übersehen, daß es im Wald trotz des lauten Gesangs finster blieb.

Im Historikerstreit ging es um die „Einzigartigkeit der nationalsozialistischen Judenvernichtung". Ich will mich in diesem Streit nicht zu Wort melden, sondern notiere lediglich ein paar Anmerkungen *über* diesen Streit. Daß darin ein Satz wie dieser unwidersprochen blieb: „Alle Schuldvorwürfe gegen ‚die Deutschen', die von Deutschen kommen, sind unaufrichtig, da die Ankläger sich selbst oder die Gruppe, die sie vertreten, nicht einbeziehen und im Grunde bloß den alten Gegnern einen entscheidenden Schlag versetzen wollen." (Ernst Nolte)

Der Satz hat seine Merkwürdigkeiten.

Erstens, der Satz ist beweisbar. Denn wenn Nolte im gleichen Artikel davon spricht, daß „die Deutschen aus der Geschichte Lehren ziehen", und gleichzeitig einräumt, „falsche Lehren können sie freilich immer noch ziehen", so spricht er von einer Schuld der Deutschen (falsche Schlußfolgerungen aus der Geschichte zu ziehen), jedoch rechnet Nolte sich selbst nicht zu diesen Deutschen, sondern will „im Grunde bloß den alten Gegnern einen entscheidenden Schlag versetzen".

Allerdings ist es, zweitens, denkbar, daß ein Schuldvorwurf gegen die Deutschen von einem Deutschen ausgesprochen wird, der sich dabei von den beschuldigten Deutschen nicht ausschließt. So in dem Nolte-Satz, das Dritte Reich habe „den größten und opferreichsten Krieg in der Geschichte der Menschheit begonnen und verschuldet", und daher müsse „zumal für die Deutschen die Erinnerung unauslöschlich sein". Damit weist Nolte den Deutschen eine Schuld zu (die Erinnerung muß unauslöschlich sein), er schließt sich selbst jedoch nicht aus, und ich denke, trotz Noltes Verdikt, ist sein Satz aufrichtig.

Drittens, ein Professor für Neuere Geschichte wird nicht umhinkommen, Sätze über die Deutschen zu formulieren und auch – wenn es seine Forschungsergebnisse verlangen – von einer Schuld der Deutschen sprechen müssen. Ist damit ein solcher Professor tatsächlich a priori unaufrichtig? (Andererseits wird jeder Freund der Sophistik und der Antinomien Noltes Verdikt zu schätzen wissen, lautet doch dessen Quintessenz: Ein deutscher Geschichtsprofessor sagt, alle deutschen Geschichtsprofessoren sind unaufrichtig, wenn sie über ‚die Deutschen' reden. Wenngleich anzumerken ist, daß der Satz nicht allzu originell ist, da er doch einem klassischen Muster folgt: Ein Kreter sagt, alle Kreter lügen.)

Die merkwürdigste Konsequenz des Satzes besteht, viertens, darin, daß – so man ihm folgen will – die westdeutschen Historiker sich künftig nur noch mit der Geschichte anderer Länder beschäftigen dürfen, mit der der Sowjetunion beispielsweise. Ein Schritt in diese Richtung, die Auseinandersetzung mit dem deutschen Faschismus durch die Auseinandersetzung mit dem Stalinismus zu ersetzen, wurde im Historikerstreit versucht.

Mir selbst jedoch sind andere und ältere Chronistenpflichten heilig, jene, die vom Balken im eigenen Auge spricht, oder die da heißt: „Mögen andere von ihrer Schande sprechen, ich spreche von der meinen."

Ebenso unwidersprochen blieb Noltes ungeheuerlicher Satz: „Die Rede von der ‚Schuld der Deutschen' übersieht allzu geflissentlich die Ähnlichkeit mit der Rede von der ‚Schuld der Juden', die ein Hauptargument der Nationalsozialisten war".

Bei diesem Satz fällt es mir schwer, Contenance zu wahren. Die Schuld der Deutschen wurde selbst im Historikerstreit nicht bestritten, Auschwitz wurde nicht geleugnet. Die faschistische Parole von der „Schuld der Juden" entbehrte jeder Grundlage. Sie war in Deutschland das Produkt aus Intoleranz und einem jahrhundertealten Antisemitismus, und sie bereitete den Weg nach Auschwitz.

Wenn Ernst Nolte eine Ähnlichkeit zwischen der tatsächlichen Schuld der Deutschen und der von Faschisten behaupteten „Schuld der Juden" sieht, so heißt das entweder, die Rede von der Schuld der Deutschen hat den gleichen Aussagewert wie die von der „Schuld der Juden", die Deutschen wurden also verleumdet und Auschwitz war eine Erfindung der Alliierten. Oder es heißt, die „Schuld der Juden" ist der Schuld der Deutschen ähnlich, dann hätten die Juden die ihnen angelasteten und zugeschriebenen Greueltaten tatsächlich begangen und Auschwitz wäre die Kopie eines Verbrechens, welches die Juden zuvor an den Deutschen verübt haben.

Einen anderen und nicht-faschistischen Sinn macht dieser Satz nicht.

Anmerken muß ich auch meine Verwunderung, daß keiner der am Streit beteiligten Historiker die meiner Ansicht nach grundsätzliche Besonderheit dieses Massenmordes benannte. Man stritt mit Zahlen von Ermordeten, man verglich die Mordarten und fragte tatsächlich ernsthaft, ob ein qualitativer Unterschied zwischen Gaskammer und Genickschuß bestünde. Es fiel die Behauptung, daß nur der „technische Vorgang der Vergasung" eine Besonderheit der Nationalsozialisten gewesen sei. (Der Stil ist der Mensch, sagt Buffon. Die Wissenschaft erlaubt es nicht, Rücksichten zu nehmen, erwidert der Historiker.) Man spekulierte über Kausalitäten, über Auschwitz als vorweggenommene Antwort auf die Stalinschen Lager. Für die Einzigartigkeit beziehungsweise die grauenvolle Normalität in unserem Jahrhundert wurde George Orwells „1984" zitiert, auf Pol Pot verwiesen und Rassenmord mit Klassenmord verglichen. (Offenbar gibt es eine gewisse Neigung von Historikern zu Alliterationen, Stabreimen etc., sonst müßte ihnen doch aufgefallen sein, daß die Vernichtung der Juden durchaus ein Rassenmord war, daß bei den Stalinschen Verbrechen die Klassenzuordnung völlig willkürlich erfolgte und die tatsächlichen Motive verdecken sollten. Die Stalinsche Vernichtungsaktion als Klassenmord zu bezeichnen, ist unsinnig und historisch unhaltbar; es wäre eine Einschätzung, die durch Stalinsche Normen determiniert ist.)

Den meiner Ansicht nach entscheidenden Unterschied übersah man jedoch: Das russische Volk und die Völker der Sowjetunion hatten keinen Bruder Stalin. Das kambodschanische Volk kennt keinen Bruder Pol Pot. Wir, die Deutschen, aber haben einen Bruder Hitler. Aus diesem Grund wird die deutsche Geschichte, werden wir nie völlig aus dem Schatten Hitlers heraustreten können. Nicht nur die führenden Eliten Deutschlands waren beteiligt oder duldeten Hitler, es war das deutsche, nationalsozialistische Volk. Die nach 1945 erfolgte Entnazifizierung sollte diesen Umstand nicht völlig aus unserem Gedächtnis gelöscht haben.

Für die Völker der Sowjetunion und Kambodschas wird ihre Vergangenheit unauslöschlich bleiben, und die Opfer des Terrors werden in ihrer Erinnerung immer wieder lebendig werden, lebend im Gedächtnis der Lebenden. Das deutsche Gedächtnis aber ist eins der Täter. Um unser aller Bruder Hitler willen ist uns unser Gedächtnis eine Qual geworden. Wir können uns unseren Erinnerungen und der Verantwortung der Deutschen für diesen Völkermord stellen, wir können sie verdrängen, wir können sie leugnen („Das kann ich nicht gewesen sein, sagt mein Stolz"), wir können sie hinweginterpretieren, wir können sie mit den Nachkriegsleistungen der Deutschen verstellen. Wir können unsere Erinnerungen als typisch deutsche Schuldbesessenheit zu desavouieren suchen oder sie mit Stammtischweisheiten („Einmal muß Schluß sein") zur Räson bringen. Aber wir wissen – und heute, nach über vier Jahrzehnten mit Sicherheit – auch diese Vergangenheit, besonders diese Vergangenheit vergeht nicht.

Die historische Identität beeinflußt und prägt unsere gegenwärtige. Es wächst kein Gras über Auschwitz, und in unserem Gedächtnis wird keine einladende Grünanlage an jener Stelle anzupflanzen sein. Diese Erinnerung wird bleiben, als Erinnerung an eine deutsche Schuld – oder verdreht als ständiger Rechtfertigungszwang oder Gefühl der Kränkung durch unberechtigte Schuldzuweisung. Oder auch vollkommen auf den Kopf gestellt: als Ursache einer Wiederbelebung der Naziideologie, als Neofaschismus, um die bedrückende Last der Erinnerung radikal abzuwehren.

Eine Geschichtsschreibung, die diese historische Identität übersieht oder übersehen will und dann die Leichen zählt, um quantitative Vergleiche anzustellen, schreibt nicht Geschichte, sondern verdrängt sie. Mit Zahlenvergleichen verdrängt sie, daß es kein Jahr Null gab und geben kann. Es gab 1945 kein Jahr Null, wie es auch 1933 kein Jahr Null gab. Vielmehr ist es eine deutsche Geschichte, die zum Jahr 1933 führt und für die Deutschland, das deutsche Volk einzustehen hat. Der geschichtsverdrängende Versuch, aus dem deutschen

Nationalsozialismus einen Hitlerismus zu machen, die Geschichte einer nationalen Untat allein der Person Hitler anzulasten, um Deutschland und das deutsche Volk von der Schuld freizusprechen, ist unsinnig und fatal: Es gibt unleugbar eine Geschichte der Deutschen, die zu Hitler als erwünschter und gewählter Konsequenz führt.

Der Versuch, die Einzigartigkeit der Judenvernichtung durch Vergleiche mit dem Stalinschen Massenmord und dem der Clique Pol Pots zu leugnen, brachte im Historikerstreit das Gegenargument der verschiedenen Kulturstufen auf, wonach ein mitteleuropäisches Land politisch und kulturell nicht mit asiatischen Ländern und Kulturen verglichen werden könne. Dies wiederum rief den Vorwurf des Hochmuts hervor, „einer Herrenvolkgesinnung, verborgen unter einer Demutsgeste".

Der tatsächliche Grund für die Unvergleichbarkeit wurde auf beiden Seiten erstaunlicherweise nicht gesehen und benannt. Denn tatsächlich verhielt sich das hochzivilisierte, auf der Höhe der mitteleuropäischen Kultur stehende Land barbarischer und „asiatischer" als die asiatischen Länder. Wenn der Vorsitzende des „Verbandes der Historiker Deutschlands" (parenthetisch gesagt: wenn Fußballfans in der BRD von einem Spiel „Deutschland gegen DDR" sprechen, kann ich nachsichtig lächeln, wenn westdeutsche Historiker so denken und sprechen, und die Bezeichnung „Verband der Historiker Deutschlands" verrät es, quält mich Sorge um ihre fachliche Kompetenz; ein beunruhigender Gedanke: ein Kongreß der Verbände beider deutscher Staaten müßte dann wohl notwendigerweise als ein Kongreß von Historikern Groß-Deutschlands bezeichnet werden), wenn also der Verbandsvorsitzende Christian Meier völlig korrekt schreibt: „Zum Geschichtsbewußtsein der Deutschen muß immer das Bewußtsein der Beispiellosigkeit der Verbrechen gehören, die wir in jenen zwölf Jahren begangen haben" – dann ist zur Vergleichstheorie anzumerken, daß die Völker der Sowjetunion und Kambodschas, wann immer sie über die Massenmorde in ihren Ländern sprechen, im Unterschied zu den Deutschen niemals sagen müssen: „die *wir* in jener Zeit begangen haben".

Hitler war und bleibt der Bruder der Deutschen. Stalin und Pol Pot waren nicht die Brüder, sondern die mörderischen Tyrannen ihrer Völker.

Natürlich, auch Stalin und Pol Pot waren keine Einzeltäter, auch hier führt Psychohistorie zur privaten Personengeschichte statt zur Geschichtsschreibung. Aber sie und ihre Cliquen konnten die Schwäche ihrer Staaten, ihre völlig unzureichende (oder nicht bestehende) Demokratie, ihr unterentwickeltes, zerstörtes oder gar nicht bestehendes Kontrollsystem von Herrschaft zur Errichtung ihrer Tyrannei nutzen. Eine noch fast feudale Gesellschaftsstruktur ermöglichte es ihnen, zur Herrschaft zu gelangen und ihr eigenes, wehrloses Volk nach beliebigen Anklagen und Beschuldigungen auszurotten. Dadurch, daß diese Vernichtungsaktionen im Namen einer Idee erfolgten, hat jeder, für den Sozialismus und Kommunismus Alternativen zum kapitalistischen System darstellen, an einer historischen Last und Verantwortung zu tragen. Auch wenn der Stalinismus und die Herrschaft Pol Pots grausame Karikaturen dieser Idee waren, eine völlige Verkehrung ihrer Werte, sind Sozialismus und Kommunismus nie nachhaltiger und wirksamer geschädigt und nie grundsätzlicher in ihrer Existenz bedroht worden als eben durch Stalin und Pol Pot.

Hitler kam auf einem anderen Weg zur Macht. Sein Programm hatte er in dem Jahrzehnt vor seiner Machtergreifung dargelegt, und es war ein Programm, das er nach 1933 auch durchführte. Der Historiker weiß und kann belegen, daß Hitlers Ziele auch vor 1933 Anhängern und Gegnern bekannt waren und zu heftigsten Auseinandersetzungen führten. Dennoch und deswegen kam Hitler auf einem „rechtsstaatlichen" Weg an die Macht, seine Machtergreifung war legitimiert durch die Zustimmung der überwältigenden Mehrheit des Volkes, er nannte sich nicht völlig zu Unrecht Führer der Deutschen. Der größere Teil des deutschen Volkes hatte sich für ihn als Führer in die Zukunft entschieden.

Im Frühjahr 1945 gab es gewiß weniger Anhänger Hitlers als Mitte und Ende der dreißiger Jahre, aber auch dann noch erlebte das deutsche Volk in seiner Mehrheit eine Niederlage und nicht eine Befreiung. Das Wort „Befreiung" ist in diesem Zusammenhang ein Euphemismus, geboren aus Entgegensetzung, gültig allein für eine Minderheit von Nazigegnern. Hitler war und bleibt unser Bruder. Ein Vergleich des nationalsozialistischen Völkermordes mit den quantitativ wohl nicht geringeren Morden der Stalin- und Pol-Pot-Cliquen ist nicht nur für einen Historiker unzulässig. (Anmerken will ich hier nur, daß auch die Verbrechen Stalins und Pol Pots nicht gleichzusetzen sind: die Unterschiede sind zu gravierend. Vergleiche in der Geschichtsschreibung erklären grundsätzlich wenig oder nichts. Jeder Vergleich liefert lediglich griffige Erklärungen oder entschuldigende Interpretationen; ein Vergleich bedient eher Emotionen, als daß er aufklärende und erhellende Analyse leistet.)

Im Historikerstreit gab es den Vorwurf eines ungeduldigen Versuchs, unser geschichtliches Bewußtsein zu normalisieren. Dahinter steckte die Furcht (und der Vorwurf) der Bagatellisierung des nationalsozialistischen Verbrechens. Hier stimme ich jedoch einem Mann wie Ernst Nolte vollkommen zu, wenn er sagt, daß eine „gründliche Bestandsaufnahme und eindringliche Vergleiche die Singularität des Dritten Reiches nicht beseitigen, aber sie ... trotzdem als einen Teil der Menschheitsgeschichte erscheinen lassen". Setzen wir etwas bescheidener statt der „Menschheitsgeschichte": „deutsche Geschichte", denn ich denke, die Menschheit wird keinen übermäßig gesteigerten Wert auf dieses Erbe legen, für das die Deutschen einzustehen haben.

Das Dritte Reich und seine Verbrechen aus der Normalität der deutschen Geschichte zu entlassen, ist, möglicherweise ungewollt, der Versuch einer Geschichtsklitterung. Wir haben damit die Möglichkeit, die Jahre 1933–1945 aus unserer Geschichte herauszunehmen, sie wie eine schwere Krankheit abzutun, als eine „dämonische Zwischenepoche", sie durch Hitler oder den Hitlerismus zu erklären, also Psychohistorie zu treiben. Damit setzt auch die historische Haftung für Auschwitz aus. Damit haben wir uns für diese Jahre eine geminderte Zurechnungsfähigkeit attestiert, eine zeitweise Unfähigkeit, Recht und Unrecht zu unterscheiden. Oder wir lassen gar eine einzige Person, Hitler, für alles haften, während dem deutschen Volk gewissermaßen eine historische Abwesenheit aus seiner Geschichte bestätigt wird.

Ich plädiere für eine Normalisierung des geschichtlichen Bewußtseins auch im Hinblick auf den deutschen Faschismus. Die Einzigartigkeit der Verbrechen sollte nicht verhindern können, auch diese Zeit vollständig in das deutsche Geschichtsbewußtsein aufzunehmen. Eine Normalisierung des geschichtlichen Bewußtseins durch Ausschluß des Nationalsozialismus kann weder Normalisierung noch ein geschichtliches Bewußtsein erzeugen. Freilich, die Einbeziehung der NS-Zeit hat Konsequenzen für die Normalisierung: Der deutsche Faschismus hat die deutsche Geschichte nachhaltig und unvergänglich verändert. Die Normalisierung kann heute nur noch mit veränderten Normen erfolgen, mit Normen, die die vollständige Geschichte der Nazizeit als unsere deutsche Vergangenheit erfassen können.

Ausgangspunkt des Historikerstreits waren Noltes Bemerkungen zur Einzigartigkeit der Naziverbrechen. Er relativierte diese, indem er einen Kausalzusammenhang andeutete zu den Verbrechen Stalins, indem er die Judenvernichtung als eine Reaktion auf eine tatsächliche oder eingebildete Bedrohung durch die Sowjetunion, als einen Präventivmord darstellte. Der verständlichen Erregung über diese Thesen begegnete er mit Unverständnis und verwies auf sein Buch „Der Faschismus in seiner Epoche". Nolte fühlte sich zutiefst mißverstanden, da man ihm Ansichten unterstelle, die darauf hinausliefen, daß er sich selbst widerlege.

In der Tat offeriert er in seinem erwähnten Buch eine andere Sicht. Es gibt Übereinstimmungen mit den umstrittenen Thesen, es gibt aber auch gravierende, nicht zu übersehende Unterschiede. Möglicherweise wurde Nolte mißverstanden, und seine – allerdings durchaus mißzuverstehenden – Äußerungen zielten auf etwas anderes, was allerdings in der Diskussion völlig übersehen wurde. Möglicherweise trat hier der Historiker als Zeitgenosse auf, wollte ein Geschichtsforscher aus der Kenntnis der Geschichte unüberhörbar eine Warnung an die Zeitgenossen richten.

Erinnern wir uns an die Zeit, in der jener Streit begann: In diesen Jahren fielen die Worte des Vergleichs von Goebbels und Gorbatschow, gab es die Formulierung, die Sowjetunion sei das „Reich des Bösen". Möglicherweise – es ist dies nur eine Vermutung – wollte Nolte, ohne in fatale Polemik oder billigen Antiamerikanismus zu verfallen, behutsam an fürchterliche Folgen solcher unbedachten oder gar bedachten Äußerungen erinnern. Ob dann sein Beispiel glücklich gewählt war, ist fraglich, aber sein Hinweis ist nicht einfach vom Tisch zu wischen.

Es gibt tatsächlich bedenkliche Übereinstimmungen: Nach Nolte läßt sich ein Motiv für die Judenvernichtung und die nationalsozialistischen Verbrechen auf ein Gemisch von fiction und non-fiction zurückführen. Er benennt den 1948 geschriebenen Roman „1984" von Orwell, ein „verschollenes Büchlein von Melgunow" und die Informationen, die Hitler über die Stalinschen Lager hatte.

Eine Formulierung wie „das Reich des Bösen" scheint gleichfalls das Ergebnis von fiction und non-fiction zu sein, nimmt man etwa Romane wie Tolkiens Der Herr der Ringe, die verschiedensten Filme und Fernsehserien zumal US-amerikanischer Provenienz, die Informationen, Vermutungen und Gerüchte über die Taten der russischen Zaren, über Personen wie Rasputin und Stalin. In der Formulierung das „Reich des Bösen" steckt die Angst vor einer Bedrohung, das Verlangen nach Schutz, nach Abwehr, nach Vernichtung nicht allein der Bedrohung, sondern auch des Bösen. Sie ist ein Appell, im Namen der Humanität das „Reich des Bösen" zu zerstören.

Es ist möglich, daß Nolte warnen wollte, daß er nicht unsinnige Parallelen herstellen, aber doch, wie es sich für einen Geschichtsforscher geziemt, mit einem historischen Vergleich vorsichtig an die Folgen des Aberwitzes solch irrationaler Äußerungen erinnern wollte. Denn die Geschichte lehrt uns, daß keine Aufklärung, kein geschichtlicher Beleg, kein logisches Argumentieren eine tiefgehende irrationale Empfindung aufheben kann. Wo sich ein solcher Irrationalismus festsetzt, arbeitet er wie ein Krebsgeschwür und zersetzt das Rationale vollständig, bis schließlich der gesamte Organismus davon beherrscht wird.

Die Absicht einer Warnung ist wie gesagt, nur eine Vermutung, für die es jedoch Anhaltspunkte gibt, da Nolte in seinem Artikel auch darüber spricht, daß „an vielen Stellen ... die Befürchtung noch lebendig (ist), sie (die Bundesrepublik) könne zwar nicht zur Ursache, aber doch zum Ausgangspunkt eines dritten Weltkrieges werden".

Zu Beginn des Streits gab es den hoffnungsvollen Satz, es sei „zu erwarten, daß neue Überlegungen sowie differenziertere und zugleich auf breiteren Grund gestellte Einsichten den zerredeten, in häufig bloß noch rituellen Formen abgehandelten Gegenstand auch moralisch neu zugänglich machen". Diese Hoffnung wurde gewiß von vielen Beteiligten geteilt. Ein Disput von Fachleuten, auch wenn er polemisch geführt wird, bringt erhellende Einsichten zur Beförderung der Humanität. So war es wohl durchaus zulässig, sich die freundlichen Früchte dieses Streites schon vorab vom Baum zu pflücken.

Zwei, drei Jahre später sind gewiß Veränderungen nicht nur in der westdeutschen Gesellschaft zu bemerken, selbst ein teilweise radikaler „moralisch neuer Zugang" zur Zeit des Nationalsozialismus, der hoffentlich keinen der am Streit Beteiligten beglückt. Die Früchte des Streits sehen offenbar anders aus als erhofft. Meine unfreundliche, aber unpolemische Frage lautet, ob die Historiker für diese wohl nicht erhofften Früchte auch eine Mitverantwortung zu übernehmen bereit sind. Ich denke, die Intelligenz eines jeden Landes ist für dessen geistiges Klima, eingeschlossen das geschichtliche Bewußtsein des Volkes, mitverantwortlich, auch dann und besonders dann, wenn in der Breite bereits ein falsches

Bewußtsein zu registrieren ist. Und die Intelligenz in beiden deutschen Staaten ist, aus der geschichtlichen Verantwortung für die finsterste Zeit Deutschlands heraus, in der auch der größte Teil der deutschen Intelligenz versagte, besonders gefordert.

Vor wenigen Jahren schrieb der Düsseldorfer Publizist Thomas Neumann, die beiden deutschen Staaten und Gesellschaften betrachtend: „Wenn ein Vergleich von Gesellschaft zu Gesellschaft unternommen werden sollte, fände sich Vergleichbares allein in der Tatsache, daß die neuen Gesellschaften zu eilig die Vergangenheit glaubten ablösen zu können, mittels Verdrängung in der einen, mittels Entgegensetzung in der anderen. Mehr ist aber vergleichend nicht herauszuholen. Die Fehler sind einander nicht kritikfähig."

Ganz offenbar und sicher gut begründet gab es da noch die Hoffnung, daß das Vergleichbare eine fast zu vernachlässigende Größe sei, mehr für Historiker von Interesse und allenfalls bei Betrachtung der Gründungsjahre der beiden deutschen Staaten.

Über die Verdrängung der Nazizeit in der Bundesrepublik wurde auch in der Bundesrepublik viel gesagt, grundsätzliche Kritik wurde ebenso laut wie Überlegungen über die Notwendigkeit dieser Verdrängung für einen Integrationsprozeß, um diese Bundesrepublik aufzubauen.

Die DDR setzte auf die Entgegensetzung. Es gab dafür viele und gute Gründe: Die KPD war eins der ersten Opfer der Nazis gewesen, die führenden Leute des neuen Staates kamen aus der Emigration oder aus den Gefängnissen und Lagern der Nazis. Im antifaschistischen Selbstverständnis gab es von Beginn an keinen Zweifel, selbst in den Hoch-Zeiten des Kalten Krieges konnte die westdeutsche Propaganda auf diesem Terrain nichts ausrichten. Im Gegenteil, hier gab es fatale Entscheidungen in der Bundesrepublik, die der Verdrängung sogar im Wege standen und die nicht nur in der DDR erhebliche Zweifel am antifaschistischen Engagement der Bundesrepublik aufkommen ließen. Ich will hier dafür stellvertretend nur zwei Namen nennen: Globke und Kiesinger.

Bei der Gründung beider deutscher Staaten gab es jeweils kleine Ungenauigkeiten, wenn auch grundsätzlich verschiedene. Und es gab gewiß die Hoffnung in beiden Teilen, daß der jeweilige kleine Geburtsfehler sich verwächst. Vier Jahrzehnte später haben wir das Gegenteil zu registrieren: Die kleinen Unkorrektheiten des Anfangs wuchsen sich zu unübersehbaren Menetekeln aus, denen man auf beiden Seiten offensichtlich so fest entschlossen wie hilf- und fassungslos gegenüber steht.

Ich will nur von meinem Land sprechen.

Die Entgegensetzung als Haltung bei der Staatsgründung erfolgte gewiß nicht nur aus ideologischen Gründen. Ich denke, es waren vor allem pädagogische Erwägungen, die es ratsam erscheinen ließen, den Staat ausschließlich auf ein antifaschistisches Fundament zu gründen. Gewisse als progressiv verstandene historische Bewegungen und Personen wurden in das Erbe mitaufgenommen. Die restliche, nicht so angenehme Vergangenheit blieb vorerst ausgespart. In den letzten zwei Jahrzehnten gab es da gravierende Veränderungen. Das „Erbe" Genannte wurde umfangreicher, auch widersprüchlicher und für einige gewiß irritierend, auf jeden Fall aber reicher und vor allem: es wurde realistischer. Denn ein historisches Erbe läßt sich nicht selektieren. Unsere Vergangenheit, persönlich wie gesellschaftlich, ist weder auszuschlagen noch gibt es da etwas auszuwählen: Wir sind Erben auf Gedeih und Verderb.

Diese Entgegensetzung war für den Beginn der DDR sicher hilfreich. Sie erbrachte eine Identität, die in den schweren Anfangsjahren, in einer Zeit, in der der Staat politisch und wirtschaftlich mit der vor allem von der Bundesrepublik betriebenen Isolierung, der Nichtanerkennung zu leben hatte, existentiell wichtig war. Aber Entgegensetzung führt letztlich auch zu einer Verdrängung, da sie das Entgegengesetzte negiert. Gewiß waren es die lautersten Beweggründe, waren es Hoffnungen auf Demokratie und einen gesellschaftlichen Fortschritt, der ein neues Auschwitz für immer ausschließen sollte, wenn das uns verderbliche, uns verderbende deutsche Erbe ausgeschlossen blieb. Die Jugend wurde strikt in einer antifaschistischen Tradition erzogen. Der DDR war und ist viel anzulasten, ein Versäumnis im antifaschistischen Engagement des Landes schien ausgeschlossen.

Um so schockierender war es nicht nur für den Staat, sondern auch für die Gesellschaft, für den einzelnen Bürger, neofaschistische Neigungen auch bei einem Teil der DDR-Jugend registrieren zu müssen. Der noch immer anhaltende Schock manifestiert sich in Ratlosigkeit. Anfangs reagierten Staat und Gesellschaft mit Bagatellisierung, man sprach von einzelnen, untypischen Erscheinungen, von dummen Jungs, von verführten Irren, von einer Staatsverdrossenheit, die sich in Provokationen Luft machen will.

Für alle Erklärungen gab es mehr oder weniger einleuchtende Begründungen. Es ist nur ein kleiner Teil der Jugend, um den es dabei geht. Es wird von einer Beeinflussung durch Medien des Auslands gesprochen, durch westdeutsche Rundfunk- und Fernsehsender, doch diese Schuldzuweisung ist heute mehr denn je unglaubwürdig, die Beschuldigung, faschistische Propaganda zu betreiben – was diesen Sendern damit de facto unterstellt wird – unsinnig.

Einen Staat, der an seiner antifaschistischen Haltung nie einen Zweifel aufkommen ließ, mußten faschistische Parolen und Haltungen im eigenen Land nachhaltig provozieren. Die Staatsmacht greift rasch und unzweideutig zu, wo und wann immer sich die „Faschos" bemerkbar machen. Aber für jeden Staat der Welt kann es nur ein Provisorium sein, wenn er vorhandene Schwierigkeiten zu beseitigen sucht, indem er sie hinter Gitter bringt. Die Wurzeln der Probleme einer Gesellschaft reichen stets tiefer; tiefer, als der Arm der Polizei reicht.

Ich gestehe, daß ich die Ratlosigkeit meiner Gesellschaft gegenüber dieser Entwicklung teile. Allerdings, überraschen konnte diese Entwicklung nicht.

Bislang hielt ich es für eine große Tugend meines Landes, daß es ihm – wie ich meine, im Unterschied zu Westdeutschland – nicht gelang, so etwas wie ein Nationalbewußtsein zu entwickeln. Ich hielt es für eine – nicht angestrebte – Tugend, weil ein deutsches Nationalbewußtsein sich stets nicht nur als besonders stolz, sondern auch als aggressiv erwiesen hat, nicht nur eine Gemeinschaft schuf und beschwor, sondern auch die militante Bereitschaft, das Andersartige abzulehnen und auszugrenzen, weil es stets die Intoleranz und Arroganz gegenüber dem Fremden benötigte.

Heute fürchte ich jedoch, daß eben dieser fehlende oder doch unzureichende nationale Stolz von einem Teil der Bevölkerung ausschließlich als Mangel empfunden wird, der zu kompensieren ist. Und wer ein Ungleichgewicht auszugleichen sucht, gerät dabei leicht ins Maßlose, wird ausschweifend. Der Exzeß ist eine Folge tatsächlicher oder eingebildeter Verluste, er vermeldet einen Defekt.

Die ausgesparte Seite der deutschen Geschichte ist der geeignete Platz und ein brauchbares Instrumentarium für den Exzeß. Wenn der Entgegensetzung etwas entgegengesetzt werden soll, so bietet sich bei antifaschistischer Tradition und Haltung einer Gesellschaft der Faschismus geradezu an.

Die militärische Niederlage des Dritten Reiches war vollständig. Die alliierten Mächte konnten einige der Verantwortlichen zur Rechenschaft ziehen, Deutschland teilen und es ermöglichen oder erzwingen, daß die neu zu errichtenden deutschen Staaten in Entgegensetzung zum oder doch Abkehr vom Faschismus entstanden. Die Auseinandersetzung der Deutschen mit ihrer eigenen Vergangenheit, die Befreiung von der faschistischen Ideologie war aber allein durch den Sieg der Alliierten nicht geleistet. Auch die Beseitigung ökonomischer und sozialer Strukturen, die zum Faschismus geführt oder ihn begünstigt hatten, reichte, wie sich heute zeigt, nicht aus, um die Nachfolgestaaten des Dritten Reiches völlig von der faschistischen Ideologie zu befreien. Entgegensetzung hier und Verdrängung dort brachten nur einen zeitweisen Aufschub.

Paradoxerweise ermöglichte es der militärische Sieg der Alliierten und ihre Anwesenheit als Besatzungsmacht, daß die geistige Auseinandersetzung mit der faschistischen Ideologie in den neu entstandenen deutschen Staaten oberflächlich blieb. Denn die Anwesenheit der Alliierten und die gegen die alte Macht eingesetzten neuen deutschen Regierungen brachten die faschistische Ideologie in Deutschland abrupt zum Schweigen. Dieses Schweigen wurde umgehend als Beweis einer demokratisch-antifaschistischen Gesinnung gebraucht und ausgestellt. Der heftige Wechsel der Gesinnung wurde zustimmend registriert. Die Eile bestürzte nicht, statt Argwohn herrschte Erleichterung. Eine neue ökonomische Ordnung hier gab die Gewähr für die völlige Ausrottung der faschistischen Wurzeln; ein neuer demokratischer Konsens dort zeigte an, daß die – ohnehin „artfremde" – Krankheit folgenlos überstanden war.

„Der Schoß ist fruchtbar noch", warnte Brecht, aus dem Exil kommend und mißtrauisch deutschen Boden betretend. Und Thomas Mann, für ein neues Quartier in Deutschland nicht mehr zu gewinnen, sprach sogar von der „faschistischen Epoche des Abendlandes, in der wir leben und trotz des militärischen Sieges über den Faschismus noch lange leben werden".

Die beiden deutschen Staaten sind auch in ihrem Verhältnis und Verhalten zur jüngsten deutschen Vergangenheit unterschieden, und die Probleme und Aufgaben in der immer noch anstehenden Auseinandersetzung mit der Geschichte sind keineswegs identisch. Aber ich stimme Thomas Neumann zu: Daß sie „zu eilig die Vergangenheit glaubten ablösen zu können", darin sind beide Gesellschaften vergleichbar.

Es war ein Glaube in der Hoffnung, daß die Vergangenheit – wenn sie schon nicht zu bewältigen ist – langsam vergeht. Aber sie kann nicht vergehen. Die Vergangenheit, der wir uns nicht stellen, wird nicht nur nicht vergehen, sie droht zurückzukehren. Die neuen Juden sind bereits ausgemacht, und auch in meinem Land sind es die Ausländer. Den Bodensatz einer nationalistischen Ideologie gibt es noch immer, und keiner von uns sollte sich da von Zahlen beruhigen lassen. Beunruhigen sollte uns vielmehr, daß der deutsche Stolz unerbittlich blieb und das deutsche Gedächtnis eben dabei ist nachzugeben.

Als Kind habe ich Stalin gesehen

Sich über den Zustand einer Gesellschaft zu unterrichten, gibt es vielfältige Möglichkeiten. In den deutschen Landen war es stets aufschlußreich, sich die publizistischen Arbeiten ihrer Historiker zu Gemüte zu führen. Ein anderes, gleichfalls nicht völlig untaugliches Verfahren ist es, die Spiele einer Gesellschaft zu betrachten.

Eins dieser Gesellschaftsspiele besteht darin, daß Antwort zu geben ist auf die Frage: „Was würden Sie mitnehmen, wenn Sie allein und auf einer einsamen Insel ...?"

Ich liebe diese Spiele und Fragen nicht. Mich stört die Spekulation, mehr noch die fürchterliche Beschränkung. Ich beabsichtige nicht, auf einer Insel zu leben, und schon gar nicht allein. Und ich habe keinerlei Neigung, es mir auch nur vorzustellen. (Ich fürchte, daß demnächst auch noch mein Zahnarzt fragt: welche Zähne dürfen gezogen werden, welchen möchten Sie behalten?)

Ich will auf keins meiner Bilder, Bücher und Bilderbücher verzichten. Denn das eine gibt mir das, das andere jenes, und nur alle zusammen geben mir, was ich wirklich benötige.

Aus der Verlegenheit, kein einzelnes Bild nennen zu können (weil es so viele ausschließt, die ich nicht missen möchte), hilft mir der Gedanke, daß das „ZEIT-Museum der 100 Bilder" auch ein Zeitmuseum von Bildern sein soll. Und so entscheide ich mich für das Bild

I Saw Stalin Once When I Was a Child von Komar und Melamid.

Über das Gemälde kann ich wenig sagen, über die Maler nichts. Daß zwei Autorennamen unter dem Bild stehen, verwundert und verwirrt mich, da ich mir nur schwer vorstellen kann, wie zwei Maler gemeinsam an diesem Bild arbeiteten. Ich kann auch nichts über den offiziellen künstlerischen Rang des Bildes sagen. Ich weiß nicht, wie die Kunstgeschichte und wie Galeristen das Bild einordnen, ob es als erstrangig gilt oder zu jenen Bildern gehört, die auf einer Versteigerung bereits für fünf oder sechs Millionen Dollar ihren Besitzer wechseln.

Ich nenne das Bild für die Galerie des ZEIT-Museums aus einem naiven, fast analphabetischen Grund, ich benenne es um seines Sujets willen. Das Bild, eine Abbildung Stalins, ist für mich ein Bild meiner Zeit, meines Jahrhunderts.

Es ist ein in warmen Farben gehaltenes Gemälde, fast ein Genrebild. Eine freundlich wirkende Erinnerung aus der Kinderzeit, ein Blick im Vorübergehen, Vorüberfahren. Ein unvergeßliches, und vermutlich unauslöschliches Erleben, dessen Bedeutung von Anfang an unstrittig war, wenn auch die Bedeutung wechselte, sich extrem veränderte. Ich vermute, das Bild ist eine Erinnerung an einen winterlichen Spätnachmittag in Moskau, ein Rest von Tageslicht oder eine Straßenlaterne läßt die Farben leuchten und den Mann im heute altertümlich wirkenden Auto erkennen. Ein freundlicher älterer Herr wirft auf das Kind einen aufmunternden Blick, der neben der Herzensgüte auch ein mildes Verständnis der für das Kind bedeutenden Begegnung ausstrahlt. Ein Staatsmann, ein Vater der Nation lächelt das Kind (und die späteren Betrachter des Bildes) an, ein gütiges Väterchen. Das Auto, für uns ein Oldtimer-Gefährt, unterstreicht die herzliche Wärme, die großväterliche Güte, die Bratapfel-brutzelnde-Geborgenheit.

Es ist das Bild eines Mannes, der die Hoffnungen unseres Jahrhunderts prägte und seine Verbrechen, einen grenzenlos scheinenden Aufbruch und ein mörderisches Ende und verzweifeltes Erwachen. Ein Mann, der wohl wie keine andere Person für unsere Zeit stehen kann.

Bedeutsam ist das Bild gewiß nicht im Handwerklichen, malerisch ist es kaum originell. Hier ist es eher traditionell und folgt dem Kanon seiner Kunst. Man könnte, wenn man die Entstehungsjahre (1981/82) liest, sogar von „akademischer Malerei" sprechen, wenn nicht gar von Trivialkunst. Und doch ist dem Gemälde ein provozierender, provokanter Zugriff eigen, eine verstörende, vielleicht auch ärgerliche Sicht. Es scheint ein entlegener, abgelegener Blick auf Stalin zu sein, ein Blick, der von nichts weiß, der sich allein auf die kindliche Sicht berufen kann und nichts hinzugelernt hat seit den Tagen der Kindheit.

Wir könnten eine erstaunliche Ignoranz feststellen und kopfschüttelnd am Bild vorübergehen. Aber irgend etwas zwingt uns, dann nochmals den Kopf zu wenden, zurückzugehen, davor zu verharren. Etwas verwirrt uns an diesem Bild: diese bewußt gesuchte Kleinheit, der winzige Ausschnitt, das kleine Autofenster, hervorgehoben durch die ihn breit umrahmende Leinwand, ein Format, das dem tatsächlichen Format widerspricht und den Betrachter verführt, eher eine Miniatur zu registrieren; diese Belanglosigkeit des Vorgangs, eine scheinbar austauschbare, amüsierende und nostalgische Erinnerung, mit dem lieblichen Reiz von Spitzendeckchen auf dem großelterlichen Vertiko. Die Freundlichkeit des Bildes kollidiert mit dem Schrecken, der in uns gespeichert ist. Die sehr verschiedenen Stalinbilder in unseren so sehr verschiedenen Köpfen – sie sind wohl stets in der Farbe des Blutes gemalt.

Wie müßte ein Stalin-Bild sein, das wir akzeptieren? Wir wissen, ein großes Gemälde kriegerischer Metzelei kann diesen Schrecken nicht auf eine Leinwand bannen. Die Technik der Kriegsblätter Goyas könnte nicht den alles umfassenden, den alltäglichen Schrecken benennen, der die psychische Vernichtung vor der physischen verlangt, der das Opfer zwingt, sich selbst das Urteil zu sprechen. Ein Maler, Franz Kafka, kommt uns vielleicht in den Sinn, der das Gewöhnliche, die Banalität der mörderischen Maschinerie aufzeichnen könnte. Aber hier, wissen wir bald, würde ein wichtiger Moment verschwinden, ohne den das Ganze unvollständig und damit unbegriffen bliebe. Die maßlose und getäuschte Hoffnung würde fehlen, unsere Hoffnung oder die der anderen. (Und das Blut und die Hoffnung der anderen, so bemüht sich unser Jahrhundert uns noch immer zu lehren, sind lächerlich und wertlos.)

Und langsam begreifen wir, daß wir alle einst Stalin so gesehen haben, wie Komar und Melamid es festhielten. Unabhängig von all dem, was wir wußten, was wir dachten, unabhängig von unserer Haltung, unserem Glauben, unserer Ideologie, wir sahen ihn wie jenes Kind, wie der heimliche Autor des Bildes. Ob wir Hoffnung oder Abscheu, Bewunderung oder Verzweiflung, Haß oder Verehrung oder auch nur Desinteresse bei seinem Anblick fühlten, stets sahen wir nur dieses freundliche Gesicht. Und die scheinbare Beschränkung des Bildes auf diese Oberfläche läßt uns nun verstehen, daß die Kollision von Bild und unserem geschichtlichen Wissen ein begreifendes Korrespondieren bewirkt. Wir werden von den Malern genötigt, an diesem Bild weiterzuarbeiten, an dem Bild Stalins, an dem Bild des uns aus einer beeindruckenden Staatskarosse freundlich zulächelnden Staatsführers, an dem Bild von unserem Jahrhundert. Und schließlich kommt in unseren Blick das uns unbekannt gebliebene Schicksal jenes Kindes, das sich – am Abend nach der Begegnung vielleicht noch mit Stolz, später möglicherweise mit einer sein Herz zusammenpressenden Furcht – fragte, ob auch Er sich des Kindes erinnert. Ob auch Er nicht vergißt und sich entsinnt: I Saw a Child Once When I Was Stalin.

Unbelehrbar – Erich Fried

Rede zur Verleihung des Erich-Fried-Preises

Auszeichnungen dienen dem menschlichen Zusammenleben und der Kommunikation untereinander, man kennt das aus der Geschäftswelt. Das ausgestellte Stück wird mit einer beigefügten Karte oder Tafel ausgezeichnet, damit sich der Interessent über die Herkunft des derart beschriebenen informieren kann, über seine Zusammensetzung, seine Eigenschaften und seinen Wert. Auszeichnungen sind Kennzeichnungen, die wir benötigen. Der Laie vertraut den Wertungen eines Fachmanns, da er dem eigenen Urteil nicht traut, nicht trauen kann. Es herrscht Arbeitsteilung. Der Textilfachmann muß den Spezialisten für Autos beraten, wenn sich dieser einen Mantel kauft, und dieser verläßt sich auf die Auskunft von jenem, wenn es sich um die Anschaffung eines neuen Mobils handelt. Eine Auszeichnung ist ein Etikett. Im marktwirtschaftlich günstigsten Fall gerät die Auszeichnung zur Werbung: dann haben wir einen vertrauenerweckenden Markennamen, und die Auszeichnung bleibt nicht auf eine angehängte Karte beschränkt, sondern wird schmückender und bezeichnender Bestandteil der Ware.

Auch andere Bereiche unserer Welt kennen diese Auszeichnungen zum Zwecke der Kennzeichnung. Der Staatsschutz will darauf so wenig verzichten wie die Astronomie oder auch die Literaturkunde. Auch hier werden Herkunft, Bestandteile und Eigenschaften ermittelt, werden Größenordnungen und Wertbestimmungen festgelegt, die sowohl die Arbeit wie den raschen Zugriff erleichtern sollen. Aus diesen ordnenden Werten lassen sich dann sogar Berechnungen und Spekulationen über den künftigen Weg anstellen. Die Wissenschaft, der Markt und auch die Polizei wollen vor Überraschungen möglichst sicher sein.

Literaturpreise sind zweifellos Auszeichnungen, allerdings kennzeichnen sie die Ausgezeichneten nur sehr mangelhaft. Es sind lobend gemeinte Würdigungen der Arbeit eines Autors, aber die Kennzeichnung ist notwendigerweise höchst ungenau. Die Auszeichnungen sind gewöhnlich überdimensioniert, übertrieben. Die Auszeichnungen erfolgen zumeist im Namen von Personen, die inzwischen nicht nur unstrittig, sondern auch unerreichbar sind. Preisträger, die im Namen von Dante oder Shakespeare, von Goethe oder Büchner ausgezeichnet wurden, können ein Lied davon singen und haben es gesungen. Man beabsichtigt, einen Autor auszuzeichnen, zu kennzeichnen, und wählt ehrenhalber einen großen, einen übergroßen Namen. Eine freundliche Geste mit einem paradoxen Effekt: man vergleicht zwei inkommensurable Größen miteinander und stellt damit überdeutlich das Mißverhältnis aus. Die geplante Würdigung gerät zur unbeabsichtigten Denunziation. Der so Geehrte, im falschen Licht stehend, wird, für alle sichtbar, auf seine tatsächliche Größe und Blöße reduziert. Das Publikum, eben noch bereit, den Geehrten zu feiern, kann die Peinlichkeit nicht weiter übersehen und fühlt sich düpiert. Verlegen geht man auseinander, getröstet allein von dem Gedanken, daß dem Preisträger mit dem Preis und seinem Namenspatron ein schweres und niederdrückendes Gewicht angehängt wurde, das ihn wohl Zeit seines Lebens vor Hochmut und Hybris bewahrt. Und der also gleichermaßen Geehrte und Geächtete fühlt sich ausgezeichnet und gezeichnet.

Bauchschmerzen eines Laureaten.

Der Mann, in dessen Schatten er hier steht, heißt Erich Fried. Ein Lyriker, ein Erzähler, ein Essayist, ein Übersetzer, ein Redner, ein politischer Mensch. Seine Arbeit war öffentlich wie die eines jeden Autors, aber Fried machte auch sein Leben zu seiner öffentlichen Arbeit, was ungewöhnlich ist und uns in der radikalen Haltung an einen Georg Büchner erinnert.

Hoffnungen und Zweifel kennzeichnen ihn und seine Arbeit, aber diese Kennzeichen teilt er wohl mit der ganzen Menschheit. Doch er war auch unverzagt, unerschrocken und unbelehrbar.

Wirklich unerschrocken kann wohl nur der sein, dessen Leben von dem Schrecken geprägt wurde. Für einen deutschsprachigen Juden, der Wien 1938 als junger Mann verlassen mußte, die Stadt noch verlassen konnte, blieb dieser Schrecken lebenslänglich. Vielleicht war er daher so unerschrocken.

Und unverzagt sein, das heißt, den Zweifel zu kennen und das Scheitern aller Hoffnungen erlebt zu haben, um dann – nach diesem erlebten Tod – weiterzuleben. Unbelehrbar hoffend.

In einem Gedicht, es heißt „Lebenslauf", nach Hölderlin, ist diese seine Lehre der Unbelehrbarkeit beschrieben:

Abwärts beugte mein Geist sich, aber die Liebe zog
Schön ihn zur Höhe, das Leid hob ihn gewaltiger,
So durchlauf ich des Lebens
Bogen und kehre nie mehr, woher ich kam."

Unbelehrbar sein, das ist, denke ich, eine Pflicht des Intellektuellen und des Schriftstellers. Unbelehrbar sein, darüber ist zu reden.

Ich komme aus der DDR, aus der Deutschen Demokratischen Republik. Und ich befinde mich in der merkwürdigen Situation, nicht zu wissen, ob ich, dorthin zurückkehrend, in die DDR zurückkehre. Es kann passieren, daß ich, das Flugzeug besteigend, von der Stewardeß eine Zeitung gereicht bekomme, in der mir vermeldet wird, den Staat DDR gibt es nicht mehr. Ausgereist mit einem DDR-Paß könnte ich dann auf dem Flughafen Berlin-Schönefeld zurückgewiesen werden. In der Hand einen nirgends mehr akzeptierten Paß eines nicht mehr existierenden Staates, wäre ich dann staatenlos, ein Zustand, der – wir sind aus Schicksalen belehrt – Traum und Alptraum zugleich ist.

Ein Staat, sogar ein System von Staaten geht in diesen Jahren und Monaten zu Ende, das für die einen ein Schreckens- und Terrorregime darstellt, für andere die einzige Alternative zur kapitalistischen Marktwirtschaft war, und für noch andere die mißratene Hoffnung auf eine menschlichere Gesellschaft, ein Weg, der ein Ausweg sein sollte, aber von Beginn an in eine falsche, in eine grundsätzlich falsche Richtung führte.

Für all jene, für die die sogenannten Staatshandelsländer oder sozialistischen Länder, für die der real existierende Sozialismus allein ein Terrorregime darstellt, und für jene, die in dem gleichen System die einzig tatsächliche Alternative zur alten Welt sahen und sehen, sind die heutigen Vorgänge am einfachsten zu fassen und zu werten. Sie können den Sieg des Kapitalismus konstatieren, freudig oder entsetzt, sie können ein Ende feststellen, das Ende eines fatalen und verbrecherischen Irrwegs oder das Ende einer sozialistischen Alternative. Und beide Seiten sprechen sogar von einem „Ende der Geschichte“.

Der sogenannte real existierende Sozialismus war, gemessen an den Vorstellungen, an den eigenen Maßstäben des Mythos Sozialismus, eine Karikatur, ein Verbrechen und ein Betrug. Schon die erklärte Einschränkung – real existierend – war ein Eingeständnis dieses Betrugs, ein Offenbarungseid, der jeden Kritiker daran hindern sollte, die Realität am Entwurf und Anspruch zu messen. Der Mythos, die Vision – im Urchristentum wurzelnd und im 19. Jahrhundert vor allem von Marx in der Sprache der politischen Ökonomie formuliert – wurde mit diesem Betrug und Verbrechen nachhaltig geschädigt und vermutlich anhaltend. Die Mißgeburt kränkt die Schöpfung, der Statthalter Gottes irritiert unseren Glauben an Gott, der ungenießbare Braten mindert den Wert der vorzüglichen Speisenkarte erheblich.

Mit dem Erscheinen Stalins geriet das System auf jenen Weg, der seine Zukunftslosigkeit, sein Scheitern absehbar machte. Die später hinzukommenden Staaten waren vom sowjetischen System des Stalinismus geformt und bestimmt und bildeten insofern und eingestandenerweise keine Modifizierungen oder gar Alternativen zum stalinistischen Sozialismus, sondern waren pure Erweiterungen des einen Systems und dadurch mit dem gleichen Makel behaftet und der gleichen Aussichtslosigkeit. Der Stalinismus war nicht an die Person Stalins gebunden, jedenfalls nicht in der Art, daß ohne die Person Stalin die Deformierung ausgeblieben wäre. Auch die damals reale Alternative Trotzki hätte die gleiche oder vergleichbare Gesellschaftsform gebracht, die wir als Stalinismus bezeichnen. Psychohistorie trübt den Blick auf die Geschichte. Die Erfindung der Schreibmaschine war nicht an den Erfinder der Schreibmaschine gebunden, die Personen der Geschichte sind sowohl einzigartige und unverwechselbare Persönlichkeiten wie austauschbare Medien der Zeitgeschichte. Mit dem Namen Stalin bezeichnen wir mehr als eine Person, mit dem Wort Stalinismus versuchen wir, ein Herrschaftssystem und ein Gesellschaftskonzept zu fassen, das nicht allein auf die Sowjetunion beschränkt ist, das nicht einmal zu begrenzen ist auf die Länder des real existierenden Sozialismus.

Möglich ist es, die Fehlentwicklung viel früher anzusetzen, mit Lenin beispielsweise, mit der Revolution im Oktober oder im Februar 1917. Man kann auch ins 19. und 18. Jahrhundert zurückgehen, möglicherweise bis zu dem Ideengut des Urchristentums, der Bergpredigt. Für all dies wären Gründe und Beweise zu finden, denn Geschichte ist immer ein Knäuel stattfindender Ereignisse, das vermittels unendlich vieler Wurzeln mit der gesamten Vorgeschichte verbunden ist. Die Bedeutung der Stadt Wien im heutigen Europa beispielsweise wäre für jeden Gymnasiasten ohne weiteres aus dem Fall der Stadt Konstantinopel im Jahr 1453 herzuleiten. Bei buchhalterischer Archivierung löst sich Geschichte in Determinismus auf, selbst die doppelte Buchführung kann nicht die Fülle von Widersprüchlichkeiten und Ambivalenzen erfassen. Die Methoden der Astrophysik, deren sie sich bedient, um die Ausdehnung des Weltalls zu beschreiben, scheinen mir tauglichere Verfahren zu sein für eine Chronik der Geschichte. (Nebenbei gesagt: eben diese schwer benennbaren Zwischenzustände bilden eine der Existenzberechtigungen der Kunst; nur sie vermag etwas von dem Dazwischen zu vermelden, was der Wissenschaft und der Buchhaltung als nicht fixierbare Symptome der Unschärfe entgehen muß.)

Wo die Fehlentwicklung auch angesetzt wird, dies ist abhängig vom Blickwinkel und der Weltsicht des Betrachters und erzählt uns daher mehr über ihn selbst und seine Haltung als über den Verlauf der Geschichte. Geschichtsdarstellungen erfolgen in unserer Welt ohnehin stets im Stil von Gerichtsverhandlungen: Staatsanwalt, Verteidiger und Richter erläutern ihre logischen und in sich stimmigen Systeme, und die gefällten Urteile am Ende der Ausführungen entsprechen den Erwartungen, die das Publikum nach Kenntnis der Rollenverteilung und Standorte im Bericht bereits hegte.

Die Frage, ob das sowjetische System reformierbar war, ist letztlich nicht oder nur spekulativ beantwortbar. Für mich hatte es seinen Abschluß im August 1968 erreicht, als die Panzer der Warschauer-Pakt-Staaten in Prag einrollten und jene Reform, die für uns mit dem Namen Dubček verbunden ist, beendeten. Die Gorbatschowsche Reform kommt offensichtlich zu spät. Sie war überfällig und bewirkte Veränderungen, die von den betroffenen Völkern lebhaft begrüßt, aber nur noch angenommen wurden, um sie nahezu gleichzeitig zu überschreiten, abzutun, hinter sich zu lassen. Es war und ist eine Reform, die ein Zwischenstadium ermöglichte, das sofort wieder verlassen wurde. Die Reform kam und kommt zu spät. Die gesellschaftliche Entwicklung ist bereits darüber hinweggegangen. Der innere Zustand der Gesellschaft war bereits fortgeschrittener, als die äußere Verkrustung erkennen ließ. Der tatsächliche Zustand, der noch weit in die Vergangenheit wies, entsprach nur noch den äußeren Tatsachen. Die heftigen Veränderungen, die rasch die auslösende Reform beiseite schoben, verweisen auf einen längst erreichten Zustand der Gesellschaften, für den es vor der Reform und noch vor Jahresfrist keine tatsächliche Entsprechung gab. Dieser wird jetzt um so radikaler eingeklagt und erobert. Der Vierzigjährige, der endlich das Kinderzimmer verlassen kann, verläßt es mit anderen Schritten und völlig anderen Zielen als der Vierzehnjährige. Das zu registrierende Mißverhalten liegt im früheren Mißverhältnis begründet.

Vielleicht war dieses System nicht reformierbar. Vielleicht war auch der Prager Frühling eine trügende Hoffnung. Dafür spricht das Argument, daß ein falscher Weg zwar immer zu wichtigen Wegscheidungen führt, aber alle Wege, die von einem falschen Weg abzweigen, müssen notwendigerweise ebenfalls in eine falsche Richtung führen, da ihr Ausgangspunkt – der ursprünglich eingeschlagene Weg – bereits in diese (falsche) Richtung weist.

Dagegen spricht allerdings die Reform selbst, anderenfalls müssen wir das Wort aus dem Vokabular sinnvoller Begriffe streichen, denn dann wäre jede Reform nur ein untauglicher, zum Scheitern verurteilter Versuch, einen kranken oder unheilbaren Zustand grundsätzlich zu bessern.

Die Antwort bleibt also spekulativ, was angesichts des zu konstatierenden Schlußpunktes wohl zu verschmerzen ist.

In jedem Fall ist das mit den Gorbatschowschen Reformen eingeleitete Ende von Feinden und Reformern des Systems vorbehaltlos zu begrüßen. Denn nicht nur der Gegner, auch der Reformer hat gesiegt. Was sich als nicht reformierbar erweist, werden auch die Reformer lieber abschaffen als erhalten wollen. Mit welchen Zielen eine Reform auch immer beginnt, auch wo sie erfolgreich und in der erwünschten Bahn verläuft, soll sie einen hoffnungslosen Zustand beenden. Die gescheiterte Reform wird, so es ihr nicht allein um den Machterhalt geht, mit ihrem eigenen Scheitern auch das Scheitern des Nicht-Reformierbaren anstreben. Denn die alte Hoffnungslosigkeit wird nach dem Scheitern des Versuchs einer Reform weder annehmbarer noch erstrebenswerter noch erträglicher, im Gegenteil. Dann blüht Hoffnung allein aus dem Grab, und um der Zukunft willen wird auch der Reformer die Grablegung aufrichtig begrüßen. Erst mit dem Tod eines todeswürdigen Systems können seine Vorstellungen von einer menschlicheren Gesellschaft aufblühen und wiedergeboren werden. Tod und Auferstehung müssen ihm in jedem Fall erstrebenswerter sein als die weitere künstliche Beatmung einer Leiche. Zwischen einem endlosen, alles lähmenden Sterben und dem Tod und der Wiedergeburt ist nicht zu wählen. Auch Gorbatschow wird, wenn er dem Gesetz, nach dem er antrat, verpflichtet bleibt und verpflichtet bleiben darf, nicht anders entscheiden können und nicht anders entscheiden wollen.

Das sowjetische System scheiterte und mußte scheitern, die Gründe dafür sind natürlich vielfältig, aber ich denke, daß es einen zentralen, vielleicht den zentralen Punkt für das Scheitern gibt.

Stalin und der Stalinismus allein sind unzureichende Gründe, denn das Scheitern wurde erst in dem Moment evident und unabweislich, als eben diese Deformation beendet wird. Wäre der Stalinismus die einzige Krankheit, das einzige Übel des sowjetischen Systems, befände es sich jetzt – nach der radikalen Abrechnung mit dem Stalinismus – auf dem Weg der Genesung.

Einzuwenden ist, daß bei einer kriminellen Vergangenheit eines Systems die Mittel derart unheilig waren, daß sie selbst einen heiligen Zweck unwiederbringlich zerstören. Dieser Einwand ist aus jeder Ethik abzuleiten, keine Morallehre wird auf eine solche Satzung verzichten. Die Geschichte allerdings lehrt uns anderes, sie verzeiht dem gewandelten Paulus den mörderischen Saulus, sie setzt auf den Erfolg und den Sieger und ist bereit, beide aus der Verantwortung für das entsetzliche Gestern zu entlassen. Wenn die Geschichtsschreibung die Moral kennt, die Geschichte selbst setzt auf andere Werte.

Der Zerfall eines Systems, bewirkt durch einen moralischen Krebsschaden, kann den Moralisten und Humanisten in uns befriedigen, unsere Erfahrungen mit der Geschichte lehren uns anderes, verweisen auf andere Geschütze, die eine Niederlage oder einen Zerfall bewirken, als das moralische Gesetz.

Ich denke, die zentrale Ursache für den Zusammenbruch, die Selbstzerstörung des sowjetischen Systems in der Sowjetunion und in den mit ihr verbundenen Staaten war das fehlende Leistungsprinzip. Dieses Prinzip wurde im Verlauf der Geschichte dieses Systems mehrfach beschränkt und verletzt und letztlich zerstört. Das Fehlen eines Leistungsprinzips führte nicht allein zum Ruin der Wirtschaft, auch in allen anderen Bereichen der Gesellschaft führte das reduzierte und mißachtete Leistungsprinzip zur Selbstzerstörung der entsprechenden Funktionen. Das Leistungsprinzip ist nicht allein auf seine wirtschaftliche Bedeutung zu begrenzen, es hat nicht nur ökonomische Wirkung. Es ist das Prinzip des Wettbewerbs, für das wir im nicht-ökonomischen Sektor gewöhnlich die Worte Demokratie und Öffentlichkeit benutzen. Da das gleiche Prinzip nicht eingeschränkt zur Wirkung kommen kann – beschränkt etwa auf die Volkswirtschaft –, mußte der wirtschaftlichen Reform in der Sowjetunion (dem Umbau, der Perestroika) die Einführung des Leistungsprinzips in der Gesamtgesellschaft folgen, also die Demokratisierung des gesamten Lebens, die Herstellung von Öffentlichkeit, Glasnost.

Das weltweit erfolgreichste Kriterium für die Durchsetzung des Leistungssprinzips ist der Markt. Freilich, auch er ist kein unstrittiges Kriterium, denn das Leistungsprinzip bevorteilt den Seller und mehr noch den Bestseller und benachteiligt sämtliche anderen Werte. Den Gewinn macht der Rüstungsfabrikant, der Umweltschützer hat sich auch beständig vor dem eigenen Ruin zu schützen, der Ramsch triumphiert auf dem Markt und läßt die Kunst verkümmern. Hier muß ein regulierender Eingriff erfolgen, weshalb auch viele der marktorientierten Gesellschaften auf konterkarierende Maßnahmen nicht verzichten.

Das fehlende Leistungsprinzip in den Ländern des sogenannten real existierenden Sozialismus hat diesen endgültig zerstört. Ohne dieses Prinzip kann keine Gesellschaftsform existieren, überleben und sich entwickeln. Die Ansätze, die es in den Ostblockländern gab, beginnend Anfang der 20er Jahre in der Sowjetunion und fortgesetzt in den folgenden Jahrzehnten auch in Ungarn, der ČSSR, in Polen und der DDR, wurden stets administrativ unterbrochen und zerstört, da sie indirekt auch stets einen Angriff auf das Einparteiensystem, auf das Primat der Politik über die Wirtschaft, auf die Bürokratie darstellten. Die Frage, ob es ein Leistungsprinzip jenseits des kapitalistischen Marktes gibt oder geben könne, ist daher nur spekulativ zu beantworten und erfolgt üblicherweise gemäß der eigenen wirtschaftspolitischen Anschauungen. In den Ländern des real existierenden Sozialismus, in denen der Sozialismus real nicht existierte, gab es kein Leistungsprinzip. Eine gültige Antwort auf diese Frage ist derzeit aus diesem Weltteil nicht zu erwarten, dort wird nach ihr in der nächsten Zeit gewiß nicht mehr gesucht.

Und wenn der letzte Versuch, die Reform Gorbatschows, die Erich Fried so heftig begrüßte, weil er so lange auf sie gewartet hatte, auch scheitert, dann nicht, weil diese Reform halbherzig erfolgt, sondern weil sie zu spät kam. Ich denke, daß im August 1968 das Schicksal der Ostblockländer auf dem Prager Wenzelsplatz entschieden wurde. Auch dort wurde der Versuch, ein Leistungsprinzip in einem sogenannten sozialistischen Land einzuführen, zerstört. Es war ein wiederholter gewaltsamer Eingriff, um den Einparteienstaat und die Bürokratie vor einem leistungsorientierten, erfolgreichen Sozialismus zu schützen. Und es war, wie ich denke, der letzte Versuch, der noch eine wirkliche Chance auf Erfolg hatte.

Gorbatschows Reform, in allen Ländern des Ostblocks eben noch enthusiastisch gefeiert, wurde in den gleichen Ländern ebenso rasch wieder abgewehrt. Der Reformer aus Moskau wurde begrüßt und genutzt, um rasch zu jener äußeren Form der Gesellschaft zu kommen, die dem tatsächlichen, aber noch nicht artikulierten inneren Zustand der Gesellschaft entspricht.

Das Wort vom „Ende der Geschichte" geistert nun durch die Welt, ein Wort des Triumphs, aber auch ein Wort vom Ende. Denn ein Ende der Geschichte ist ohne ein Weltende nicht zu haben. Ich komme aus einem Land, das jahrzehntelang gleichfalls das Ende der Geschichte verkündete. Die übliche Formel dafür hieß: wir sind die Sieger der Geschichte. Auch hier wurde ein „Ende der Geschichte" verkündet, und es gab schließlich auch das Ende einer Geschichte, wenn es auch anders ausfiel, als es eben diese „Sieger der Geschichte" meinten und erwarteten.

Nichts ist fataler für einen Staat wie für eine Gesellschaft und Wirtschaftsform, als sich endgültig einzurichten. Wer sich auf dem Platz des Siegers niederläßt, wird ihn als Verlierer verlassen. Die Geschichte liebt Ironie. Und aus dem gleichen Grund setzt sie nun auf den Verlierer. Der Verlust bedeutet künftigen Gewinn, das weiß nicht nur der Philosoph, auch der Wirtschaftsfachmann kennt die belebende Wirkung des Ruins. Dieser Ruin ist nie angestrebt und wird gefürchtet, aber ist er eingetreten, befördert er eine grundsätzliche Renaissance nachhaltiger als der Erfolg. Die Geschichte, sagte ich, kennt keine Moral und liebt die unerwartete Wendung. Wer von den „Siegern der Geschichte" oder vom „Ende der Geschichte" oder anderen Endgültigkeiten allzu laut redet, überhört vielleicht, daß die Geschichte bereits wieder kichert. Denn der Zug der Geschichte ist nicht angekommen und nicht abgefahren, er bewegt sich unentwegt und durchaus nicht auf der Stelle.

Uns auf dieser Welt endgültig einzurichten, ist uns allein auf dem Friedhof erlaubt. Ansonsten, solange wir diesem endgültigen Frieden noch das Leben vorziehen, sollten wir unsere Niederlagen nutzen und uns bei gelegentlichen Siegen nicht zu lange aufhalten. Wir sollten es lernen, unbelehrbar zu sein, denn das gebrannte Kind, das das Feuer scheut, wird das Eisen im Feuer nicht schmieden. Wir sollten unbelehrbar sein, Erich Fried nennt es: Mißtrauen lernen.

In meinem Land wurde in den letzten Monaten viel erreicht, unvorstellbar viel, unvorstellbar noch vor einem Jahr. Dieser Sieg sollte keinen einschläfern oder unbesorgt machen. Mißtrauen lernen und unbelehrbar bleiben ist tagesnotwendig, auch wenn die Bekundungen von Politikern und Medien heute anderes verkünden. Auch vor dem Oktober 1989 gab es in meinem Land beruhigende Bekundungen der Politiker und Medien, denen wir zu Recht mißtrauten. Und dieser Teil der Arbeit ist noch nicht vorbei. In seinen Erinnerungen schreibt Fried über eine Erfahrung mit Tucholsky, mit jenem Mann, der in diesem Jahr einhundert Jahre alt geworden wäre. Ich will diese Erfahrung zitieren, um zu verdeutlichen, was ich mit dem Wort unbelehrbar meine, was ich meine, wenn ich von unserer aktuellen Aufgabe spreche, und um anzudeuten, warum Erich Fried, seine Haltung und seine Arbeit für mich beispielhaft sind.

„Ich weiß noch“, schrieb Fried, „wie erschüttert ich war, als ich seinen (Tucholskys) bitteren Brief an Arnold Zweig las, eine Art Abschiedsbrief, geschrieben eine Woche vor seinem Tod. Die Schicksale dieses Briefes haben mich später das Mißtrauen gelehrt.

Ich las ihn in der *Weltbühne,* die aber nun im Exil erschien, als *Neue Weltbühne* unter einem neuen Redakteur, nicht mehr Ossietzkys oder Tucholskys alte *Weltbühne.* – Ein Einleitungssatz der Redaktion war mir schon damals unangenehm: ‚In verzweifelter Stimmung hat Tucholsky manches schroff, überschroff formuliert. Ein privater Briefwechsel enthält oft für die öffentliche Diskussion ungeeignete Wendungen, und so mußte dieser Brief an mehreren Stellen gekürzt werden.‘

War das eine Art Zensur, fragte ich mich. Was für ein

Eingriff in eine gar nicht privat gemeinte Briefstelle es wirklich war, das erfuhr ich erst Jahre später, nach dem Krieg. Tucholsky hatte nämlich geschrieben: ‚Man muß von vorn anfangen, nicht auf diesen lächerlichen Stalin hören, der seine Leute verrät ...' Das hatte die *Neue Weltbühne* damals unterschlagen, das Verraten ebenso, wie daß Tucholsky Stalin lächerlich fand.

Jetzt, in der Bundesrepublik, gibt es einen Tucholsky-Bildband in der Rowohlt-Taschenbibliothek. „In Selbstzeugnissen", heißt es. Der verschweigt Tucholskys harte Worte über Stalin natürlich nicht. Aber dann gibt's doch wieder Pünktchen, eine Auslassung. Tucholsky hatte nämlich geschrieben: ‚Nicht auf diesen lächerlichen Stalin hören, der seine Leute verrät, so schön, wie es sonst nur der Papst vermag.' – Den Papst wollte auch der Rowohlt-Band nicht beleidigen, also wurde Tucholskys ‚Selbstzeugnis' wieder verfälscht."

Solange es diese Pünktchen und Auslassungen gibt, sollten wir uns als unbelehrbar erweisen. Sonst werden diese Pünktchen und die Auslassungen zunehmen, und die barbarische Wüste wird sich ausbreiten und uns bedrohen und töten, die Wüste der Intoleranz, des Verbrechens, der Gewalt, jene Wüste, die unter wechselnden Namen die Menschheit seit Jahrhunderten bedroht die uns zuletzt unter dem Namen Stalinismus bedrohte und die, kaum besiegt, ihren Namen wechselt, um uns mit gleichartiger Intoleranz und Gewalt zu bedrohen.

Mißtrauen lernen und unbelehrbar sein sind die Tugenden, mit denen wir uns gegen diese Wüste der Barbarei behaupten können. Weiterhin unbelehrbar sein, wie so viele unbelehrbar waren in der Zeit und in den Ländern des Stalinismus und in der Zeit McCarthys und der vielen großen und kleinen Führer und Diktatoren. Unbelehrbar sein wie die Demonstranten in der DDR im Herbst 1989, die gegen einen allmächtigen Sicherheitsdienst antraten, der weltweit berühmt-berüchtigt war, dessen Apparat und Effektivität noch ein Vierteljahr zuvor auch in Westeuropa fast mythisch beschrieben wurde und der von gewaltlosen Demonstranten mit dem Ruf „Keine Gewalt" besiegt und zerstört wurde.

Dieser Sieg, die gewaltfreie Zerstörung eines allmächtigen und allgewaltigen Sicherheitsdienstes, wurde möglich, weil das eingeschränkte und zerstörte Leistungsprinzip nicht nur die Wirtschaft, die Demokratie und die Öffentlichkeit lädiert und zerstört hatte, sondern schließlich auch die ideelle Grundlage des Staates. Die Vision, der Traum von einer Sache, jenes geistige Prinzip, durch das die menschliche Arbeit und Gemeinschaft in einen absurden Leerlauf verfällt, war ausgelöscht worden. Ein geistloser Zustand aber erlaubt nur noch ein halbbewußtes Dahindämmern, er ist unfähig, produktiv zu werden, und erlaubt nicht, sich aktiv zu verteidigen und zu wehren. Der überwältigende militärische und paramilitärische Apparat war gelähmt und nahezu paralysiert, da die eine Frage: wozu? nicht mehr beantwortet werden konnte.

Bei der Untersuchung der Oktoberereignisse und der Auflösung der Staatssicherheit stellten wir fest, daß in den Monaten und Jahren vor dem Oktober die Staatssicherheit immer wieder und immer eindringlicher die Staatsführung auf die Situation im Land aufmerksam gemacht hatte und irritiert und verständnislos die erstarrte Absurdität der Macht wahrnahm. Im Oktober stand den Demonstranten ein Sicherheitsdienst gegenüber, dem es scheinbar an nichts mangelte. Er besaß Menschen und Waffen, Geld und Gebäude, Technik und Akten, soviel er nur wollte, und er konnte jederzeit dieses Potential nach Belieben erweitern. Und trotzdem fiel dieser mächtige Apparat in wenigen Tagen in sich zusammen.

Ihm, der scheinbar alles besaß, mangelte eine einzige Kleinigkeit, eine oft belächelte, verspottete und befeindete Kleinigkeit: diesem beeindruckend mächtigen und fürchterlichen Moloch der Macht war die Idee abhanden gekommen und damit seine eigene Zukunft. Die Frage der Demonstranten: „Das Volk sind wir, wen beschützt ihr?“ traf seinen neuralgischen Punkt. Der Moloch fiel in sich zusammen, weil er die Frage: wozu? nicht mehr beantworten konnte.

Ein Mensch, dem der Lebenssinn abhanden kommt, wird Selbstmord begehen. Eine menschliche Einrichtung, sei es eine Familie oder sei es ein Staat, die nur noch – und sei es bestens – funktioniert, aber die nichts darüber hinaus verbindet, die von keiner gemeinsamen Idee oder Vision oder ideellem Interesse getragen und verbunden ist, ist tot und wird verfallen. Es ist eine Besonderheit des Menschen, die ihn groß macht und ihn gefährdet, daß er diese merkwürdige Kleinigkeit einer Vision benötigt, um existieren zu können. Und kein noch so gewaltiger Panzer und kein noch so umfängliches Bankkonto können ihn retten, wenn ihm sein Traum verlorenging.

Freilich, dieser Traum und die Kraft und Bereitschaft, unbelehrbar zu sein, haben ihren Preis. Der unbelehrbare Büchner, der nicht bereit war, sich „vor den Paradegäulen und Eckstehern der Geschichte zu bücken“, hat diesen Preis zahlen müssen. An seine Eltern schrieb er: „Daß übrigens noch die ungünstigsten Kritiken erscheinen werden, versteht sich von selbst; denn die Regierungen müssen doch durch ihre bezahlten Schreiber beweisen lassen, daß ihre Gegner Dummköpfe oder unsittliche Menschen sind.“

Der Georg-Büchner-Preisträger Fried zitierte diese Worte am Ende seiner Büchner-Rede, weil auch er diesen Preis der Unbelehrbarkeit kennenlernen mußte.

In meinem Land hat sich in der letzten Zeit viel verändert. Ich zweifle aber nicht daran, daß – wenn sich auch alles, alles wendet – wir in dieser Welt voller Ungewißheiten gewiß sein können, daß dieser Preis der Unbelehrbarkeit auch künftig zu zahlen ist. Aber auch diese Arbeit muß getan werden, und – wie schon einmal vor Jahren in der alten DDR – ich wünsche uns allen dazu Kraft und Mut und Rückgrat.

Der Erich-Fried-Preis hat für mich einen zusätzlichen und besonderen Wert, da er mir von Hans Mayer zugesprochen wurde.

Ich habe in Leipzig studiert, in einer alten Stadt, die sich in den letzten Jahrhunderten einen Namen machte und die sich in den letzten Monaten nochmals einen Namen und möglicherweise mehrere Namen machte. An der Universität der Stadt, deren damalige Gebäude den traditionsreichen Namen Alma mater rechtfertigten – das heutige Universitätsgebäude gemahnt mehr an Skyline –, an dieser Universität lehrten nach dem Krieg zwei Männer, Ernst Bloch und Hans Mayer, die wenige Jahr später genötigt waren, die Universität, die Stadt und das Land zu verlassen.

Als ich endlich studieren konnte – die Immatrikulation erfolgte für mich sehr spät, da sowohl meine Herkunft wie meine kurze Biographie mich als nicht förderungswürdig auswiesen –, hatten diese beiden Männer Leipzig längst verlassen müssen. Aber ich studierte in einer Stadt und an einer Universität, die noch immer ein wenig von Bloch und Mayer geprägt waren. Ich studierte bei Professoren, die ihren Hegel aus Blochs Büchern zitierten, und die bei Büchner und Thomas Mann auf den verfemten Mayer verwiesen. Etwas von der Haltung und dem Geist dieser beiden Männer prägt noch immer die Universität. Eine halbherzige und versteckte Prägung, gewiß – schließlich verdient man in deutschen Landen seine Brötchen nicht allein durch Arbeit, sondern auch durch die rechte Gesinnung –, aber es war allem zum Trotz etwas von Bloch und Mayer geblieben.

Ich hoffe, daß die Universität in Leipzig, die den Namen Karl Marx trägt und erst jetzt die Chance hat, sich diesen Namen auch zu verdienen, bei den erforderlichen Veränderungen und neuen Prägungen sich wieder und deutlich an Ernst Bloch und Hans Mayer erinnert und sich ihrem Geist und ihrer Haltung verpflichtet. Um der Erneuerung willen.

So ist es für mich eine besonders hohe Auszeichnung, die hohe Auszeichnung mit dem Erich-Fried-Preis von Hans Mayer zu erhalten.

Eure Freiheit ist unser Auftrag

Ein Brief an (fast alle) Ausländer – wider das Gerede vom Fremdenhaß der Deutschen

Ein Gerücht geht durch die Welt, von Regierungssprechern bestätigt und von der Presse immer wieder behauptet und durch ihre Berichte und Bilder scheinbar bewiesen. Die Deutschen, heißt es, und die Mitteleuropäer und die Amerikaner seien fremdenfeindlich und aggressiv und gewalttätig gegen Ausländer. Das ist nicht wahr.

Wenn wir einen dreißigjährigen Mörder lebenslänglich ins Gefängnis stecken oder hinrichten, weil er einen anderen Menschen ermordet hat und folglich bestraft werden muß, wäre es eine Lüge zu sagen, wir würden die Dreißigjährigen lebenslänglich ins Gefängnis stecken oder hinrichten. Wir sind gegen Ausländer ebensowenig wie gegen Dreißigjährige. Aber wir sind gegen alle, die uns bedrohen, und wir müssen sie verurteilen, wenn wir nicht uns selbst gefährden wollen.

Wir sind nicht gegen Ausländer. In unseren Städten stehen Gebäude, die vor allem für Ausländer gebaut sind. Sie sind besonders gut ausgestattet, und wenn die Ausländer mit viel Gepäck kommen, stehen Leute von uns bereit, ihnen das Gepäck abzunehmen und es bis in ihr Zimmer zu tragen.

Gelegentlich laufen Leute vor diesen Häusern zusammen, aber keinesfalls, um diese Ausländer zu beschimpfen oder gar anzugreifen. Diese Leute wollen die Ausländer freundlich begrüßen und sie um ein Autogramm bitten. Und keiner von ihnen rief je: Ausländer raus.

Nein, wir sind nicht ausländerfeindlich. Das Gerücht lügt. Wir fahren selbst gern ins Ausland und freuen uns, in der Fremde zu sein, ungewöhnliche Sitten und Gebräuche kennenzulernen, ein anderes Klima und eine uns unbekannte Küche zu genießen (oder wir sind zufrieden, wenn wir auch in exotischer Ferne die heimatlichen Gerichte serviert bekommen).

Das Gerücht lügt, glaubt ihm nicht. Und glaubt nicht, daß wir Ausländer nur als Touristen freundlich begrüßen und sie ansonsten hassen. Was wäre das auch für ein merkwürdiger Haß, der nach Belieben an- und abgestellt werden kann?

Wir sind keine zurückgebliebenen Hinterwäldler, die die Welt nicht kennen, keine albernen, unaufgeklärten Toren, die vor einer anderen Hautfarbe erschrecken. Im Gegenteil. Wenn unsere Tochter mit Eurem Sohn zusammenleben will, nehmen wir Euren Sohn als unseren Sohn auf und ermahnen unsere Kinder, ihre Kinder zweisprachig zu erziehen, denn dies ist für ihre Bildung, ihre Kultur und ihre Geschäfte sehr vorteilhaft.

In wenigen Jahren werden viele Chinesen ihre Heimat Hongkong verlassen. Damit sie nicht völlig heimatlos werden oder gar gezwungen sind, beim ärmsten Mitglied unserer Völkerfamilie, dem Volk der Boat people, um Asyl zu bitten, haben wir sie bereits jetzt zu uns eingeladen. Sie werden künftig mitten unter uns wohnen, und ihr Reichtum wird unseren vermehren.

Wir sind gebildet, kulturvoll, wir haben viel gelernt und kennen die Welt. Wir wollen mit Euch kaufen, mit Euch verkaufen, mit Euch reden, mit Euch gehen und so weiter. Wir sind inzwischen auch bereit, mit Euch zu essen, mit Euch zu trinken und sogar – jeder zu seinem Gott – mit Euch zu beten.

Nein, wir sind nicht ausländerfeindlich. Wir haben keine Angst vor Eurer Hautfarbe oder Religion, und Eure uns fremde Kultur achten wir und interessieren uns sehr für sie. Aber wir hassen die Armut. Und es ist leider wahr, daß viele von Euch besonders arm sind. Wir fürchten uns vor Eurer Armut, weil sie uns ängstigt. Wir fürchten den Bazillus Eurer Armut, wir fürchten, uns anzustecken. Wir haben eine panische Angst davor zu verarmen. Dabei ist es uns völlig gleichgültig, ob jener Mensch mit diesem Bazillus der schrecklichsten Krankheit unserer Welt ein Ausländer oder ein Deutscher ist.

Denn auch die Obdachlosen und Armen unserer Nationalität fürchten wir. Wir versuchen, sie in unsere Gesellschaft zu integrieren. Aber wenn dies nicht mehr möglich ist – sei es, weil ihre Armut sie bereits zu sehr zerstört hat, oder sei es, weil es zu viele sind und wir sie nicht mehr aufnehmen können, ohne uns selbst, unseren Wohlstand, zu gefährden –, wenden wir uns auch gegen sie, brennen ihre Asyle nieder und töten sie, wenn sie auf einer Parkbank nächtigen.

Es ist keine Ausländerfeindlichkeit, die uns zur Gewalt gegen Euch treibt, es ist unser Haß gegen die Armut. Wir wollen unseren durchaus bescheidenen Wohlstand behalten und müssen ihn gegen Euch verteidigen. Ihr habt – ohne es zu wissen – den Krieg begonnen. Eure Welt hat unsere Welt angegriffen, und wenn wir uns nicht wehren, wird unsere uns so kostbare und unaufgebbare erste Welt in Eurer dritten Welt versinken.

Wir haben Mitleid mit Eurer Armut. Die Bilder aus Euren Ländern erschrecken uns zutiefst, und es zerreißt uns das Herz, Euer entsetzliches Elend sehen zu müssen. Wir schalten sogar häufig die Nachrichtensendungen des Fernsehens aus, weil wir Euer Elend nicht mehr ertragen. Wenn wir an Euch vorbeigehen, blicken wir in die reichen Schaufenster unserer Geschäfte, denn es schmerzt uns, Eure Lumpen zu sehen und in Eure erloschenen Augen zu schauen.

Nennt uns nicht zynisch. Wir sind voll Mitleid, aber wir müssen unsere Welt verteidigen. Wir müssen unsere Wohnungen und Häuser, die Euch wie Paläste erscheinen, gegen Euch verbarrikadieren. Denn wenn wir diesen Kampf, diesen Krieg, den Ihr begonnen habt, verlieren, werden unsere Städte zu Slums. Unsere Welt wird, wenn sie sich mit Eurer Welt vermischt, untergehen. Unser Reichtum wird wie ein Eimer Wasser in dem Ozean Eures Elends spurlos verschwinden.

Unseren Wohlstand und unsere Kultur müssen wir gegen Euch verteidigen, wenn wir uns nicht selbst aufgeben wollen. Und wir werden uns ebenso entschlossen verteidigen, wie Ihr offenbar entschlossen seid, Eure Armut nicht weiter hinzunehmen.

Die Bevölkerung der Vereinigten Staaten stellt 5 % der gesamten Menschheit dar, und sie benötigt 27 % der Ressourcen unserer Erde. Wir Europäer (10 %) verbrauchen mit den Nordamerikanern zusammen weit mehr als die Hälfte aller Naturressourcen. Dabei leben wir keinesfalls luxuriös, wir sind fast anspruchslos. Wir benötigen eine Wohnung, einen Kühlschrank, ein Auto und etwas Papier, um unsere Bedürfnisse zu befriedigen. Und wir können Euch – bei Strafe unseres Untergangs – nicht erlauben, Eure Bedürfnisse gleichfalls zu befriedigen. Wir verbrauchen pro Kopf unserer Bevölkerung jährlich 230 Kilogramm Papier. Wenn wir Euch auch gestatteten, pro Kopf so viel Papier zu verbrauchen, ist die für uns lebensnotwendige Flora dieser Erde und mit ihr die von ihr abhängige Fauna in wenigen Jahrzehnten ausgestorben. Wenn auch Ihr jeder einen Kühlschrank besitzt oder Sprays benutzt, ist die für uns alle erforderliche Ozonschicht irreparabel zerstört, bevor Ihr alle Raten für Euren Kühlschrank bezahlt habt. Und wenn auch Ihr jeder eine Wohnung und ein Auto bekommt, wird es keine Wälder und Wiesen mehr geben und keinen Spielplatz für unsere Kinder.

Euer Anspruch, an unserem Leben teilhaben zu wollen, ist ein Angriff gegen uns, gegen unseren Wohlstand, gegen unsere Kultur. Wenn wir erlauben, daß Ihr Euren Anspruch durchsetzt, wird die Natur zerstört werden. Die Welt wird unbewohnbar für Euch, aber leider auch für uns.

Ihr habt den Krieg eröffnet, und wir müssen uns verteidigen. Und da eine Mauer aus Stein nicht haltbar genug ist und nicht das Elend der dritten Welt aus unserer Welt ausgrenzen kann, haben wir eine Mauer aus dem besten und haltbarsten Material geschaffen, das wir besitzen, eine Mauer, die keiner überwindet, eine Mauer aus Geld.

Wir sind nicht fremdenfeindlich. Zwei unserer Staaten, die U.S.A. und Australien, haben ihre Gesetze verändert, nur um die Immigration von Ausländern zu erleichtern. In Australien werdet Ihr sofort aufgenommen, wenn Ihr bereit seid, bei Eurer Ankunft 500 000 Dollar in die Wirtschaft des Landes zu investieren, und in den USA erhaltet Ihr die vollen Rechte eines Staatsbürgers, wenn Ihr eine Million Dollar investiert.

Wir Europäer haben solche Gesetze noch nicht formuliert, aber wir wenden sie bereits jetzt an, und zwar für Euch oder gegen Euch. Kommt zu uns, wenn Ihr bereit seid, dieses Geld bei uns zu investieren. Aber wenn Ihr nicht dazu bereit seid, dann bleibt, wo Ihr seid und rührt Euch nicht. Denn wenn Ihr trotzdem kommt, werden wir dies als einen kriegerischen Akt ansehen und entsprechend reagieren. Doch nicht wir sind die Schuldigen. Schuldig seid Ihr, schuldig der fehlenden Bereitschaft, Geld in unsere Wirtschaft zu investieren.

Versteht uns doch: wir haben Angst vor dem Elend, vor Eurem heutigem Elend und vor unserem künftigen Elend, das uns droht, wenn wir uns jetzt nicht wehren.

Wer in einem Viehstall zur Welt kommt und statt in eine Wiege, in eine Futterkrippe gelegt wird, den kreuzigen wir nur deshalb, weil wir uns davor fürchten, unsere Kinder in einem Viehstall zur Welt bringen zu müssen. (Und wenn Ihr, um Eurem Kind dieses Schicksal zu ersparen, es vor seiner Geburt abtreibt, werden wir Euch deshalb kreuzigen.) Denn unser Gott sagt uns: Was immer ihr einem dieser meiner geringsten Brüder getan habt, das habt ihr mir getan. Und so werden wir seinem Gebot folgen und, was wir unserem Gott antaten, auch Euch antun. Denn die Geringsten sind in unserer Welt und nach unserer Moral und unserem Glauben jene, die kein Geld haben.

Wir verfolgen Euch nicht, weil Ihr Ausländer seid. Auch in unseren Ländern steht der reichere Norden oder Westen gegen den ärmeren Süden oder Osten. Und wenn dieser Kampf weniger brutal ist, dann nur weil das Wohlstandsgefälle weniger brutal ist. Und wenn wir Ausländer oder ärmere Inländer oder Ausländer, die deutscher Herkunft sind, beschimpfen und sie als faul und asozial, stinkend und larmoyant bezeichnen, wollen wir damit nur sagen, daß diese Leute arm sind. Wenn sie klagen, daß es ihnen schlechtgehe, erwidern wir ihnen, daß es ihnen noch nicht schlecht genug geht, wenn sie immer noch klagen können. Und wenn sie sagen, sie und ihre Welt seien von uns und unserer Welt bestohlen worden, antworten wir ihnen: dann bleibt uns gestohlen.

Glaubt nicht unseren Regierungen und der Presse, wenn sie sagen, es fehle uns nur an einer gründlicheren Aufklärung und der richtigen Erziehung, um die noch immer vorhandenen rechten und linken Denkblockaden und -verbote auszurotten. Wir wissen, was Euch fehlt und was uns droht, wenn Ihr zu uns kommt. Wir sind aufgeklärt. Unsere Religion kennt – im Unterschied zu allen anderen Religionen – nicht die Sünde der Heuchelei. Denn Geld läßt sich nicht heucheln. Der scheinheilige Tartuffe kann in unserer Gesellschaft nicht überleben; er wird sofort entlarvt, wenn der Ruf zu unserem Gebet ertönt.

Und der heißt bei uns: cash. Diese Religion und dieses Gebet können die Grenzen unserer Welt wirksamer schützen als jede Mauer.

Wir sind aufgeklärt. Wenn vorerst nur die Angehörigen bestimmter Schichten (die ärmeren und damit auch ungebildeteren) gegen Euch gewalttätig werden, so liegt es nicht an fehlender Aufklärung. Unsere ärmeren Landsleute wissen, daß Eure viel größere Armut vor allem sie bedroht. Denn unsere Armen werden die ersten Opfer Eurer Armut sein, wenn wir uns nicht wehren.

Wir sind nicht ausländerfeindlich. Wir sind zivilisiert genug zu wissen, daß auch Ihr einen Anspruch auf Menschenrechte habt. Aber da Euer Anspruch unseren Wohlstand gefährdet und Ihr ihn dennoch durchzusetzen versucht, habt Ihr damit einen nicht-erklärten Krieg gegen uns begonnen. Wir werden uns wehren. Aus Furcht vor Eurer Armut. Aus Angst, eines Tages Eure Armut teilen zu müssen.

„Eure Freiheit ist unser Auftrag“ (Inschrift des Denkmals in der Berliner Straße des 17. Juni) – „es fehlet aber das Geld“ (Hölderlin).

Die Mauern von Jerichow

Ansichtskarte einer deutschen Kleinstadt, leicht retuschiert

Dresdner Rede

Eine Kleinstadt in Mecklenburg, ansehnlich gewesen in der niederdeutschen Zeit, Stadtrecht seit 1270, abgebrannt 1732; nach dem Ende des 2. Weltkriegs wohnten dreieinhalbtausend geschätzte Personen in Jerichow, nicht gerechnet das Vieh. Dann kamen die Neubauten, Fabrikhallen, Lagerbaracken, die Industrialisierung des Nordens. Die Stadtstraße, später hieß sie Adolf-Hitler-Straße, wird in Stalinallee umbenannt, bald darauf in Straße des Friedens. Eine Straße der nationalen Einheit gab's nach dem Krieg auch, dann wurde das unzeitgemäß und – ohne Umzug – änderte sich erneut die Adresse: man wohnte nun in einer Wilhelm-Pieck-Straße. Die Farben der Straßenschilder wurden schlechter oder doch nicht besser, bereits nach einem Jahr schimmerte unter dem Pieck die Einheit durch.

Die Häuser, manchmal neu verputzt, tragen an den Türen den Vermerk: KWV, Volkseigentum. An dem alten Gefallenen-Denkmal ein Sperrholzschild: Lernt, die ihr gewarnt seid. Den Opfern der imperialistischen Kriege. Und eine Bekanntmachung hinter Glas: Auf dich kommt es an. Deinen Rat, deine Tat. Viele Fahnen die Straße entlang, und an fast jeder Haustür die leeren Steckhalter für kleine Fahnen. Das Kaufhaus heißt „Magnet“, das heißt, es soll anziehen, und was bleibt einem auch schon anderes übrig. Oder, wie die in der fernen Hauptstadt zu sagen pflegen: Wat bleibt ein'm schon walter ulbricht.

Irgendwann wurde die Telefonzelle am Markt erneuert, bei der Reparatur kam das umliegende Pflaster abhanden, blieb unauffindbar, außer für jenen, der die Steine für seinen Garten benötigte, für seine Datsche. Durch die Jahrzehnte unverändert der Wartesaal, dicht besetzt von Biertrinkern.

Eine kleine Stadt, versteckt an der See, versteckt im Weizen, mit Namen Jerichow.

Uwe Johnson, der die DDR verlassen mußte, aber diese Stadt in Wahrheit nie verließ, hat sie unermüdlich und immer wieder beschrieben. Und einmal auch, um das Jahr 1972 wohl, gab er einer Denkmöglichkeit nach, einem geradezu verrückt wirkenden Einfall. Er läßt sein geliebtes Jerichow vollständig, eingerechnet das Vieh, beitreten. Jerichow wird Beitrittsgebiet und damit bundesdeutsch, allerdings nur Jerichow. Und Johnson schrieb:

„Wenn Jerichow zum Westen gekommen wäre:

Die Stadtstraße wäre ein Kanal zu ebener Erde, asphaltiert, eingefaßt von Kristallglas und Chrom. Auch in den ärmsten Häusern wären die Kreuzstöcke ausgebrochen, ersetzt durch Schaufenster oder durch doppelglasig versiegelte Apparate, zweiseitig schwenkbar. Zwei Fahrschulen, ein Reisebüro, eine Filiale der Dresdner Bank. Elektrische Rasenmäher, Haushaltsgerät aus Plastik, Taschenradios, Fernseher. Methfessel jun. hätte den Verkaufsraum der Fleischerei voll verkachelt. In der Einfahrt der Sportwagen des Gesellen, mit Überrollbügel. [...]

Jerichow würde zum Zonengrenzbezirk Lübeck gehören. Abgeordnete im Kieler Landtag. Schimpfen auf Kiel. Der überlebende Adel kandidiert für die C.D.U.

Zu den ‚guten Familien' neu gerechnet: Garagenbesitzer, Getränkelieferanten, Bundeswehroffiziere, Kreisbauräte. Bienmüller nicht; der ließe seinen Sohn nicht in die Bundesmarine. Schiffstelefongespräche über Kiel Radio zwar würde er mithören. (Die über Rügen Radio auch.) Urlaub in Dänemark, Fernsehen aus Hamburg, Unterhaltungsmusik und Funkbilder aus Niedersachsen, Funkhaus Hannover. Die Offiziere des Bundesgrenzschutzes würden im Lübecker Hof verkehren (er hieße Lübecker Hof), Mannschaftsdienstgrade im Krug von Wulff. Und hier würden keine Jeeps angesteckt.

Jerichow hätte fünf Ansichtskarten anzubieten statt früher zwei. Zusätzlich: Den rotziegeligen Anbau des Rathauses (hamburger Stil). Den Neubau des ‚Schwanennestes' (ehemals Försterkrug). Das Mahnmal der ‚deutschen Teilung' (oder für die Kriegsgefangenen) auf dem Bahnhofsvorplatz.

Eine kleine Stadt in Schleswig-Holstein. Vielleicht würden die Höfe inzwischen nach Tonnen gerechnet, nach halben Hektar. Von Jerichow über Rande nach Travemünde ginge eine Küstenstraße mit Platz für drei Autos nebeneinander.

Papenbrock wäre bis 1952 von neuem reich geworden an der Verwaltung der neuen Großmacht, des adligen Grundbesitzes. Vor seinem Tode hätte er noch das lassewitzsche Stadthaus losgeschlagen. Die Stadt würde es durchbauen, auch Stukkateure aus Hannover kommen lassen für die Girlanden unter den Fenstern. Das Haus wäre zur Hälfte Museum, zur anderen eine Höhle für Behörden. Die gutmütige S.P.D. von Gneez.

Unter fast jede Straße hätten die Stadträte inzwischen Kanalisation gelegt. Die Ziegelei wäre verwandelt in eine Fabrik mit Haushaltswaren aus Kunststoff, um Arbeitskräfte in Jerichow zu halten. Peitschenlampen noch in der Bäk. Auf dem Markt nachts leuchtete ein Neonpilz an langer Stange. Das Krankenhaus wäre das Pförtnerhaus einer Klinik geworden, mit Operationssaal. Ins Bahnhofsrestaurant hätten sie eine niedrige Decke eingehängt, die verheizten Möbel wären ersetzt durch Gelsenkirchener

Barock, klimatisierte Kuchenvitrine, da wären Teppichfliesen ausgelegt.

Das alte Wirtshaus auf dem Weg zum Gräfinnenwald wäre eine Weile in Reiseführern verzeichnet. Mitte der fünfziger Jahre in Brand gesteckt, neu erbaut als zweistöckige Ecke, Pension und Restaurant. Die Schwäne würden den Försterkrug nicht erkennen, den neuen Namen läsen die nicht. Die Pächter im raschen Wechsel, bis zum Entsetzen verwundert über das Ausbleiben der Gäste. Die Werbung hatte doch von einer ‚Perle' nordischen Städtebaus gesprochen, mit Schönheit der Landschaft gelockt. Wiederum wäre Jerichow der Kreisstadt unterlegen. Die Straße nach Gneez wäre fünfmal täglich mit Omnibussen befahren, zur höheren Ehre des Unternehmergeschlechtes Swenson. Im Kopf stünde nicht: Jerichow, sondern: Gneez – Rande (über Jerichow). Gneez zöge an und nähme weg: Hausfrauen, Arbeiter, Beamte, Kinogänger, Schüler. In Gneez wären nicht nur die Filme so frisch wie in Ratzeburg oder Lübeck. In Gneez böte die Volkshochschule Fremdsprachen, Lichtbildervorträge, Vorlesungen aus Romanen. In Jerichow herrschte Mißstimmung über den Neubau des gneezer Finanzamtes. Jerichows bestbekannte Attraktionen: ein ältliches Schwimmlehrbad der Luftwaffe und ein etwas näherer Verlauf der Grenze. [...]

Ilse Grossjohann wäre nicht lange Bürgermeisterin geblieben. Jedoch hätte sie zwei Kutter liegen an der neuen Landungsbrücke, und wo die Ausflugsschiffe von Dänemark anlegten, hätte sie eine behaglich bebuschte Falle gebaut, das Gartenrestaurant Najade. [...]

Manchmal, und öfter, benähmen sich die Jerichower als wären sie Klützer. Sperren die Stadtstraße für ausgewachsene drei Tage, nur um Stromkabel auszuwechseln. Sollen die Touristen, die bloß an die See wollen, doch einen Umweg fahren! [...]

Die Fremde, die in der Apotheke nach der chemischen Reinigung fragt, würde nicht nur an das Haus ‚gegenüber der Shell-Tankstelle' verwiesen; sie bekäme auch gleich ein mündliches Gutachten über Dauer und Güte der Behandlung. Das wäre geblieben.

Beratung in rechtlichen Fragen: Dr. Werner Jansen. Immobilien: N.Krijerstam in Firma R. Papenbrock. Taxis, Omnibusse: Heinz Swenson. Auskünfte über Flurnamen und Ortsgeschichte: O. Stoffregen. Die wären, vielleicht, geblieben."

Und da wären dann noch die Freunde in Wismar. Die sind, denn nur Jerichow trat bei Johnson der Bundesrepublik bei, die sind nun durch eine Grenze getrennt. Und Johnson merkt dazu an:

„Freunde in Wismar müßten über 65 sein, um Leute in Jerichow zu besuchen. In Bad Kleinen umsteigen in den Interzonenzug nach Hamburg über Schönberg und Lübeck. Wären einander recht fremd geworden.

Wenn Jerichow zum Westen gekommen wäre."

Nun ist, Uwe Johnson hat es nicht mehr erlebt, Jerichow beigetreten, aber zusammen mit Wismar und Bad Kleinen, wo man früher in den Interzonenzug nach Hamburg umsteigen mußte. Und beigetreten ist ganz Mecklenburg und Vorpommern und vier weitere Bundesländer, die, so alt sie auch sind, nun „neue Bundesländer" heißen. In Jerichow hat die Dresdner Bank eine Filiale eröffnet. Das Kaufhaus Magnet zieht immer noch an, aber es heißt nun Karstadt. Auch der Sportwagen mit dem Überrollbügel steht vor der Tür. Und es gibt die Bundeswehroffiziere und auch die neuen guten Familien. Und für die CDU kandidiert nicht nur der überlebende Adel.

Und noch eins ist zu spüren, fast zu greifen, ist allgegenwärtig vorhanden, was in der Eile und im Jubel übersehen wurde. Die aus Jerichow und die aus Travemünde waren einander recht fremd geworden. Man hatte es bemerkt in den Jahren davor, bei den gelegentlichen, immer seltener werdenden Besuchen im Osten und bei den manchmal behördlich genehmigten Reisen zur westdeutschen Verwandtschaft. Merkwürdige Leute, hieß es nach so einer Reise, wenn man wieder daheim war, die sind anders als wir. Irgendwie verbohrt und naiv. Oder es hieß: die sind kalt und arrogant. Und dann fielen noch Worte wie: die sollen bloß nicht glauben, daß wir auf die angewiesen sind, wir leben auch ganz gut. Oder: Italien sagt mir einfach mehr zu, und außerdem, die gucken immer so komisch, wenn man erzählt, daß man gerade drei Tage in New York war, dabei war das gar kein Urlaub, wie die glauben, das ist ein knallharter Job. Und schließlich blieb es bei den Besuchen, die schwer oder überhaupt nicht abzusagen waren, bei den ganz großen Geburtstagen, und auch die verliefen mit politischen Diskussionen, die eigentlich keiner schätzte und wollte. Und wenn sie sich dann trennten, war die trennende Mauer – jedenfalls für eine kurze Zeit – selbst für die aus Jerichow weniger schmerzend. Man gewöhnte sich an sie, dafür sorgten die Jahre und die Zeit, unser aller Herr. Die Mauer wurde fast Alltag, mit der sich Hüben und Drüben abgefunden oder doch zu arrangieren hatten. Und nur noch gelegentlich wurde dieser Alltag gestört, durch eine doch noch genehmigte Reise in den Westen oder auch durch eine Radiomeldung über einen Vorfall an der innerdeutschen Grenze. Ein versuchter Anschlag auf die Grenze wurde vereitelt, hieß es, oder es hieß: eine Flucht scheiterte. Und manchmal war sogar von Schüssen die Rede und einem Toten, aber das dementierte der andere Nachrichtensprecher umgehend.

Doch dann fiel das Staatssystem, dem Jerichow zugehörte, zusammen, nicht freiwillig, aber bereits ohne Kraft, das Volk nochmals zu disziplinieren. Und mit ihm fiel die Mauer. Es gab Tage voll Jubel und lange Nächte mit Alkohol und Musik. Es gab Politikerreden über den schönsten Tag der Deutschen und auch die üblicheren Reden mit noch schöneren Wahlversprechungen.

Für kurze Zeit gab es auch eine Diskussion über die Art des Zusammengehens: Vereinigung oder Beitritt. Aber eine Wiedervereinigung oder Vereinigung konnte nicht zustande kommen. Für eine solche Vereinbarung war der eine Partner zu schwach, und eine Allianz, ein Agreement, verlangt nach vergleichbaren, nach einigermaßen gleichen Verhandlungspartnern. So verblieb nur der Beitritt. Jerichow kam in den Westen und erhielt seinen Bundeswehroffizier.

Es war eine hohe Zeit für die Deutschen, ihre Hoch-Zeit. Doch bereits am Tag danach stellte sich heraus, was man die ganzen Jahre hindurch gewußt hatte: sie waren sich einander recht fremd geworden. Was sie – nachdem sie sich aus der heftigen Umarmung gelöst hatten – voneinander wollten, es wäre eigentlich auch durch einen Wirtschaftsvertrag zu regeln gewesen: Immobilien, Land, Arbeitskräfte, Fabrikausrüstungen, Know-how und Waren des alltäglichen und des nicht-alltäglichen Bedarfs.

Glücklicher war die Wirtschaft, die Industrie. Die Ökonomie in Deutschland vollzog die Einheit sehr rasch. Entstandene und noch immer entstehende Verluste sind zulässig, da sie dem Wirtschaftswachstum nicht hinderlich sind, es vielmehr befördern. Um eine Aufarbeitung von Geschichte kümmert sie sich – wie auch bei gegebenen Anlässen in früheren Zeiten und Zeitwenden – überhaupt nicht. Vergangenheit, Geschichte, wat kimmer mie, wenn es nur aufwärts geht. Belastungen aus der Vorzeit, damit mögen sich Schöngeister herumquälen, was die Wirtschaft benötigt, sind motivierte Leute mit einem Ziel vor Augen, mit Einsatzbereitschaft, mit dem Willen, sich ein- und auch unterzuordnen oder andere sich unterzuordnen. Und mit der Fähigkeit, gewisse Hemmungen auch mal zu überwinden und fünf gerade sein zu lassen. Und selbstverständlich dort, wo es zwar nicht angebracht, aber förderlich ist, auch mal Stillschweigen bewahren zu können. Da ist Einigung, auch deutsche Einigung, schnell zu erzielen, zumal jene, die unüberwindbare Hemmungen haben, die nicht schweigen können oder wollen, sich in der Vergangenheit selbst desavouierten. Der Störenfried, eben noch gebraucht und gelobt, nun ist er nur noch ein Störenfried, seine wirtschaftliche Verwertung liegt bei Null. Er, der sich dadurch, daß er ein Störenfried war, aus dem ihn drosselnden Netz eines Staates und seines Geheimdienstes befreite, landet nun im sozialen Netz, das ihm sein weiteres Leben sichert, freilich nur ein nicht zu brauchendes, ein unbrauchbares.

Die Wirtschaft hat die Einigung vollzogen, das neue Outfit von Jerichow gibt uns beredetes Beispiel. Allenfalls die Modernisierung der Kanalisation dauert noch ein paar Jahre und der Straßenbau, und das vernachlässigte Herrenhaus, das wird noch Zeit und Geld verschlingen. Aber die riesigen Reklametafeln und die Würstchenbuden und das neue Blechschild an der Post mit dem Bundesadler, das ist alles schon wie in Travemünde. Doch es gibt Sorgen und Klagen auch bei der Wirtschaft. Zu bemängeln sind ungeklärte Eigentumsfragen. Die Katasterämter und Gerichte arbeiten rund um die Uhr, doch es wird immer unabweisbarer: sie müssen rasch personell aufgestockt werden, wenn die deutsche Einigung nicht ernsthaften Schaden nehmen soll. Den wirklichen Tag der deutschen Einheit, er wird uns, wenn die letzte Eigentumsfrage geklärt ist, vom Katasterbeamten gemeldet.

Und ansonsten? Da wäre noch vom Nationalstaat zu sprechen und von der Kulturnation und von der deutschen Identität. Und es wären einige Zitate angebracht aus den Werken jener Leute, die man in Deutschland nur noch zitatweise nutzt, die Dichter und Denker. Goethe zum Beispiel, was sagt eigentlich Goethe dazu. Bei Friedrich Nietzsche lesen wir: „Was Goethe eigentlich über die Deutschen gedacht hat? – Aber er hat über viele Dinge um sich herum nie deutlich geredet und verstand sich zeitlebens auf das feine Schweigen: – wahrscheinlich hatte er gute Gründe dazu."

Das feine Schweigen, nehmen wir's hier als Kommentar eines großen Mannes zu den Deutschen.

Jerichow schüttelt ohnehin den Kopf. Vorerst wollen die Jerichower auf die Nation verzichten und sich mit dem Land begnügen, dem eigenen Bundesland und der stolzen Landesfahne. Mit denen aus den anderen deutschen Ländern haben sie sich ohnehin nie so gut verstanden. Wie die schon reden, da verstehst du kein Wort, und das soll deutsch sein.

Also zunächst das Bundesland, wenn einem nicht schon der Fußballverein von Jerichow ausreicht, der siegreiche, aber durch Intrigen am Aufstieg gehinderte. Das könnte nun eine begreifliche und vorübergehende Beschränkung des Nationalstaates sein, denn die neuen Bundesländer mußten in den letzten Jahrzehnten in einer anderen Behördenstruktur existieren und erleben nun die nie völlig verlorengegangene Zugehörigkeit zu einem regionalen Land neu und wollen sie erleben, mit Leben erfüllen. Aber dagegen spricht, daß auch die Deutschen in den alten Bundesländern sich weit stärker ihrem jeweiligen Land verbunden fühlen, ihre Schwierigkeiten mit den anderen Ländern haben, auch sprachliche, und daß auch sie die Bundesfahne eigentlich nur im wirklich fremdsprachigen Ausland benötigen oder bei internationalen Sportveranstaltungen, wenn dort – falls schon kein Einheimischer – immerhin eine deutsche Läuferin oder ein deutscher Rennfahrer den Sieg holt.

Nein, die föderale Struktur ist mächtig und wirksam, und ich denke, sie ist daher auch fruchtbar und förderlich. Es gibt geschichtliche Gründe dafür, Deutschland entstand erst spät, viel später als andere europäische Nationalstaaten, und die dann erfolgte Reichsgründung und die ihr folgenden drei deutschen Reiche waren den deutschen Ländern und ihren Nachbarn wenig bekömmlich.

Also, übereilen wir nichts mit dem Nationalstaat, er wird langsam entstehen oder nicht, wir werden so oder so damit leben können, wie in den Jahrhunderten zuvor.

Die deutsche Kulturnation wollen wir hier nur der Vollständigkeit halber erwähnen, um sie alsbald zu vergessen. Sie ist lediglich eine Erfindung deutscher Gymnasiallehrer und der im Ausland tätigen Goethe-Institute, ein Phantom, ins Leben gerufen von interessierter Seite, von Leuten, die davon leben können und wollen. Der phantastische Begriff ist ein Sammelbecken für angehäufte, vergegenständlichte Kultur mit selektivem Anteil von zeitgenössischer Produktion. Die einzelnen Bundesländer haben auch hier ihre Bundesabgaben zu leisten. Eine staatspolitische Besonderheit ist zu verzeichnen: noch nie kam es zwischen dem Bund und den Ländern hier zum Streit. Alle gaben gern ab, was sie ohnehin nicht gebrauchen konnten, und noch nie wurde ein Bundesland gemahnt, weil es nichts oder allzuwenig abzugeben hatte. Das dennoch angesammelte Gut wird Minderjährigen oder jenen sehr entfernt liegenden Ländern, die mit Deutschland nur die Namen Mozart und Hitler assoziieren, als Kulturnation verkauft in der Hoffnung auf wohltätige Beeinflussung der Sitten im Land und der Geschäftskontakte im Ausland. Wir wollen die Kulturnation ehren und hochhalten, sie aber nicht durch Gebrauch übermäßig abnutzen. Es ist ohnehin nur eine kleine, schlechtbeleuchtete Abteilung im Historischen Museum der Deutschen, längst verstaubt und vergessen, wenn nicht gelegentliche und sehr unerwünschte Neuzugänge im

Bestand den Volks- und Regierungszorn erregten. Der Vorschlag, die Sammlung Kulturnation offiziell für vollständig und für endgültig abgeschlossen zu erklären, um die Aufnahme neuer Stücke mit einem Hinweis auf die Fristüberschreitung ablehnen zu können, fand bislang zwar keine Mehrheit, aber nur, weil sich bislang keine Mehrheit mit einer so abseitigen Angelegenheit beschäftigen wollte.

Und dann wäre da noch die deutsche Identität. Fraglos ist sie wohl nur in einem Teil Deutschlands, dem westlichen, bislang jedenfalls. Die Bevölkerung in der DDR tat sich schwerer damit, und auch die der neuen Bundesländer ist hier noch nicht über den Berg. Eine Annäherung, die Wirtschaft und Bürokratie für sich verzeichnen können, ist nicht zu sehen. Die Deutschen waren sich fremd geworden, sie sind sich fremd geblieben. Das jetzige Erschrecken über so viel Fremde verstärkt das Unbehagen und vergrößert die Distanz.

Die Fremde war früh vermeldet worden, von den Künsten beispielsweise, aber das galt nie viel. Heinrich Böll sprach davon, daß es in der Welt wohl kaum zwei Literaturen gibt, die „weiter voneinander entfernt (sind), als die der beiden Hälften Deutschlands, von denen man nur in sentimentalen Augenblicken sagen kann, daß sie die gleiche Sprache sprächen". In verschiedenen Sprachen sprach man nicht nur in der Literatur, die Kunst konnte den Unterschied nur früher benennen, was ihr aber, wie landesüblich, nur Prügel einbrachte. Nun ist offensichtlich, man spricht deutsch miteinander und versteht sich nicht. Um einen Satz von Mark Twain zu paraphrasieren: Westdeutschland und Ostdeutschland sind durch eine gemeinsame Sprache getrennt.

Wir sind einander fremd geworden, lange vor dem Fall der Mauer, aber man war – zumal in den „sentimentalen Augenblicken" der deutschen Vereinigung – nicht geneigt, es zu sehen. Eine Allianz wurde unabweisbar, von einer Belle-Alliance träumten Ost und West für Momente, die Politiker träumten berufsbedingt etwas länger von ihr. Freilich, die Braut kam aus ärmlichen Verhältnissen, und so setzte der Bräutigam – wie bei wirtschaftlichen und privaten Vereinigungen ungleicher Partner üblich – den Heiratsvertrag allein auf. Die Braut hatte beizutreten und war gebeten, ihren ärmlichen Besitz, kostbare Erinnerungsstücke für sie, wertloser Trödel für ihn, dabei vollständig aufzugeben. Die Hochzeit wurde vollzogen, eine jahrzehntelang verbotenene und unvorstellbare Vereinigung. Und erst jetzt gingen – wie schon in der Bibel, im Pentateuch, Buch Genesis, 3. Kapitel, Der Sündenfall, beschrieben – beiden die Augen auf, und sie erkannten einander. Und sie erkennen sich als Fremde, man weicht sich aus, flieht zu den alten und vertrauten Freunden, klagt auch bereits über eine Mesalliance. Beide Seiten fühlen sich übervorteilt. Die Braut sitzt heulend auf dem Bett, und vor der Tür tobt der Bräutigam, droht, die Tür einzutreten, und beklagt die hohen Ausgaben für die Feier. Den Rest muß ich nicht beschreiben, die Zukunft wird erweisen, nach welchem der Lustspiele oder Possen, die diese Situation unzählige Male beschrieben, Deutschlands Zukunft gestaltet wird.

Die sich fremd Gewordenen müssen und werden sich näherkommen, freilich ist es dafür notwendig, miteinander zu kommunizieren. Dies ist aber eben dadurch erschwert, daß die Ostdeutschen und die Westdeutschen nur in sentimentalen Augenblicken, an Gedenktagen etwa, die gleiche Sprache sprechen. Sprachmittler sind notwendig, Übersetzer und Dolmetscher, die uns sagen, was der andere meint, wenn er uns – scheinbar unsere Sprache sprechend – mit seinen Worten nicht erreicht.

Wenn wir miteinander vertraut werden wollen, müssen wir zuvor begreifen und akzeptieren, daß wir uns fremd sind. Wenn wir dies übersehen und auf die zwar gemeinsame und doch trennende Sprache setzen und glauben, der Wörterbücher und Dolmetscher entbehren zu können, werden die Mißverständnisse zunehmen, das Mißverhältnis, die Mesalliance.

Wir müssen die Schwierigkeiten der Deutschen diesseits und jenseits der Elbe zu begreifen suchen, und es wird uns nur gelingen, wenn wir ihre Geschichte kennenzulernen suchen.

Westdeutschland, die ehemalige Bundesrepublik, verstand sich immer als Deutschland. Anders als die DDR, die größten Wert auf die ständige und vollständige Präsenz des Namens oder seiner Abkürzungen legte, verzichtete Westdeutschland auf das einschränkende Kürzel BRD. Man sprach stets von Deutschland, auch wenn nur der westliche Teil des Landes gemeint war. So gab es in fast jedem Land eine Deutsche Botschaft und eine der DDR, die Deutschen gewannen sportliche Wettbewerbe oder Sportler aus der DDR, und es gab Produkte Made in Germany oder Made in GDR. Und einmal gab es sogar ein Fußballspiel: Deutschland gegen DDR.

Es ist ein Sprachproblem, auf das uns der Dolmetscher verweisen muß und das uns einen Zustand erhellen kann. Deutschland war eigentlich bereits vor dem Fall der Mauer für die Westdeutschen vollständig. Sie wußten natürlich, es fehlen da ein paar Provinzen, die im Krieg abhanden gekommen waren, aber mit dem Rest hatten sie sich abgefunden und zufriedengegeben. Irgendwie ahnten oder wußten sie sogar, es gibt hinter der Elbe noch so ein Land, in dem man auch deutsch spricht, obgleich andere vermuteten, die Muttersprache dort sei Russisch. Wie auch immer, es war irgendein Regime, mit dem man nichts zu tun hatte, nichts zu tun haben wollte. Man hatte sich in seinem Deutschland eingerichtet, und nur sehr wenige kamen auf die abenteuerliche Idee, statt zum zwanzigsten Mal in die Toscana einmal in die DDR zu reisen. Das war ein unbekanntes Land, sehr grau, bewacht von äußerst unfreundlichen Grenzpolizisten, die Zone eben. Gewiß, die eigenen Politiker forderten, gottlob sehr selten, eine Wiedervereinigung, aber was damit eigentlich gemeint sei, wußte keiner so recht. Es war wie in der Kindheit: der Onkel wünschte einem zum Geburtstag vor allem Gesundheit, und man bedankte sich, aber verstand nicht so recht, warum er das immer wieder sagte. Damals brauchte man wirklich dringend ein neues Fahrrad oder eine sprechende Puppe, aber Gesundheit, das war etwas sehr Abstraktes und wohl auch Überflüssiges. Und wer hegte da nicht die Vermutung, daß der Onkel das nur sagte, weil er den Geburtstag und ein richtiges Geburtstagsgeschenk wieder mal vergessen hatte oder einfach geizig war.

Wenn von der Einheit der deutschen Nation oder der Wiedervereinigung gesprochen wurde, registrierte man lediglich, daß wohl irgendein Feiertag bevorsteht, und man telefonierte mit den Freunden, ob das Ferienhaus im Tessin für ein paar Tage frei sei. Der Fall der Mauer und alles, was ihm folgte, traf auf eine völlig unvorbereitete Bevölkerung. Schon der 4. November 1989 offenbarte dies: es gab große Begeisterung über jenes Volk, das da im Begriff war, seine Regierung zu verjagen, und in der Sendezentrale der ARD, des öffentlich-rechtlichen Fernsehens, gab es für einige Minuten sogar eine Diskussion darüber, ob man diese riesige Demonstration auf dem Berliner Alexanderplatz nicht live senden sollte. Aber es wurde dann doch entschieden, das Boris-Becker-Spiel weiter zu übertragen. Und ich denke, es war eine richtige Entscheidung, weil dieses Deutschland, also die ehemalige Bundesrepublik, mit Boris Becker viel identischer war und noch ist als mit diesem merkwürdigen Land hinter der Elbe.

Dann fiel die Mauer, und diese anderen Deutschen kamen und behaupteten sehr laut und auch etwas lästig, sie seien auch Deutsche, seien die so oft gerufenen Brüder und Schwestern. Und nun begann diese uralte, mißliche Familiengeschichte: Alles ist eingerichtet und einigermaßen intakt, und dann kommt eines Tages einer dahergelaufen und behauptet, er gehöre dazu. Man erinnert sich dunkel, daß man selbst früher mal von irgendwelchen Brüdern und Schwestern gesprochen hatte, aber das war mehr symbolisch gemeint, nicht so unangenehm direkt und aufdringlich. Man hatte eigentlich mehr an eine platonische Brief-Verwandtschaft gedacht. Aber nun ist er doch da, und man setzt sich ins gute Zimmer und trinkt ein Gläschen mit diesem Menschen aus Jerichow. Und irgendwann umarmen sie ihn sogar und sagen auch: Daß ich das noch erleben durfte. Aber dann ist die schöne Stunde auch vorbei, denn diese neue Verwandtschaft beansprucht Rechte. Alles, was zuvor so schön geregelt war, gilt nicht mehr. Eine geschätzte oder zumindest vertraute Ordnung ist dahin. Was immer an Neuem entstand und entsteht, es ist stets auch lästig.

In dieser Hinsicht hatten es die Ostdeutschen leichter. Die DDR konnte nie, nicht für die Regierung und schon gar nicht für die Bevölkerung, für ganz Deutschland einstehen. Sie verstand sich immer nur als Teil. Und der andere Teil, er war zwar unerreichbar, aber er gehörte dazu, man lebte sogar teilweise in ihm, spätestens ab 20 Uhr, gelegentlich schon etwas eher, um noch das Werbefernsehen mitzubekommen. Das Interesse und die Aufgeschlossenheit waren groß, sogar übergroß, bedingt durch die erzwungene Ferne. Das Interesse war sehr unterschiedlich, es galt der Automobilausstellung oder dem politischen Magazin, der Quizsendung am Samstagabend oder dem verbotenen sowjetischen Spielfilm, der um Mitternacht ausgestrahlt wurde. Natürlich war das Bild sehr unvollständig und dadurch unkorrekt und auch falsch, aber es war immerhin entstanden aus Interesse, aus einem Gefühl der Zugehörigkeit, möglicherweise auch einer Zuneigung. Nun sollte, so hieß es, zusammenwachsen, was zusammengehört.

Zusammenwachsen und Zusammengehörigkeit, zwei sehr verschiedene Dinge. Die Ostdeutschen hatten mit der Zusammengehörigkeit wenig Schwierigkeiten, hier ist dafür das Zusammenwachsen problemreich und schmerzhaft und vor allem langwierig, sehr langwierig. Es wird wohl mindestens eine Generation dauern. Wachstum, weiß ich als Kleingärtner, kann ich fördern, aber nicht zwingen.

Für die Westdeutschen gibt es nicht allein Probleme beim Zusammenwachsen, hier verstört und irritiert bereits die Proklamation der Zusammengehörigkeit. Nicht nur in der Lebensplanung, der persönlichen wie der gesellschaftlichen, war dies nicht vorgesehen. Doch hier ist wohl noch kein grundsätzlicher Unterschied zu Ostdeutschland, auch für diesen Teil Deutschlands war die Entwicklung überraschend und unvorstellbar. Schwieriger war und ist es für die alten Bundesländer zu verstehen, daß jener Teil östlich der Elbe auch zu Deutschland gehört, ein Teil des Landes ist und durchaus kein neuer, wie die derzeitige Bezeichnung der östlichen Bundesländer ungewollt impliziert. Man hatte sich damit abgefunden, daß Deutschland an der Elbe endet. Dort stand der Eiserne Vorhang, und hinter ihm begann die sowjetische Machtsphäre, die östliche Diktatur, das russische Imperium, das Reich des Bösen. Als ein Ergebnis des 2. Weltkriegs hatten es die Westdeutschen mehr oder weniger akzeptiert, den verbliebenen größeren Teil als Ganzes genommen und sich eingerichtet. Der Beitritt der DDR, die staatliche Einheit Deutschlands, ist für sie daher unvergleichlich schwieriger als für die Ostdeutschen.

Die DDR, der einzelne Bürger wie die gesamte Gesellschaft, waren aus sehr verschiedenen Gründen und mit durchaus unterschiedlichen Haltungen an dem anderen deutschen Staat interessiert. Die ehemalige Bundesrepublik brachte dagegen ein vergleichbares Interesse für die anderen westeuropäischen Länder auf und für die Vereinigten Staaten. Die beiden deutschen Länder kannten und kennen sich wenig, und viele Vorurteile prägen bis heute das gegenseitige Bild und ermöglichen das gründliche Mißverstehen.

Für Ostdeutschland kam 1990 die staatliche Einheit mit einem Land, das einem zuvor zwar unerreichbar, aber doch nahe war. Zwar hatte der DDR-Staat dekretiert, daß die ehemalige Bundesrepublik ganz gewöhnliches Ausland sei, doch nicht einmal die Regierenden selbst konnten daran so recht glauben, und besondere Beziehungen waren immer vorhanden und vielfältig. So traten die Menschen aus der DDR einem Land bei, dem sie mehr verbunden waren als irgendeinem anderen Land der Welt.

Dies gilt für die Menschen in der ehemaligen Bundesrepublik nur mit erheblichen Einschränkungen. Natürlich hatten sie den Gedanken der deutschen Einheit hochgehalten, es gab wohl Schwierigkeiten mit diesem anderen deutschen Staat, die schon bei der Bezeichnung, dem Namen, begannen, aber selbstverständlich war das Land hinter der Elbe, die graue Fläche um Westberlin – in einem Papier aller Besatzungsmächte und der beiden deutschen Staaten wurde die DDR noch in den 70er Jahren als „Berlin und angrenzende Gebiete" umschrieben, um weiteren Zerwürfnissen der Vertragspartner zu entgehen –, diese „angrenzenden Gebiete", sie gehörten zu Deutschland. Doch das Interesse der westdeutschen Bürger hatte sich aus sehr verständlichen Gründen anderen Regionen zugewandt, so daß der Beitritt ausgerechnet dieser grauen Terra incognita nicht nur überraschte, sondern unbegreifbar war.

Die Ostdeutschen traten einem ihnen unbekannten, aber andrerseits sehr nahen Land bei, dem einzigen, das ihnen für einen Beitritt denkbar war. Ein Land, für das die westdeutschen Bürger eine vergleichbare Vorliebe aufbrachten, um das sie sich Jahre und Jahrzehnte zuvor intensiv bemühten, über das sie sich zu informieren suchten, in das zu reisen sie begehrten, mit dem sie sich fortgesetzt verglichen, ein Land, das ihnen so nahe war wie die ehemalige BRD der DDR, ein solches Land war Ostdeutschland für die Westdeutschen durchaus nicht. Viel eher fanden sie Gefallen an Italien, an Frankreich oder den USA. Eine Vereinigung mit einem dieser Länder wäre auch überraschend gewesen und teilweise wohl auf Widerstand gestoßen, aber es wäre doch eine Vereinigung mit einer vertrauteren Landschaft geworden, geografisch, politisch, militärisch, wirtschaftlich, pekuniär und vielleicht sogar mental sehr viel vertrauter. Das ist nicht zu beklagen oder gar zu verurteilen, es ist lediglich zu konstatieren, denn auch dies ist ein Ergebnis der Nachkriegsentwicklung in Deutschland.

Es nicht wahrnehmen zu wollen, das Einander-fremd-Sein mit freundlichen Worten und Appellen zu umgehen suchen, nur um gleich die nächste Stufe zu erklimmen, wird diesen Weg nicht verkürzen. Es wird diesen schwierigen Prozeß erschweren, denn Geschichte läßt sich nicht nachträglich korrigieren. Wir müssen es lernen, mit ihr zu leben. Vergangenheit will nicht nur nicht vergehen, sie kann es gar nicht. Vergangenheit ist – im Unterschied zu unserer Zukunft und zu unserer Gegenwart – die einzige Zeit, die wir weder beeinflussen noch gestalten können. Sie ist die Zeit, die nicht vergehen kann, mit der wir heute und für alle Zukunft leben müssen. Vergangenheit ist die einzige nicht mehr zu bewältigende Zeit.

Das Unbehagen der Deutschen aneinander hat vielfältige Formen, die aber doch immer nur wieder das Gleiche ausdrücken. Im jeweils anderen deutschen Teil können wir in der Boulevardpresse wie in den sogenannten seriösen Blättern, in der Kneipe wie in der Familie, im alltäglichen Geschäftsleben wie auch bereits im Kino und auf der Bühne ein Kompendium unserer gegenseitigen Vorurteile finden, die um so erfolgreicher sind und auf Resonanz stoßen, wie das Fremdsein verspürt und durch ein teilweise recht schmerzhaftes Sich-aneinander-Reiben wahrgenommen wird. Es ist im Grunde ein Unbehagen an der Geschichte, an deren überraschendem Verlauf, der weder von den Deutschen noch von der Welt vorauszusehen war. Die Vorurteile – lange, aber eher unterschwellig gehegt, auf jeden Fall kaum öffentlich ausgesprochen – wurden durch die jüngste Geschichte der Deutschen potenziert, brachen auf und erfüllen nun lärmend den deutschen Alltag.

Vielleicht ist es notwendig und hilfreich, daß dieses Geschwür aufbrach, auch wenn es viele in Deutschland und sehr viele im Ausland erschreckt. Vielleicht fördert diese Eruption gegenseitig vorgetragener Anklagen, Beschwerden, Mißbilligungen, Beschuldigungen und Vorwürfe die Vereinigung, vielleicht ist es das Unwetter, das die Atmosphäre zu reinigen vermag. Die so lauten Klagen auf beiden Seiten der ehemaligen Grenze sind aber auch lästig und belästigend, vor allem sind sie lächerlich. Sie beweisen, daß die Deutschen wieder mal Schwierigkeiten haben, mit ihrer stattfindenden Geschichte zu leben. Der Einigungsprozeß wird sich vollziehen, nicht in vier bis fünf Jahren, wie uns Politiker zweckoptimistisch und wahltagsorientiert verkünden, eine wirkliche Einheit wird Deutschland wohl erst in vier bis fünf Jahrzehnten erreichen. Die heute klagend vorgetragenen Vorurteile beider Seiten werden nichts daran ändern, sie werden es allenfalls dem Individuum erschweren, mit der eigenen Geschichte zu leben, mit sich selbst. Das mag man dann als ein unglückliches Bewußtsein der Deutschen diagnostizieren, es ist vor allem ein lächerliches Bewußtsein.

Die Diskussion in Deutschland und das Bild der Westdeutschen von den Ostdeutschen ist seit zwei Jahren von den Auseinandersetzungen über den Geheimdienst der DDR, die Staatssicherheit, gekennzeichnet. Die vollständige Auflösung des Staates ermöglichte den Zugang zu sämtlichen Akten und damit Einsicht in jene finstersten und blutigsten Ecken eines Staates, die weltweit gewöhnlich als Staatsgeheimnisse gewertet und für Jahrzehnte oder auch Jahrhunderte verschlossen werden. Da ein Kriegsgegner, ein Gegner im Kalten Krieg, die Auflösung betreibt, besteht diesmal Aussicht, daß die üblicherweise unzugänglichen Akten und Unterlagen gewöhnlicher und ungewöhnlicher Staatskriminalität vollständig aufgedeckt werden. Mit einer Ausnahme selbstverständlich: jene Dokumente, die eigene Verfehlungen und Verstrickungen erkennen lassen könnten, werden gewiß zu neuen Geheimhaltungsverpflichtungen führen, und jene Personen, die um sie wissen, denen man verpflichtet war und noch ist oder die man weiterhin benötigt, werden kaum zu einer unerwünschten Rechenschaftslegung genötigt. 1945 gab es informelle Gnadenakte der Siegermächte, über die erst Jahre und Jahrzehnte später Informationen durchzusickern begannen. Ich zweifle nicht daran, daß Deutschland diese alte Tradition zu ehren versteht.

Die Chancen für eine bessere Aufarbeitung der jüngsten Geschichte sind nach dieser Wende günstiger als bei den vorangegangenen Wenden in diesem Jahrhundert. Die Weimarer Republik wagte es nicht, die Kaiserzeit aufzuarbeiten, sie war zu sehr durchsetzt von den alten Beamten. Die Nazis arbeiteten nur auf, was ihnen paßte, sie arbeiteten also nichts auf, sondern rechneten mit dem Gegner ab. Durchaus damit vergleichbar war nach 1945 die Aufarbeitung im Osten Deutschlands: der unbequeme Rest verschwand unter dem Antifaschismus, dessen man sich zu Recht rühmen konnte und der dann zu Unrecht, und neues Unrecht schaffend, mißbraucht wurde. Im Westen Deutschlands rechnete man mit einer Diktatur ab, die man als Totalitarismus verachtete, aber deren Antikommunismus man durchaus teilte. Der Historiker Ernst Nolte meinte nach dem Zusammenbruch des sozialistischen Systems nun auch Adolf Hitler eine späte Rechtfertigung zu schulden, und er schrieb, daß Hitler ein „Vorkämpfer der westlichen Welt" sei, dem man „die Aufrichtigkeit seines Antibolschewismus und Antimarxismus nicht abstreiten" sollte. Diese Aufrichtigkeit will ich bei Hitler durchaus nicht bezweifeln, aber spätestens an dem Tag, da in Deutschland ein Antrag auf seine Heiligsprechung gestellt wird, werde ich die Gültigkeit meines Reisepasses überprüfen, dann doch immerhin dankbar, in einem Land zu leben, in dem man einen Reisepaß bekommt.

Der Staatssicherheitsdienst der DDR schreckte vor kaum etwas zurück, auch nicht vor Mord und Folter. Ihn hemmungslos zu nennen, zögere ich allein aus semantischen Erwägungen. Ein „hemmungsloser Geheimdienst", das ist ein Pleonasmus, wer davon spricht, muß auch albern genug sein können, von einem weißen Schimmel zu reden. Nur sehr gelegentlich, nur wenn eine Panne passiert, die trotz aller eingesetzen Mittel nicht zu vertuschen ist, erfahren wir normalerweise etwas über kriminelle Tätigkeiten eines Geheimdienstes. Und ob es der Geheimdienst eines diktatorischen oder eines demokratischen Staates ist, im Interesse des Systems oder auch nur im Interesse des Geheimdienstes schrecken – wie uns gelegentliche, nicht mehr geheimzuhaltende Untaten beweisen – offenbar nur wenige dieser Sicherheitsdienste vor Mord zurück.

Ich halte es für falsch, den Staatssicherheitsdienst der

DDR mit irgendeinem anderen Geheimdienst in dieser Welt zu vergleichen. Eine Besonderheit dieser Behörde war zweifellos die ungeheure Akribie, diese aufgeblähte Bürokratie, die, eine Mischung aus Kafkas und Orwells Welten, geradezu alles archivierte und maßlos war in der aberwitzigen Vervollständigung der Akten. Unvergleichlich ist auch ihr praktizierter und geplanter Umgang mit dem Gegner, der als sogenannter innerer Feind angesehen wurde. Ein Vergleich verbietet sich vor allem, weil dieser Geheimdienst vollständig aufgelöst und uns seine Funktion und Struktur offenbar wurde. Das ist die eigentliche Besonderheit dieses Geheimdienstes, der jeden Vergleich mit einem anderen verbietet.

Der Staatssicherheitsdienst hatte, wie wir ahnten und jetzt erfahren, neben seinem Heer von Mitarbeitern noch Spitzel in seinem Sold, kleine Informanten, die irgendwie, durch Versprechungen, Drohungen, Erpressungen, für diese schmutzige Tätigkeit gewonnen wurden. Die Erregung speziell über diese Spitzel ist in der Bevölkerung sehr groß, fast so groß wie im deutschen Feuilleton. Ich verachte den Geheimdienst, ich verachte seine Spitzel, aber ich weiß auch, der Stasi-Spitzel, das war nur die spezielle Form eines politischen Opportunismus in der DDR. Und ich denke, es wäre zur Aufarbeitung der Geschichte in ganz Deutschland hilfreicher, auch diesen Aspekt mit dem Namen Stasi und Stasi-Spitzel unter das übergreifendere Thema Anpassung, Anpassungsdruck, Anpassungsbereitschaft oder Verweigerung zu stellen.

Stasi-Spitzel, das ist nur der spezielle DDR-Name dieser Anpassung. Nach dem Zusammenbruch der DDR und ihres Staatssicherheitsdienstes sollten wir um unserer Zukunft willen nicht allein über die Willfährigkeit, für die Stasi zu arbeiten, sprechen, denn dies Problem hat sich als aktuelle Bedrohung für uns erledigt. Wir sollten vielmehr grundsätzlich über Anpassung sprechen, über die vergangene (einschließlich jener an die Staatssicherheit, über ihre Spitzel) wie über die vorhandene, denn diese bedroht uns und die Demokratie noch unverändert. Es wäre zudem hilfreicher für das Verstehen von Ost und West, denn daß es eine spezielle DDR-Form der Anpassung in Westdeutschland nicht gab, besagt nicht, daß es dort keine oder eine geringere Anpassungsbereitschaft gab, auch nicht, daß es dort keine moralisch verwerfliche und verbrecherische Anpassung gab.

Wir werden auch künftig von Anpassung nicht verschont bleiben, dazu ist der Anpassungsdruck zu groß und gewiß auch die Anpassungsbereitschaft. Daß es staatlich sanktionierte Verbrechen wie in der DDR nochmals geben wird, wollen wir im Vertrauen auf die Demokratie ausschließen. Freilich, der Boden, auf dem unsere Demokratie wächst, ist noch dünn und rissig. Unsere Demokratie ist nicht so alt und gefestigt, um sich mit anderen Demokratien in Europa vergleichen zu können. Ein Grund für ihre Brüchigkeit ist wohl der Tatsache geschuldet, daß sie den Deutschen gegen ihren Willen und von feindlichen Siegermächten aufgezwungen und nur langsam angenommen wurde.

In Ostdeutschland wurde die nach 1945 aufgezwungene Diktatur zwar aus eigener Kraft beseitigt, aber auch diese vergleichsweise einzigartige Leistung – wann hat es das in Deutschland je gegeben? – ist noch keine Garantie für ein demokratisches Selbstverständnis. Die Schuldigen zu entdecken und zu richten ist notwendig und eine Voraussetzung für einen demokratischen Weg. Mit Selbstgerechtigkeit jedoch werden wir nichts aufarbeiten, sondern dem nächsten Unrecht den Weg bahnen. Wer also den berühmten ersten Stein werfen will, sollte sich zuvor befragen, wie er seinem Anpassungsdruck begegnete, wie es um seine Anpassungsbereitschaft bestellt war und ist, welchen Preis er für eine sich bietende Karriere zu zahlen bereit war und wozu er fähig war, um ein drohendes Ende einer Karriere abzuwenden. Die Obrigkeit, der wir unterstellt sind und die diese Anpassung wünscht, muß kein Führungsoffizier der Stasi und die Anpassungsbereitschaft muß nicht immer die Bereitschaft zum Spitzel sein. Die Namen sind austauschbar, da ist die Moral gnadenlos und unterscheidet nicht.

Und der, der sich dann dennoch berechtigt fühlt, den Stein zu werfen, muß wissen, daß er nun nicht mehr Opfer ist, sondern Täter oder doch Opfer und Täter. Er ist zum Richter geworden. Einen Menschen hinrichten kann ich, wie Heinrich Zille sagte, nicht nur mit dem Beil, sondern auch mit einer Wohnung, oder, wie wir es lernen mußten, mit einer Schlagzeile. Ich sage dies nicht aus Sorge um die Täter, sie sollen und müssen zur Verantwortung gezogen werden. Ich sorge mich um die Opfer. Denn wenn die Opfer über die Täter richten, beginnt – wie Gerhard Strate sagte – die Barbarei. Das ist ein schrecklicher Satz, ein Satz, bei dem sich alles in uns empört. Aber dieser Satz ist mehr als 2000 Jahre alt und führte dazu, daß das Römische Recht entstand, eine Rechtsverfassung, auf der unsere Rechtssprechung noch immer ruht.

Dieses Recht war geschaffen worden, um der Barbarei zu wehren. Das sogenannte „gesunde Volksempfinden“ und vielleicht auch unser Gefühl für Recht und Gerechtigkeit verlangen danach, der fürchterlichen Konsequenz dieses Satzes zu widersprechen. Aber wenn wir diesem Gefühl nachgeben, werden wir vielleicht schneller zu einer Art von Sühne kommen und möglicherweise verhindern, daß etwas ungesühnt bleibt. Aber ungewollt werden wir auch wieder das Rad des Unrechts in Bewegung setzen. Und auch wenn frühere Täter dann die ersten

Opfer dieses Unrechts sein werden, wird es ein Recht im Namen des Unrechts sein. Und dieses Rad, einmal in Bewegung gesetzt, wird schwerlich aufzuhalten sein. Wir haben es in diesem Jahrhundert mehrmals erlebt, wie mit Gewalt mehr Gerechtigkeit geschaffen werden sollte und wie eine entsetzliche Barbarei entstand. Nochmals: Ich plädiere nicht für die Täter, ich plädiere für Rechtsstaatlichkeit. Vielleicht werden die Gerechten diese Welt erlösen, die Selbstgerechten aber, bestrebt, ihre Gerechtigkeit durchzusetzen, werden unser aller Untergang und das Ende der so vielfach gefährdeten Welt befördern. Wir werden scheitern müssen, wenn selbstgerechte Weltordnungen nur beseitigt werden, um neuer Selbstgerechtigkeit Platz zu schaffen.

Mein tschechischer Kollege Jiří Gruša ist derzeit Botschafter seines Landes in Bonn. Er berichtete vor einigen Wochen, daß auch er erfahren mußte, daß ein Kommilitone und begabter Dichter ein Spitzel war, und Gruša sagte, daß dies für ihn eine persönliche Kränkung war, aber es wäre ihm nie in den Sinn gekommen, über den Spitzel einen Enthüllungsartikel zu schreiben oder eine öffentliche Befragung am Himmelstor der Literatur zu veranstalten. Und dann sagte er: „Kurz vor meiner Diplomatenrückkehr nach Deutschland, während des vorgeschriebenen Besuchs beim Präsidenten, traf ich Havel bedrückt am Arbeitstisch seines Burgzimmers mit der Bilderbuchaussicht auf das Mütterchen Prag (noch immer mit Krallen). Seine Stimmung war einer Stb-Lektüre zuzuschreiben, der Akte (des tschechoslowakischen Staatssicherheitsdienstes) namens Havel. Auf meine Frage, was er zu tun gedenke, gab er zurück: Ich hoffe, ich habe es bereits vergessen. Es ist das gute Recht der *Betroffenen*, eben das zu vergessen, was nicht zu verzeihen ist. Um eventuellen Mißverständnissen vorzubeugen: in den Stunden der Anheuerung (generell gemeint) zu bestehen ist eine Lebensaufgabe, uralt und immer allein zu meistern."

Diese Sätze haben mir persönlich geholfen. Ich war unschlüssig, ob ich meine Akte sehen will, denn bislang wußte ich nicht, was ich mit dem dort Erfahrenen beginnen, wie ich mit diesen Informationen leben soll. Nun werde ich einen Antrag auf Einsicht stellen, damit ich weiß, was ich bislang nur ahnte oder bruchstückweise wahrnehmen konnte. Ich will in die Akte blicken, um es zu wissen und um es zu vergessen.

Was wir aber alle auch ohne Akteneinsicht erfahren konnten, das ist eine genaue Kenntnis von unserem eigenen Rückgrat. Und das ist vielleicht, ob beschämend oder zufriedenstellend, wichtiger. Hier haben wir Ostdeutschen einen Wissensvorteil, der zu nutzen ist.

In den Tages- und Wochenzeitungen können wir unentwegt von schlimmen Verbrechen des DDR-Staates und der Stasi lesen, aber auch von schweren Beschuldigungen, für die es keine Beweise gibt. Selbst ehemals liberale Blätter verzichten inzwischen darauf, nach Beweisen zu fragen. Vielleicht verführte sie das Unmaß der aufgedeckten Stasi-Verbrechen dazu, nicht mehr sorgfältig zu recherchieren und nachzufragen, auf den Unterschied zwischen einem Verdacht und einem Beweis zu verzichten und fast jede Denunziation ungeprüft zu übernehmen. Es gab auch in der Bundesrepublik eine Zeit, in der es als ehrenrührig galt, unbewiesene Beschuldigungen auszusprechen. Das ist vorbei. Der Chef der Wochenzeitung „Der Spiegel" formulierte diese neue deutsche Haltung mit den Worten, daß es, um einen Menschen zu beschuldigen, durchaus ausreichend sei, wenn man die Beweise in der Nase habe. Da möge Gott uns nun alle schützen, denn einen anderen Schutz haben wir anscheinend nicht mehr. Und ich hoffe für diesen Zeitungschef, daß nicht eines Tages irgendein Minister sich dieses neuen Rechtsgrundsatzes bedient und gegen ihn vorgeht, weil er beispielsweise einen Verdacht auf Landesverrat in seiner Nase hat.

Mich hat der Zusammenbruch der sozialistischen Länder nicht allzusehr überrascht. Nach 1968, nach dem Einmarsch in die ČSSR, war dieses Modell für mich gescheitert, und ich habe dieses Scheitern zwischen 1974 und 1988 mehrmals beschrieben, beginnend mit dem „Cromwell“, endend mit den „Rittern der Tafelrunde“. Überrascht aber wurde ich vom Zusammenbruch des Liberalismus in Deutschland, der diesem Zusammenbruch umgehend folgte.

Wenn es uns nicht gelingt, zum Rechtsstaat zurückzukehren, wenn die einst seriösen Blätter fortfahren, über Beschuldigte ohne Beweise zu richten, wenn von ihnen immer nur dann Rechtsstaatlichkeit eingeklagt wird, wenn ein ihnen politisch Nahestehender verdächtigt wird, dann spielen wir mit der Demokratie und könnten sie verspielen. Eine Bereitschaft, das Recht in die eigenen Hände zu nehmen und auf den Rechtsstaat zu pfeifen, war in Deutschland stets vorhanden. Freiheit war hier nie die Freiheit des Andersdenkenden.

Der Zusammenbruch des Liberalismus in Deutschland setzte diesmal mit dem Golfkrieg ein. Kontroverse Diskussionen dazu gab es auch in anderen Ländern, aber nur in Deutschland wurden die Kriegsgegner mit den schlimmsten Schimpfworten der Deutschen in diesem Jahrhundert belegt, sie wurden völlig absurd und denunziatorisch als Antisemiten bezeichnet. Nach dem Golfkrieg versuchte man in anderen Ländern, das Geschehene aufzuarbeiten, in Frankreich entschuldigte sich eine Zeitung bei ihren Lesern für die Desinformationen über diesen Krieg, und in den Vereinigten Staaten versuchen die Zeitungen und Bürger unermüdlich und schonungslos die Kriegsursachen, die Vorgeschichte und den Verlauf dieses Krieges aufzuklären. In Deutschland schweigen die Blätter über ihre falschen Berichte und ihre Denunziationen, sie zogen es vor, sich alsbald und ebenso grimmig auf den nächsten Gegner zu stürzen, das ersparte ihnen den fatalen Blick zurück. Neben der Wahrheit gehört die Sprache zu den ersten Opfern solcher Schlachten, das zeigt ein Blick in die Zeitungen. Die Fäkaliensprache zog bereits im Feuilleton ein.

Deutschland hat sich verändert, Deutschland verändert sich. Die kleine Stadt Jerichow zeigt sich nun so, wie Uwe Johnson es sich ausmalte. Aber es gibt auch Veränderungen, die er nicht beschrieb, nicht beschreiben wollte oder konnte.

„Die Fremde", schrieb Johnson, „die in der Apotheke nach der chemischen Reinigung fragt, würde nicht nur an das Haus ‚gegenüber der Shell-Tankstelle' verwiesen; sie bekäme auch gleich ein mündliches Gutachten über Dauer und Güte der Behandlung. Das wäre geblieben."

Ich bin nicht sicher, ob es so geblieben ist. Entscheidend dafür ist eher, wie fremd diese Fremde ist, die in der Apotheke nachfragt. Und wie sie fragt, in ihrer deutschen Muttersprache, in dem schönen Dialekt der Jerichower, oder in einem gebrochenen Deutsch, einem Deutsch mit einem fremden Akzent. Wer als Fremder eine freundliche Auskunft bekommen will, sollte in Deutschland nicht mehr zu fremd sein. Das Wort Fremdenfeindlichkeit will ich für dieses veränderte Deutschland nicht gebrauchen. Es ist zu ungenau und generalisiert etwas, was differenzierter erfolgt. Hier wird sehr wohl unterschieden zwischen Ausländern und Ausländern. Es gibt Ausländer, die durchaus gern oder doch nicht feindlich empfangen werden, aus Ländern, die man schätzt und achtet.

Ich fürchte, der Grund für diese Veränderungen in Deutschland ist schlimmer und hat eine noch finsterere Tradition, als es das Wort Ausländerfeindlichkeit erfassen kann. Dieses Wort wirkt geradezu beschönigend für die tatsächliche Ursache. Denn die Feindlichkeit betrifft nur ausgewählte Ausländer, Menschen aus ganz bestimmten Ländern. Es betrifft Ausländer, denen wir uns überlegen fühlen, und verschont Ausländer, mit denen wir uns vergleichen können und wollen. Ich fürchte, der eigentliche Grund für diesen neuen Haß und diese neue Gewalt ist die uralte deutsche Unterscheidung zwischen „Herrenmenschen“ und „Untermenschen“. Es ist die Unterscheidung zwischen einem „lebenswerten“ und einem „unwerten“ Leben, die in diesem Jahrhundert die Deutschen zu der Ausrottung bestimmter Völker und Bevölkerungsschichten führte.

Zwischen 1904 und 1907 rottete das deutsche Heer das Volk der Hereros aus. Unmittelbar nach Beginn der Nazizeit begann die Vernichtung der geistig Behinderten in Deutschland, und wenige Jahre später erfolgte der Völkermord an den Juden. All diesen Morden lag eine verbrecherische Hierarchie der Menschheit zugrunde, die von einem großen Teil der Deutschen akzeptiert wurde. Es wurde ein „lebenswertes“ und ein „unwertes“, ein „zu vernichtendes“ Leben dekretiert, und dies wurde vom deutschen Volk zumindest geduldet, wenn nicht sogar angenommen. Erstaunlicherweise spielte diese deutsche Tradition beim Historikerstreit um die Nazizeit und Vernichtung der Juden überhaupt keine Rolle, wurde diese Tradition einer Haltung und Erziehung, die schon in der Kaiserzeit einen Völkermord ermöglichte, vollständig ausgespart. Aber sie war 1904 und 1933 und 1942 vorhanden, und sie ist noch immer vorhanden, auch heute, auch 1992.

Der Satz, daß man stolz sei, ein Deutscher zu sein, klingt merkwürdig, weil er von einem Stolz-Sein auf etwas erzählt, was man nicht bewirkte, was kein eigenes Verdienst ist. Man ist lediglich auf einen Zufall stolz, auf den

Zufall der Geburt. Beunruhigend ist der Satz, weil nach 100 Jahren deutscher Politik etwas mitklingt von einem Stolz-Sein auf den deutschen „Herrenmenschen“.

Die Demokratie in Deutschland ist noch immer eine sehr zarte Pflanze. Achten wir auf den Nachtfrost.

Unhaltbare Zustände als Status quo

Rede zur Verleihug des Ludwig-Mülheims-Preises

Stellen wir uns vor, die Nachricht von der bevorstehenden totalen Vernichtung eines Landes durch einen Aggressor würde in diesem Frühjahr die Politiker und Medien unserer Welt erreichen. Was wäre die Folge?

Es gäbe ratlose Gipfelkonferenzen und lange Zeitungskommentare, die Telefone in den Machtzentralen würden klingeln, die Sondermaschinen der Krisenmanager ständen startklar, es würde zu Demonstrationen kommen, zu Solidariätsveranstaltungen mit dem bedrohten Erdteil, zu Wirtschaftssanktionen und ernsthaften Warnungen an den potentiellen Aggressor. Die UNO würde tagen und die NATO, und die verbliebenen Groß- und Mittelmächte würden ein militärisches Eingreifen erwägen und ankündigen.

Zweifellos, so und nicht anders würde unsere zivilisierte Welt auf eine sich ankündigende Barbarei und Vernichtungsaktion reagieren. Bündnisverpflichtungen und die Normen der Gemeinschaft der Völker, Menschenrechte und Umweltschutz sowie der menschliche Anstand gebieten es uns.

Freilich, vor nicht allzu langer Zeit ging die Nachricht von einer bevorstehenden Vernichtung durch die Welt. Alle Zeitungen berichteten darüber, zumeist auf der Titelseite, die Fernsehstationen brachten die Mitteilung, und es gab sogar gewisse, wenn auch sehr eingeschränkte

Reaktionen der Politiker. Am Tag darauf war die Nachricht aus den Medien verschwunden, und auch in den politischen Hochburgen ging es bald wieder um scheinbar gewichtigere Probleme, um Tarifabschlüsse und Wählerverhalten, um Erhöhung der Diäten und um notwendige Sparmaßnahmen. Die gewohnte Gelassenheit zog wieder ein, wenn sie denn je verschwunden war.

Was war geschehen? War die Mitteilung über die drohende Gefahr falsch? War der Informant unglaubwürdig? War das bedrohte Land zu unbedeutend oder bei allen anderen Ländern verhaßt? Hatte der Aggressor von seinem zerstörerischen Plan Abstand genommen?

Nichts von alledem. Der Aggressor arbeitet weiterhin an seiner gewaltigen Vernichtungsaktion, die Gefahr wächst täglich, sogar stündlich. Der bedrohte Erdteil ist groß, er ist riesig, wir selbst sind die Betroffenen. Und obwohl wir alle über die uns drohende Gefahr informiert sind, bewahren wir eine erstaunliche Ruhe.

Was ist mit uns geschehen? Wieso fehlt uns der Wille, den Aggressor zurückzuweisen? Woher dieses Einverständnis mit der Vernichtung, unserer eigenen Vernichtung?

Am 8. Mai 1992 teilten die Vereinten Nationen mit, daß der Erde die Vernichtung durch den Menschen droht. Das Tempo der Umweltzerstörung nehme immer mehr zu, Luft und Wasser seien verpestet, Wälder vernichtet, Wüsten dehnen sich aus, die Ozonschicht werde dünner, die Tier- und Pflanzenarten würden ausgerottet. Jeder vierte Europäer nehme täglich Schadstoffe zu sich, die über den zulässigen Grenzwerten liegen. Um die Vereinigten Staaten von Amerika wie um Japan steht es nicht besser.

Erstaunlich, wie teilnahmslos wir die angekündigte globale Vernichtung hinnehmen. Selbst ein bedrohtes Ameisenvolk würde mehr Aktiviät aufbringen als wir. Hat uns eine menschheitsweite Todessehnsucht erfaßt? Oder sind wir nicht mehr fähig, diese Information zu verarbeiten? Dem schlechten Monatsabschluß, der drückenden Ratenzahlung, den beunruhigenden Exportzahlen und den Presseberichten über die neuen Automodelle schenken wir weit mehr Aufmerksamkeit.

Offenbar funktionieren nicht einmal mehr die Instinkte bei uns. Die Opfer werden unsere Kinder und Enkel sein; jede Tiermutter würde verzweifelt für ihren Nachwuchs kämpfen, wir bleiben gelassen. Es scheint, wir haben uns mit unserem Tod abgefunden, einem selbst fabrizierten Tod, einem Geozid.

Ich stelle mir vor, daß Gott dazu lächelt. Die Bibel berichtet, wie oft Gott auf die Erde blickte, und sie erzählt, daß er sie stets mit Wohlgefallen betrachtete – bis zu jenem Tag, da er den Menschen schuf. Seitdem aber heißt es immer häufiger, daß er mit Grimm und Zorn auf die Erde sah. Und nun, da ihm dieser Teil der Schöpfung, den er so hoch ansetzte – nach seinem Bilde schuf er ihn, heißt es –, offenbar mißlang, dieser Teil der Schöpfung, der sich alles untertan machte, um es zu vernichten, einschließlich sich selbst, sieht er diesem Selbstmord der Menschheit mit uns gleicher, mit sozusagen menschlicher Gelassenheit zu. Übrigbleiben wird die menschenleere Natur, Fauna und Flora, die Schöpfung der ersten Tage. Und Gott wird sich erinnern, daß er damals alles für gut befand und ohne Zorn und Grimm die Erde betrachten konnte. Eine uns durchaus nachvollziehbare Haltung, da wir gelegentlich in die menschenleere Natur fliehen, Wald und Heide, Wasser und Berge betrachtend, um uns zu erholen, vom Mitmenschen zu erholen.

Gott wird vielleicht lächeln, und vielleicht ist es ihm weniger rätselhaft, wieso der höchst begabte Mensch, der so viel erfand und entdeckte, der sich gegen so viele Gefahren zu wehren wußte, unfähig ist, sich gegen sich selbst zu schützen, und um eines kleinen Vorteils willen – wegen eines maximalen Profits und einer technischen Errungenschaft, die das Leben bequemer macht, aber dieses Leben zugleich auch tötet – die eigene Ausrottung akzeptiert.

Und vielleicht wird Gott Gnade vor Recht ergehen lassen und die Verhandlung des Jüngsten Gerichts einstellen, weil er eine solche Strafe, zu der sich die Menschheit selbst verurteilte, nie vorgesehen hatte.

Wir erlebten im letzten Jahrzehnt den Untergang eines Imperiums, und gleichgültig wie wir uns zuvor zu diesem Weltreich und seiner Ideologie verhielten und wie wir sein Ende empfanden, es kam wohl für uns alle überraschend. Es war ein überraschend schnelles und fast lautloses Ende, weit weniger gefährlich und blutig als von vielen zuvor befürchtet. Diese Sorge war gewiß nicht grundlos, denn schließlich endete eine hochtechnisierte und bewaffnete Weltmacht, mit den modernsten Waffen ausgerüstet, geeignet für jeglichen Vernichtungskampf.

Zum wiederholten Mal waren Weltverbesserer gescheitert, zum wiederholten Mal endeten sie als „ein Haufen von Narren, Idioten und Verbrechern“, wie es in einem Stück von mir hieß, „Die Ritter der Tafelrunde“, geschrieben einige Jahre vor diesem Ende, uraufgeführt wenige Monate bevor auch der Staat sich auflöste, in dem ich lebte und der sich zuvor gegen diese Ankündigung so vehement gewehrt hatte.

Eine menschliche Institution ging bankrott, weil sie geistlos geworden war, die Idee verloren hatte und alles und jeden sich selbst, der Institution, zu opfern bereit war. Sie übersah, daß sie damit sich selbst umbringt, denn jede menschliche Institution kann nur überleben, wenn sie der Kritik nicht ausweicht, sondern sie annimmt und nutzt, um nicht zu versteinern und eines Tages als steinerner Koloß zu zerfallen. Aber beständige Kritik ist für jede menschliche Institution schmerzlich und schwer zu akzeptieren. Üblicher ist es, den Kritiker zum Schweigen zu bringen, doch damit schaffen wir nur den Überbringer der schlechten Nachricht aus der Welt, nicht das gemeldete Übel. Und um so rascher gehen wir der bereits angekündigten Katastrophe entgegen.

Sollten wir aus dem jüngsten Zusammenbruch eines Systems etwas gelernt haben? Vermutlich nicht. Die Schrift an der Wand war und ist immer gut lesbar, aber wir haben sie stets als eine Botschaft gelesen, die nur dem Nachbarn gilt, dem Gegner. Daran wird sich vermutlich nichts ändern, nichts, bis die Schrift sich wiederum erfüllt. Bis diese Erde, zerrieben von Weltverbesserern, die als Verbrecher enden, und versteinerten Institutionen, deren Engagement allein darauf gerichtet ist, unhaltbare Zustände zu halten und ihre Kritiker auszuschließen und mundtot zu machen, vernichtet ist.

Ich sagte, Gott wird dazu wohl lächeln. Denn was wir und die Vereinten Nationen als Vernichtung der Welt bezeichnen, ist lediglich eine kleine Korrektur, eine Veränderung, die in den letzten Jahrhunderten so oft erfolgte. Vernichtet, ausgerottet wird nur eine Art der Schöpfung, eine Art, durch die zuvor sehr viele andere Arten ausgerottet wurden. Ihr Verschwinden wird den anderen Arten der Schöpfung und der Erde Lebenschancen zurückgeben.

Abstand, Distanz und Nähe

Über Poesie sprechen zu wollen, ähnelt dem Unterfangen, den Tanz einer Ballerina mit Worten beschreiben oder eine Sinfonie mit einem Text erfassen zu wollen. Das Vorhaben muß notwendigerweise in einem Fiasko enden, da Poesie das ansonsten Unsagbare zu benennen versucht, eben jenes, das sich den Aussagen, den Lehrsätzen und dem wissenschaftlichen System entzieht.

Auch ein Agnostiker wird akzeptieren müssen, daß im Menschen etwas Belebendes, Beseelendes steckt, das mit dem Messer des Chirurgen nicht aufzuspüren ist. Das Sezieren des Objekts unseres Interesses wird uns eine Fülle von erhellenden Informationen bringen, wir werden sämtliche Bestandteile auflisten können. Selbst Spurenelemente, die sich dem ungeübten, dem unbewaffneten Auge nicht zeigten, die aber nicht nur vorhanden, sondern sogar lebensnotwendig sind, können durch die Vervollkommnung wissenschaftlicher Methoden und Apparate unzweideutig nachgewiesen und analysiert werden. Und dennoch bleibt ein Rest, der sich jeder Untersuchung entzieht und ein Unbehagen in uns zurückläßt. Die Auflistung und Analyse einiger Liter Flüssigkeit, einiger Chemikalien, von etwas Fleisch, Sehnen, Knochen und Mineralien oder die kunstwissenschaftliche Auflösung, Durchdringung und die penible Zergliederung einer künstlerischen Arbeit als endgültiges Resultat unserer Bemühungen um das Rätsel können uns nicht zufriedenstellen. Wir ahnen, daß wir die Maschine Mensch oder Kunstwerk nun kennen und erforscht haben, aber daß uns die treibende Kraft, das Movens, der alles bewegende Grund für die Maschine verborgen blieb. Was wir durchschauen und benennen können, ist nur das Handwerk, die Mechanik, die Grundlagen und die Voraussetzungen.

Frustriert und enttäuscht betrachten wir die Trümmer, die unser Seziermesser zurückließ. Wir hofften wohl, eine kleine Feder zu entdecken, die uns das Geheimnis erklärt, die das Geheimnis ist, aber wir haben nur Sägemehl und die Lumpen in die Hand bekommen, die im Inneren unserer Puppe steckten, ohne ihr Geheimnis zu lüften. Und wir neigen nun dazu, in das andere Extrem zu fallen und das ungelöste Rätsel mit euphemistischen Begriffen zu mystifizieren. Religion und Geniekult sind die übliche Reaktion auf unsere vergebliche Handwerkermühe. Das nicht entschlüsselte Geheimnis packen wir nun in eine völlig undurchdringliche Hülle dunkler Wunder. In der Kunst sprechen wir nun leichthin von Übermenschen, von Ingeniosität; dies soll uns zur Erklärung des Ungeklärten dienen. Und da uns in unserem Jahrhundert die Unschuld im Gebrauch des genialischen Vokabulars verlorenging, versehen wir die Begriffe vorsichtshalber mit den Anführungsstrichen der Ironie.

Wir können uns auch an den Künstler selber wenden und ihn um Auskunft bitten, aber hier werden wir nur zu oft abgewiesen oder mit Formulierungen abgespeist, die uns ein Understatement scheinen, wie etwa die uns erteilte Antwort: die Arbeit bestehe aus einem Prozent Inspiration und neunundneunzig Prozent Transpiration.

Ich begreife meine Arbeit als die eines Chronisten. Meine Arbeit als Schriftsteller ist die eines Geschichtenerzählers und eines Geschichtsschreibers.

Ich komme aus dem östlichen Teil Deutschlands, aus

einem jener fünf deutschen Länder, die ein halbes Menschenleben lang und als Folge eines verlorenen Krieges zu einem zweiten deutschen Staat zusammengefaßt waren und erst seit wenigen Jahren mit den anderen elf deutschen Ländern vereint wurden. Die Einheit wurde anfangs von beiden Seiten begrüßt und umjubelt, aber schon bald zeigte es sich, daß die Vereinigung oder vielmehr der Beitritt des kleineren zum größeren und reicheren Teildeutschland, mehr Schwierigkeiten bereitete, als anfänglich von vielen erwartet und erhofft war. Es sind vor allem – wenn auch nicht nur – ökonomisch begründete Probleme, die in den Zeiten einer nicht allein in Deutschland herrschenden Rezession rasch zu gesellschaftlichen Verwerfungen führten, zu einem bisher im Nachkriegsdeutschland nicht bekannten Anwachsen der Arbeitslosigkeit und damit Gefährdung des sozialen Gefüges, aber auch zu erhöhter Fremdenfeindlichkeit und mörderischen Übergriffen auf in Deutschland lebende Ausländer. Wird das Geld knapp, ist die Stimmung gereizt. Die Freude über die Vereinigung ist weitgehend geschwunden, Verärgerung über das jeweils andere deutsche Land macht sich breit, diesseits und jenseits der ehemals unüberwindlichen und jetzt zerbröckelten Mauer herrscht Unbehagen. Deutschland wurde geeint, um sogleich wieder in Westdeutschland und Ostdeutschland zu zerfallen.

Die staatliche Teilung führte zu zwei völlig verschiedenen gesellschaftlichen Entwicklungen, deren Ausmaß erst mit der staatlichen Einheit sichtbar wird. Vier Jahrzehnte gelebter Differenz waren durch den Beitritt nicht aufzuheben. Eine gegenseitige Annäherung ist erschwert, ist nahezu ausgeschlossen, sie wird sogar nicht angestrebt, weil eben keine Vereinigung erfolgte, sondern ein Beitritt.

Das war staatsrechlich gewiß der einfachste Weg, da *ein* staatliches System völlig aufgegeben wurde, während das andere vollständig und unverändert erhalten und für das beigetretene Gebiet gültig wurde. Die gesamte Wirtschaft, zuvor staatlich oder volkseigen, wurde privatisiert, und das westdeutsche Rechtssystem auf das ostdeutsche Land uneingeschränkt übertragen. Das waren und sind noch immer aufwendige verwaltungstechnische Vorgänge, folgenreich, verworren und sehr beschwerlich, aber doch durch Verwaltungsakte und durch eine reich und übermäßig entwickelte Bürokratie lösbar.

Aber unterschiedliche gesellschaftliche Entwicklungen sind nicht durch Maßnahmen der verwaltenden Behörde aufhebbar. Hier ist eine Vereinigung, ja selbst eine Annäherung nur äußerst langsam zu erreichen.

Nach anfänglichen Hoffnungen, daß die beiden Landesteile rasch zueinander finden, deutet sich nun eher ein jahrzehntelanger Prozeß des Zueinanderfindens an. Vier Jahrzehnte, hört man nun, wird das Zusammenwachsen wohl dauern, ebenso lange also wie das Auseinanderwachsen währte.

So haben wir in Deutschland nun eine unsichtbar gewordene Mauer, die das alltägliche Leben kennzeichnet und bestimmt. Die Medien des Landes, Presse, Funk und Fernsehen, haben nach einem Versuch, für das gesamte Land zu sprechen, offensichtlich resigniert und der herrschenden Stimmung nachgegeben. Nach den gescheiterten Bemühungen, sich einheitlich und im gesamten Deutschland zu etablieren, setzte eine nie ausgesprochene, nie eingestandene Sezession ein. Auch die überregionalen Sender und Blätter bedienen und erreichen nur noch die ostdeutsche oder westdeutsche Gesellschaft. Diese Entwicklung ist besonders bedenklich und verheerend bei der Bedeutung, die die Medien am Ende unseres Jahrhunderts für die politische, gesellschaftliche und staatliche Entwicklung eines Landes haben. Die unsichtbare Mauer, der Graben zwischen den beiden deutschen Landesteilen wird dadurch befestigt.

Wir werden noch eine sehr lange Zeit in einem und mit einem geteilten Deutschland leben müssen, aber eine Vereinheitlichung und damit auch eine Einheit wird – wie langwierig dieser Prozeß auch sein wird – kommen. Wenn die Medien diesen Prozeß auch kaum befördern, sondern durch ihre sezessionistische Politik derzeit behindern, was angesichts ihrer bestimmenden Rolle in der Öffentlichkeit ein gravierendes Hemmnis im Zusammenwachsen bedeutet, es gibt keine Alternative zu diesem langsamen Entstehen eines geeinten Deutschlands.

Es wird, denke ich, die Ökonomie sein, die Wirtschaft, die diese Einheit erzwingen wird. Die wirtschaftlichen Erfolge und Mißerfolge, das Engagement der Konzerne wie ihr Degagement werden die Sezession gründlicher und nachhaltiger beenden als jeder Appell von Politikern und Intellektuellen. Eine Wirtschaft, die bereits nationale Grenzen als eine nicht erträgliche Beschränkung ansieht und zu überwinden trachtet, wird im Lande bestehende Ungleichheiten so lange zu ihrem Vorteil zu nutzen suchen, bis diese und eben dadurch verschwunden sind. Konjunktur wie Rezession werden gleichermaßen an der Nivellierung der Zustände in Deutschland arbeiten. Ein wirtschaftlicher Aufschwung wird auf Dauer keinen Landstrich aussparen, wie jetzt eine anwachsende Arbeitslosigkeit das gesamte Land trifft. Einen Ausgleich aller noch bestehenden Unterschiede wird die Wirtschaft aus Eigeninteresse beständig anstreben. Es ist eine Produktions- und Marktanpassung, die sich selbst in Strukturschwächen und in der Krise, sogar durch die Krise, durchzusetzen versteht.

Diese Vorgänge in Deutschland verursachen jedoch Lärm, den man auch jenseits der deutschen Grenzen vernimmt. Befragt nach der entscheidenden Veränderung, die sich für mich und meine Arbeit seit der Wende, seit dem Zusammenbruch der DDR und des sogenannten sozialistischen Systems ergab, muß ich auf diesen

Lärm verweisen. Ein Lärm, der den Arbeitenden behindert und die Wirkung der Arbeit verfälscht. Unentwegt wird in Deutschland über Deutschland gesprochen und die deutsche Geschichte erneuten Bewertungen unterzogen. Erst mit dem Ende des sowjetischen Imperiums und mit dem Ende der DDR endete für Deutschland der zweite Weltkrieg. Erst jetzt, erst in diesem Jahr, ziehen sich die alliierten Siegermächte aus Deutschland zurück. Mit der Vereinigung der beiden deutschen Staaten entstand ein neues Deutschland, das sich seitdem über sich selbst Klarheit zu schaffen und seine Rolle in Europa und in der Welt neu zu definieren sucht. Über die Nation wird gesprochen, und es meldete sich auch bereits wieder der deutsche Nationalismus. In Deutschland, fünfzig Jahre nach Auschwitz, ist dies in einer Zeit, da in mehreren europäischen Staaten nationalistische und faschistische Parteien entstehen und Zulauf haben, besonders beunruhigend. Es gibt Anlaß zur Sorge, zur Wachsamkeit, zum Widerstehen. Denn aus der Verantwortung für die Verbrechen des faschistischen Deutschlands ist kein Deutscher befreit, gleichgültig, wann er geboren wurde. Eine späte Geburt befreit nicht aus einer Zugehörigkeit zu einem Land, zu einer Gesellschaft, zu einer Geschichte.

„Man hat zu tun mit dem deutschen Schicksal und deutscher Schuld", sagte Thomas Mann, „wenn man als Deutscher geboren ist. Die kritische Distanzierung davon sollte nicht als Untreue gedeutet werden. Wahrheiten, die man über sein Volk zu sagen versucht, können nur das Produkt der Selbstprüfung sein."

Er sagte es 1945, nach dem Ende des Krieges. Und im selben Jahr, in dem die Welt aufatmete und ein allgemeines „Nie wieder Krieg, nie wieder Faschismus" zu hören war, sprach er von der „faschistischen Epoche des Abendlandes, in der wir leben und trotz des militärischen Sieges über den Faschismus noch lange leben werden".

Das waren damals gewiß verwunderliche Worte, als provozierend empfunden und wohl auch als empörend. Heute sind wir eher über die hellsichtige Prophetie erstaunt, und wir ahnen, daß ein klarer, von Vorurteilen und Ideologien freier, befreiter Blick uns vor Illusionen schützen und uns den Lauf der Welt, den Ablauf von Geschichte erhellen kann.

Die kritische Distanzierung ist eine Voraussetzung für diese zu leistende Arbeit, eine Distanz, die das eigene Verstricktsein nicht leugnet, die ein Engagment erlaubt und sogar verlangt. Wahrheiten, sagte Thomas Mann, können nur das Produkt von Selbstprüfung sein. In dem Spiegel, den ich meiner Welt vorzuhalten suche, bin zuallererst immer ich selbst zu sehen.

Ich verstehe meine Arbeit als die eines Chronisten, sagte ich, meine Texte sollen Chronik sein meiner Zeit und meiner Gesellschaft. Ich versuche möglichst genau aufzuzeigen und aufzuzeichnen, was ich gesehen und erlebt habe, und ich bemühe mich dabei, den Tugenden der alten Chronisten nachzueifern, nämlich ohne Haß und Eifer Bericht zu geben, sine ira et studio. Das erfordert gleichermaßen Distanz und Nähe. Ich kann nur über das Eigene sprechen, anders gesagt: ich muß in dem Zu-Berichtenden zuvor mich selbst entdecken und ausforschen. Ich muß begreifen, daß die Geschichten, die ich zu erzählen habe, Geschichten von mir und über mich sind. Deutsche Schuld und deutsches Schicksal, wie Thomas Mann sagt, sind mein Schicksal und meine Schuld, von denen mich nichts freispricht, von denen ich mich nicht freisprechen kann. Über die ich reden muß.

Chronist sein heißt dann, zuallererst von sich selbst Bericht zu geben. Das fördert, denke ich, den genaueren Blick und die gründlichere Sicht. Und es verhindert – vielleicht – das rasche Urteil.

Deutscher Tag

Zum 8. Mai 1995

Dem Besucher einer kleinen Stadt in Mecklenburg wird das Heimatmuseum des Ortes gezeigt. Die Leiterin des Museums weist auf eine Tür, die in einem der Räume ausgestellt ist, einziges Überbleibsel der städtischen Synagoge, und erzählt von der Brandstiftung und der vollständigen Zerstörung des Gotteshauses. Sie referiert für den Besucher die Geschichte der Juden in dieser Kleinstadt, und sie berichtet von dem grauenvollen Ende dieser Geschichte. Das haben die Faschisten gemacht, sagt sie voller Verachtung. Ihre Haltung verdeutlicht, daß nur die Faschisten daran schuld waren, nicht die Stadt, nicht ihre Bewohner, nicht ihre Väter und Nachbarn, nein, die Faschisten. Irgendwann müssen diese Faschisten in diese Kleinstadt eingefallen sein, die Synagoge zerstört und die Juden abtransportiert haben. Später kamen die Soldaten der alliierten Mächte und befreiten die Stadt und ihre Bewohner.

Woher kamen die Faschisten? Und wohin verschwanden sie? Die Erinnerungen wurden selektiert zur therapeutischen Endlagerung unserer unbewältigten, unserer nicht zu bewältigenden Geschichte?

Der aufgeflammte Streit um den 8. Mai ist ein neues Zeugnis dieser geschichtslosen Geschichtsbetrachtung. Die neokonservativen Revisionisten plädieren für eine Umbewertung des Tages, um sich „Gegen das Vergessen“ zu wehren – wie sie ihren Aufruf mit einem bemerkenswerten Plagiat nennen, mit einer Formulierung, die bislang eher von den Antifaschisten zu hören war. Die Empörung über diesen Versuch eines Geschichtsrevisionismus war landesweit zu vernehmen. Diesen Tag als den Tag der Niederlage, des Zusammenbruchs, des Beginns einer Fremdherrschaft zu charakterisieren, ihn vor allem als den Auftakt der Vertreibung und Vergewaltigung der Deutschen, als Ursprung der Unterdrückung und Teilung Deutschlands zu sehen, wurde und wird von der Mehrheit nicht akzeptiert. Was einst als kommunistische Sprachregelung galt, ihn als den „Tag der Befreiung“ zu begreifen und zu würdigen, hatte sich in den letzten Jahrzehnten im Bewußtsein der meisten Deutschen langsam durchgesetzt.

Ihn als Tag der Befreiung zu sehen, das sollte und soll den eigenen demokratischen Antifaschismus kennzeichnen und die Abkehr von der Naziideologie. Diese Wertung soll das Verhältnis des heutigen Deutschlands und seiner Bürger zum Dritten Reich und dem vom faschistischen Deutschland ausgehenden zweiten Weltkrieg benennen. Jeder Revisionismus, der dieses Bewußtsein zu verändern sucht, will Ursachen und Folgen mißdeuten und verdrehen und redet – gewollt oder ungewollt – einer Ideologie das Wort, die den Krieg und die Konzentrationslager und den Massenmord ermöglichte, die all jene Verbrechen verschuldete, die nur durch den Sieg der Alliierten beendet werden konnten.

Tag der Befreiung also. Zweifelsfrei befreit wurden die in den Lagern und Gefängnissen Inhaftierten. Für sie ist dieser Tag ganz unzweideutig.

Deutschland, das deutsche Volk wurden an diesem Tag auch befreit, befreit vom Dritten Reich, von einem barbarischen KZ-Staat, von einer faschistischen Regierung, von SA und SS. Befreit auch von der NSDAP, von einer Wehrmacht, die nur allzu willig die verbrecherischen Aufträge übernommen und erfüllt hatte, von der NS-Frauenschaft und von den Blockwarten, von dem Bund Deutscher Mädel und der Hitlerjugend. Die verbündeten Sieger befreiten also die Deutschen von den Deutschen. Das ist unsinnig und widersinnig und ganz gewiß. Einfacher ist die Wahrheit nicht zu haben.

Befreit wurden sie wider Willen. Die den Faschismus besiegten, die alliierten Armeen, wurden von der übergroßen Mehrheit nicht als Befreier begrüßt. In ihnen sah man den Feind, die gefürchteten Sieger, später die verhaßte Besatzungsmacht. Man hatte sich dem Diktat der Sieger zu beugen, man mußte, willig oder nicht, die aufgezwungene neue Struktur der Gesellschaft und des Staates – hier eine antifaschistisch-sozialistische Diktatur, dort eine westliche Demokratie – annehmen.

Im Umgang mit den Besatzungsmächten und den von ihnen eingesetzten neuen Amtsträgern war es opportun oder ratsam, von einer Befreiung zu sprechen. Die vom Zusammenbruch und der Niederlage sprachen, machten sich verdächtig, dem alten Regime anzuhängen. Aber tatsächlich befreit wurden nur die Opfer und Verfolgten des Faschismus. Diesen Tag generell zum Tag der Befreiung zu erklären, ist dem Wunsch geschuldet, sich an die Seite dieser Opfer zu stellen oder an die Seite der Sieger, eine wohl verständliche, aber historisch falsche Geste.

Dieser Tag ist mit einer Formel nicht zu fassen. Es ist der Tag einer Befreiung, aber eben auch eines Zusammenbruchs, einer Niederlage. Es ist der Tag, an dem Deutschland eine umfassende Rechnung der neueren deutschen Geschichte präsentiert wurde. Nur das Ende und den Zusammenbruch zu sehen oder gar nur die Übergriffe, Ungerechtigkeiten und Verbrechen der Siegermächte wahrhaben zu wollen, beweist ein ungebrochen großdeutsches Denken, das sich weder von der verbrecherischen Ideologie noch von deren Zielen wirklich befreit hat. Den 8. Mai aber nur als Tag der Befreiung zu sehen, entlastet die Deutschen vom Faschismus und seinen Verbrechen und macht sie zu dessen Opfern. Aber dort, bei diesen Opfern, in den Konzentrationslagern, standen sie nicht, und sie haben daher auch nicht das Recht, den Tag für sich uneingeschränkt als einen Tag der Befreiung zu beanspruchen.

Der 8. Mai ist ein ambivalenter Tag der Deutschen, ein sehr deutscher Tag. Der Tag einer Befreiung, die wir hinnehmen mußten, und der Tag einer Niederlage, die uns zu unserem Glück bereitet wurde. Wir sollten die Befreiung nicht vergessen, an der wir so wenig Anteil hatten, aber auch nicht die Niederlage und den Zusammenbruch, um nicht eine Wiederkehr dieser deutschen Geschichte zu befördern und erneut schuldig zu werden. Die Ambivalenz dieses Tages und unserer Geschichte gilt es auszuhalten, gegen das Vergessen, um unserer Zukunft willen.

II

Maelzel's Chess Player Goes To Hollywood.

Das Verschwinden des künstlerischen Produzenten im Zeitalter der technischen Reproduzierbarkeit

Fünf Jahre bevor Edgar Allan Poe seinen Detektiv Monsieur Auguste Dupin als Beispiel analytischer Fantasie und Kombinatorik erfindet, offenbart er die Vaterschaft des Dupinschen Scharfsinns: er entkleidet deduktiv Maelzels Schachspieler seiner vorgeblichen Technik, die diesen zum vielbesuchten und -gerühmten Wunder machte. Poe wies den in der Apparatur versteckten Menschen nach. Dessen Schachkünste waren keineswegs sensationell, das Erstaunen erregte die vorgespiegelte technische Leistung, der angebliche Automat. In siebzehn Punkten begründete Poe, warum nicht nur sehr wohl ein Mensch in dem Apparat versteckt sein kann, sondern daß notwendigerweise dieser von einem Menschen bedient werde.

Maelzels Schachspieler, eine Konstruktion Wolfgang Ritter von Kempelens, war eine betrügerische Erfindung, deren Nase jedoch in die richtige Richtung wies. Zwei Jahrhunderte nach von Kempelens Mechanik, die einen Automaten vorzutäuschen hatte, stehen uns nicht nur beim Schachspiel Automaten gegenüber. Und nicht allein ihr geringer Umfang, sondern auch Leistung, Ordnungsmöglichkeiten und Schnelligkeit werden einen jeden von vornherein davon abhalten, in ihnen nach einem versteckten Menschen zu suchen.

Nun sind es ihre Erfinder, die dem Computer, dem

perfekten Automaten, einen Menschen einverleiben wollen. Die Vollkommenheit des Automaten nämlich erregte – ganz abgesehen von den sozialen Problemen, die mit seinem massenweisen Erscheinen in der westlichen Welt auftauchten – bei vielen Menschen irrationale Ängste. Die Perfektion ist mehr als menschlich, übermenschlich, also auch unmenschlich und beunruhigend daher. Nicht völlig frei von einem stillen Grauen bedienen wir die Knöpfe, beneiden die folgenden Generationen um ihren unbefangenen Umgang mit diesen Geräten und entwickeln möglicherweise ein verspätetes Verständnis für unsere Urgroßeltern, die verängstigt und mit zitternden Fingern den Schalter ihrer elektrischen Glühlampe betätigten.

Die Computerproduzenten versuchen diesen verkaufshemmenden Ängsten durch eine Vermenschlichung des Apparats zu begegnen, die diesen als Partner und Freund darstellt. Neben dem Mikroprozessor wird gleichsam ein Mensch eingebaut. Dieser überflüssigerweise installierte Mensch hat nichts mit den tatsächlich hinter dem Apparat steckenden Menschen zu tun, mit denen, die ihn produzieren, einsetzen und dirigieren, mit den Wissenschaftlern und Technikern, den Politikern und Militärs. Dieser Mensch hat nur eine einzige Funktion: er muß uns von seiner steten Anwesenheit überzeugen, um allein dadurch das technische Steuer- und Regelwerk zu denunzieren und als einen neuen Typ des Maelzelschen Schachspielers darzustellen. Eine Widernatürlichkeit, denn sie steht nicht allein gegen unsere Natur, sondern sie verkehrt auch die Natur des technischen Instruments, zeugt gegen uns.

Das Unbehagen an der technischen Entwicklung rettet sich erfahrungsgemäß und traditionell in die der Ratio unzugänglicheren Bereiche. „Le coeur a sa raison, que la raison ne connait pas", sagt Pascal, das Herz hat seine Vernunft, die die Vernunft nicht kennt. Das Unbehagen verführt und führt uns zu dieser schwer kontrollierbaren Vernunft des Herzens, wo umgeben von der Aura der Humanität tradierte menschliche Werte, Fähigkeiten und Funktionen anscheinend erlauben, uns selbst näher zu kommen, zu uns zu kommen. Die vermißte und gesuchte Behaglichkeit besteht dort, wo wir mit uns identisch sind. Und immer, wenn gesellschaftliche, politische, technische oder künstlerische Entwicklungen uns verunsichern, ein Unbehagen in uns erregen, retten wir uns in eine Identität überkommener Werte, das heißt angenommener und respektierter, also fraglos gewordener Werte.

Wenn wir der Identität des Menschen mit sich selbst einen hohen Wert beimessen – und auf Grund der psychischen Beschaffenheit des Menschen sind wir dazu genötigt – so dürfen wir nicht verkennen, daß die gesuchte Identität selten auf unbekannten, unerforschten Wegen zu erreichen, sondern gewöhnlich in den geklärten, gesicherten, unumstößlichen Bereichen zu finden ist, also in den schon erreichten und bewohnten Plätzen, in den Höhlen, aus denen wir aufgebrochen sind.

Der Forscher und Entdecker hat in diesem Sinn die geringste Chance, mit sich identisch zu werden, da sein Gegenstand extrem gegen ihn ins Verhältnis gesetzt ist: er ist ihm fremd, unerkannt und erklärungslos. Die Forderung, in seiner Zeit die eigene Identität zu finden, bedeutet, uns im (noch) Unbewohnbaren anzusiedeln, ja, auf die Siedlung, die Behausung zu verzichten, da sie einen retardierenden Moment im Zeitstrom darstellt, einen Stillstand markiert in einem tatsächlich bewegten Fluß.

Das Neue ist nie einladend, es ist unbehaglich, es läßt uns nicht die Ruhe, die wir offenbar zur Selbstfindung benötigen, auch wenn wir es mit den freundlich klingenden Worten Progression, Fortschreiten, bezeichnen. Und zumal jene Bereiche des Forschens und Entdeckens, die rabiater und grundsätzlicher die früher gefundenen Lösungen zugunsten der neuen verwerfen, also Wissenschaft und Technik etwa, die für die Leistungen der Väter ein bestenfalls historisch-würdigendes Interesse aufzubringen vermögen und für die die zeitgenössischen Anhänger überkommener, also veralteter Lösungen einen Anachronismus darstellen, werden uns immer wieder aus der einmal gefundenen Ruhe aufschrecken.

Behagen, Selbstfindung weiß uns da eher die Vernunft des Herzens zu weisen, von der, wie Pascal anmerkte, die andere Vernunft (der Verstand, die Erkenntnis) nichts weiß. Diese Vernunft des Herzens begrenzt jene der menschlichen Ratio und räumt ihr nur bedingt das Recht ein, über sie Aussagen zu treffen. Zu ihr gehören zweifelsfrei die Religion, die Philosophie, dazu gehört auch die Kunst. Also jene Äußerungen des Menschen, in denen die früheren Lösungen, die Arbeit der Vorfahren, nicht nur aufhebbare Stufen darstellen, aufgehoben im späteren Stand der Entwicklung und Praxis, sondern auch weiterhin gültige Ergebnisse von menschlicher Produktion, aussagefähig auch noch für uns und nicht aufhebbar, d. h. als Lösung nicht zu übertreffen. Sie existieren – im Unterschied zu früheren Produkten von Wissenschaft und Technik – auch noch praktisch für uns. Sie vermögen auch uns, die wir Hunderte oder Tausende von Jahren nach ihnen zur Welt kamen, Genuß zu verschaffen oder Hilfe und Erkenntnis. Sie erregen noch heute unsere betroffene Bewunderung, wir haben mit ihnen zu tun, sind noch immer mit ihren Fragen beschäftigt, in ihre Probleme verwikkelt. Ihre Urheber vermögen durch ihre Produkte zu uns zu sprechen, vermochten sich durch sie zu unseren scheinbaren Zeitgenossen zu machen. Der jahrtausendealte Schreibgriffel der Ägypter oder die vor einem Jahrhundert geborene Schreibmaschine können allein unser historisches Interesse ansprechen, sie sind für uns unpraktisch geworden, stehen außerhalb unserer Praxis. Die Welt- und Sternenkarten der Griechen wie die Anatomie des Rembrandtschen Jahrhunderts sagen uns etwas über die Urheber und ihre Zeit. Ihre ursprüngliche Aussage aber wurde fortgesetzt aufgehoben und revidiert und stellt für uns keinen Wert dar, sie ist für uns nutzlos geworden.

Die Unaufhebbarkeit der Kunst erlaubt uns den Regreß, das Festhalten an Überkommenem, das beständige Verweilen im Gestern. Was in den Wissenschaften und der Technik nicht nur anachronistisch, sondern schizophren wäre, in den Künsten ist es möglich. Es ist statthaft und sogar üblich, in der Tradition zu leben und die neuen Lösungen als nicht zur Kunst gehörig, als Unkunst, Unkultur abzulehnen, sie nicht wahrzuhaben. Balzac oder Dostojewski als Endpunkte der Literatur zu bezeichnen und das ihnen folgende Jahrhundert nicht zu akzeptieren, ist sogar professionell mit Literatur Beschäftigten erlaubt. Eine vergleichbare Haltung in der Mathematik und Biologie, im Maschinenbau und der Architektur ist nicht einmal eine Denkmöglichkeit. Das Nichtwahrhaben neuer Erkenntnisse und Entdekkungen ist hier unerlaubt, ruinös und tödlich.

Unsere eigene Identität in unserer eigenen Zeit zu finden wird uns erschwert durch eine Erziehung und Bildung, die selbst in fernen Zeiten gebildet wurde. Sie ist von einer Generation vor uns geprägt worden. Und wenn diese Generation ihre Prägung gleichfalls überwiegend von der ihr vorhergehenden Generation erhielt und nicht selbst erarbeitete, so deutet sich an, wie tief in die Vergangenheit die Wurzeln unserer Erziehung und Bildung reichen. Sie wird von unserer Zeit tangiert und modifiziert, bleibt aber der Tradition verhaftet und einer Zeit, die wir nicht mehr kennenlernten. Aus dieser sinnlich nicht erfahrenen Zeit stammen unsere Bildung, der Bau und die Maßstäbe unserer Kultur. Und daher akzeptieren wir die Produkte jener Zeit, denn es sind Produkte, die unseren traditionellen Wertvorstellungen entsprechen. Sie wurden nur dort fragwürdig für uns, wo die Produktion der eigenen Zeit diese völlig ersetzte und ihre eigene Gültigkeit erzwang.

Die Kunst vergangener Jahrhunderte, sagten wir, hebt sich nur bedingt auf und ist insgesamt nicht ersetzbar. Ihre Gültigkeit, durch die überkommene Bildung bestärkt, ist unzweifelhaft. Verdächtig dagegen sind vielmehr die neu entstehenden Produkte der Kunst, die ihre Gültigkeit allenfalls behaupten, aber mit keinem Mittel, mit keinem Beweis, mit keinem allgemein akzeptierten Maßstab beweisen und erzwingen können.

Wenn der Intellekt und der Verstand mißtrauisch und stets unzufrieden sind, an allem zweifeln außer an dem Unmöglichen, das Bestehende verachten, um auf das Utopische zu setzen, so ist die Vernunft des Herzens konservativ. Nicht die Schärfe des Gedankens, der eindeutige Beweis, die Entsprechung und vollständige Kongruenz des Abbilds bestehen vor dieser Vernunft. Gefragt sind ästhetische und sittliche Tugenden, die ihre Wurzeln unleugbar in der Vergangenheit haben, in überkommenen Werten: Schönheit, Harmonie, Meisterschaft, Vollendung, Trost und Ermunterung, heilsame und beruhigende Weltbilder, das Evangelium, die frohe Botschaft. Es sind Werte, die nicht auf Erkenntnis der Welt zielen, sondern auf Möglichkeiten, in ihr zu leben, dennoch in ihr zu leben.

Ein Widerspruch zweifellos, da alle Forschungen, alle

Wissenschaften ja auf dem gleichen Grund beruhen: eine Welt zu erkennen, um in ihr leben zu können. Denn aus dem Unbekannten kommt das uns Tödliche. Der Widerspruch dieser sich gleichenden und doch verschiedenen Funktionen verschiedener Vernunft verweist auf eine Kluft zwischen dem richtig Erkannten und der menschlichen Möglichkeit, damit zu leben. Wir benötigen die Wahrheit über uns und unsere Umwelt, und wir benötigen gleichzeitig einen beruhigenden, beschönenden und verfälschenden Schleier über dem Erkannten, um es aushalten zu können. Diesen milden Schleier kann uns die Vernunft des Herzens liefern, etwa die Kunst. Und wir gestehen ihr dann gern Gültigkeit zu, wenn sich ihre Produkte durch die Patina des Vertrauten ausweisen, durch eine erborgte Patina, durch das überlieferte Muster. Denn nicht die neue Lösung, die neue Erfindung als Reaktion auf eine sich verändernde Welt, vielmehr jene Arbeiten, die die tradierten Muster nicht nur nicht ausschlagen, sondern sich ihrer unverändert bedienen, sind akzeptierbar, annehmbar.

Anders als die neuesten Produkte von Wissenschaft und Technik können die der Kunst ihre aktuelle Nutzung nicht erzwingen. Die traditionellen, bestätigten, gesicherten Produkte behalten für uns ihre Gültigkeit, da die neuen weder den ästhetischen noch den Gebrauchswert überlieferter Kunst außer Kraft setzen. Die neuen Angebote der Kunst auszuschlagen, fällt uns leicht, da ihre Gültigkeit vorerst unbewiesen ist und zweifelhaft erscheint angesichts unserer Maßstäbe. Jede Aussage zu neuesten Werken der Kunst, die diesen Maßstäben nicht gerecht werden können und wollen, wird dann möglich, denn dann ist alles allein von der Subjektivität des Produzenten oder des Konsumenten abhängig. Die Vernunft des Herzens, die darüber zu urteilen hat, spricht mit Sachverstand allein, wenn eine um das Produkt entstandene Aura dieses Produkt gültig und endgültig macht. Freilich verhindert die gleiche Aura den unvoreingenommenen Blick aufs Kunstwerk. Werte und Wertungen werden dann unstrittig, bilden selbst einen Teil der Aura und können allenfalls modifiziert werden.

Die fehlende Aura bei der neu entstandenen Arbeit erlaubt vielleicht einen klaren Blick, aber es ist ein ratloser Blick. Sinn und Unsinn, modern und modernistisch liegen dicht beieinander. Die erstaunlichste, radikale Leistung verstört und irritiert, verstehbarer ist das Verbindliche, verbunden der Tradition, der Erfindung von gestern.

Zum Ende des ersten Drittels unseres Jahrhunderts legte Walter Benjamin seinen Text „Das Kunstwerk im Zeitalter seiner technischen Reproduzierbarkeit" vor. Die Schrift ist ein Monument seiner Hoffnung. Sie konnte in Deutschland nicht mehr publiziert werden, da dort – anders als in Benjamins Zukunftsprojektionen vorgesehen – eine völlig andere „Arbeiterpartei" zur Macht kam. Dies nahm nie etwas und nimmt nichts von der aktuellen Bedeutung des Textes. Die Realität, oberster Prüfstein aller Praxis, ist taubes Gestein beim Griff ins Unmögliche.

Benjamin, die Aussichten der Kunst in unserem Jahrhundert betrachtend, setzt auf die Reproduzierbarkeit der Kunstwerke, da sie die Autorität der Sache, den falschen Schein, die Aura ins Wanken geraten lasse. Er sieht in der Reproduzierbarkeit die Liquidierung des Traditionswertes, die Befreiung vom Kultischen, das Ende ihrer angeblichen Autonomie. Er erhofft von ihr einen technischen Standard und eine Überprüfbarkeit, wie sie zuvor nur in Wissenschaft und Technik bekannt waren, also eine Auslese, die von bloßer Subjektivität frei ist, da die Apparatur das entscheidende Medium wird. Und er sieht ein neues Verhältnis der Masse zur Kunst: aus einem radikal rückständigen schlage es in das fortschrittlichste um. „Die Reproduktionstechnik", schreibt Benjamin, „löst das Reproduzierte aus dem Bereich der Tradition ab. Indem sie die Reproduktion vervielfältigt, setzt sie an die Stelle seines einmaligen Vorkommens sein massenweises. Und indem sie der Reproduktion erlaubt, dem Aufnehmenden in seiner jeweiligen Situation entgegenzukommen, aktualisiert sie das Reproduzierte."

Benjamin setzt wie Lenin dabei vor allem auf das Kino, jene Kunst, die an die technische Reproduzierbarkeit gebunden ist und mit ihr entstand. Allen Einwänden – z. B. Huxleys Warnung vor der entstandenen Gefahr der Vulgarität künftiger Kunst durch eben diese Reproduzierbarkeit – begegnet er so lakonisch wie überzeugend mit der Bemerkung: „Diese Betrachtungsweise ist offenkundig nicht fortschrittlich."

Was Benjamin erhoffte, war eine Umwälzung der gesamten sozialen Funktion der Kunst. Statt ihrer traditionellen Fundierung aufs Ritual, sah er – und setzte alles auf – ihre politische Fundierung. Die technische Reproduzierbarkeit bringe die massenhafte Verbreitung, die Verbreitung bei den Massen, ihre Befreiung von jedem elitären, ja, von jedem nationalen Interesse. Der Weltbürger Benjamin hoffte, daß die massenhafte Verbreitung der reproduzierten Kunstwerke zu einer Internationalisierung führt, zu internationalen Maß- und Wertstäben, zu einer Weltkunst. Und in ungebrochener Begeisterung formuliert er jenen Satz, in dem der Drehpunkt des Scheiterns seiner Hoffnungen liegt: „Das reproduzierte Kunstwerk wird in immer steigendem Maße die Reproduktion eines auf Reproduzierbarkeit angelegten Kunstwerks."

Fünfzig Jahre später konstatieren wir die unaufhörliche Entwicklung der Apparatur, eine grandiose und durchaus revolutionär zu nennende stetige Umwälzung der Technik, aller zur Reproduzierbarkeit jeglicher Künste notwendigen Geräte. Die Möglichkeiten zur Reproduktion – heute wohl noch lange nicht erschöpft, wie uns jährlich die Messen technischer Neuheiten beweisen – sind erstaunlich und faszinierend, und das nicht nur für die professionellen Hersteller von Reproduktionen.

Die massenhafte Verbreitung und Internationalisierung fand statt in einem auch Benjamin nicht erahnbaren Umfang. Was jedoch zu den Massen kam, was nationale Grenzen und beschränkte Interessen dabei überging und hinwegfegte, ist vorerst nicht die Kunst, auch nicht die technisch reproduzierbare, sondern die Apparatur. Die zur massenhaften Reproduktion notwendigen technischen Geräte wurden immer preiswerter und selbst zu einem Artikel des Massenbedarfs. In den Haushalten der ersten Welt – da man in Nordamerika und Westeuropa von einer dritten Welt zu sprechen pflegt, muß es folglich auch eine erste geben, worunter wir wohl Nordamerika und Westeuropa zu verstehen haben – in den Haushalten der ersten Welt können wir bereits heute einen Ausrüstungsstandard zur Reproduktion von Ton- und Filmkunst vorfinden, der die technischen Möglichkeiten einer Filmfirma zur Zeit Benjamins weit übertrifft.

Im Benjaminschen Sinn wäre damit eine Grundlage zur Demokratisierung der Kunst gegeben, eine Voraussetzung ihrer Fundierung auf Politik. Die massenhafte Verbreitung der Apparate für die Reproduzierbarkeit auch von Kunst wäre für Benjamin ein zu begrüßender Schritt zur Liquidierung des Traditionswertes von Kunst und der überlieferten Kunstwerke.

In einer Verlängerung seiner Projektion in die Zukunft ließe sich sagen: Wir stehen heute vor dem Beginn einer umfassenden, generellen Demokratisierung aller Kunst, ihrer Produktion wie ihrer Reproduktion. Produzenten wie Konsumenten von Kunst sind nicht weiter voneinander getrennt. Die Entwicklung der technischen Apparate ermöglicht das Ende der Spezialisten. Jeder hat die Möglichkeit, auch die technische, Kunst zu produzieren. Die Kosten für die Technik der Produktion wie der Reproduktion stellen bereits heute (oder doch in nächster Zukunft) kein unüberwindliches Hindernis dar. Das Einmalige, das genialisch Einzigartige, die Aura der Kunst wurde überrollt von technischen Spitzenleistungen, die in ihrer Wirkungsbreite und dem Bedarf nach unbegrenzten Käuferkreisen Demokratie förderten.

So ließe sich, Benjamins Sicht heute aufnehmend, sagen. Zu diesen euphemischen Tönen haben wir jedoch wenig Anlaß. Der Grund dafür liegt, so meine ich, nicht in einer von Benjamin unvorhersehbaren Entwicklung, einem ungeahnten technischen oder gesellschaftlichen Fortschritt, sondern darin, daß auch das Kunstwerk im Zeitalter seiner technischen Reproduzierbarkeit produziert und reproduziert wird in Gesellschaften, die ökonomischen und politischen Bedingungen unterliegen. Kunst wird produziert und reproduziert in der ersten, zweiten und dritten Welt, in Ländern des Sozialismus und des Kapitalismus.

„Das reproduzierte Kunstwerk", schrieb Benjamin, „wird in immer steigendem Maße die Reproduktion eines auf Reproduzierbarkeit angelegten Kunstwerks." Die Technik erzwinge die massenweise Verbreitung, sie erzwinge den Fall aller besonderen Interessen, privater oder nationaler, sie erzwinge die Internationalisierung der Kunst.

Wir haben dagegen heute einen anderen Vorgang zu registrieren. Die durch die Reproduzierbarkeit möglich gewordene massenweise Verbreitung des Kunstwerks führte zu einer Internationalisierung marktführender oder -beherrschender Konzerne, die Produkte der Kunst herstellen, reproduzieren und verbreiten. Hollywood ist nur ein Beispiel, benennt nur einen Bereich dieser Art der Internationalisierung. Die USA sind in den Künsten, die für eine technische Reproduzierbarkeit besonders geeignet sind, weltweit derart erfolgreich, daß nicht grundlos in verschiedenen Ländern der Begriff „US-Kulturimperialismus" aufkam. In einigen Ländern (nicht nur in sozialistischen) werden beschränkende Maßnahmen für diesen beherrschenden Kulturimport erwogen bzw. praktiziert, weil der Fortbestand der eigenen nationalen Kultur gefährdet ist.

Hollywood – ich will bei diesem Namen als Beispiel bleiben, weil er weltweit besonders sinnfällig wurde für das technisch und wirtschaftlich progressivste Kino: die serielle Großproduktion; dabei soll nicht vergessen sein, daß diese normgerechten Filme nicht allein in Nordamerika fabriziert werden, ebenso nicht, daß auch in Hollywood noch Filmkunst produziert wird, wenngleich diese wirtschaftlich gesehen bestenfalls die Größe eines Feigenblatts hat – Hollywood überschwemmte den Globus nicht allein mit seinen Kunstreproduktionen, sondern dadurch auch mit seiner Ideologie und Ästhetik. Hollywoods geschäftlicher Erfolg zwang offensichtlich Filmkünstler sehr verschiedener Länder, Filme herzustellen, die allenfalls den Kunstkriterien Hollywoods genügen. Sich zu unterwerfen, fordert ein Vertrieb und Markt, der diesen Grundsatz aller seiner Geschäfte der profitablen Erfolge wegen fast weltweit praktiziert und erzwingt.

Wenn das reproduzierte Kunstwerk in immer steigendem Maße die Reproduktion eines auf Reproduzierbarkeit angelegten Kunstwerkes ist, so bedeutet das unter diesen Bedingungen, daß die Produktion sich nicht allein den technischen Konditionen der Reproduktion zu unterwerfen hat, sondern auch ihren gesellschaftlichen und ihren politischen. Und jene Kunstwerke, deren technische Reproduzierbarkeit unmittelbar in der Technik ihrer Produktion begründet ist — also vor allem Kino- und Fernsehfilm — unterliegen diesem Diktat im besonderen Maße.

Die von Benjamin begrüßte Internationalisierung des Films brachte der Filmproduktion in den kapitalistischen Ländern den für internationale Produktionen üblichen Standard: Produktion innerhalb eines marktbeherrschenden Konzerns. Das nationale Interesse wurde internationalisiert, und wo das Interesse Kapital heißt, fielen die beschränkenden Grenzen zugunsten eines unbeschränkten Kapitalinteresses. Die Internationalisierung des Films erhöhte zwangsläufig seinen Marktwert. Und der über nationale Möglichkeiten hinausgehende Wert ist berechenbar, er ist das Verhältnis von Kosten und Profit. Mit seiner Internationalisierung hat der Film eine neue Ästhetik erhalten: den internationalen Erfolg, der nun vor jedem anderen Interesse zu stehen hat. Die von Benjamin erhoffte Fundierung auf Politik bei einer Massenkunst mußte ausbleiben, wo der Profit das Fundament darstellt.

Benjamin setzte auf die Liquidierung des Rituals, des Tradierten, auf das Ende der Aura des Kunstwerks. Die von internationalen Konzernen verwaltete Filmkunst zerstörte tatsächlich dieses Beziehungsgefüge. Doch wurden diese Begriffe auch unbrauchbar, sie wurden nicht verworfen, sondern in einem neuen Geflecht von Beziehungen und mit teilweise veränderten Inhalten wiederbelebt. Ritual und Aura, Genialität und Einzigartigkeit wurden geläufige Begriffe der Massenkunst, deren jeweilige Namen rasant wechseln, um überleben zu können. Ihre Inhalte entbehren nun jedoch des Geheimnisses. Ihre Anwendung wurde kontrollierbar, da sie den gleichen Interessen unterworfen ist wie die Kunstwerke. Die Zusammenhänge und Beziehungen, ihr ganzes Traditionsgefüge wie die Bedingungen der Originalität schrumpften auf das Reproduzierbare, auf das Verwertbare.

Der arme Poet, das unglückselige Genie – das waren die personifizierten Wahrzeichen einer Kunst, die traditionellen Vorstellungen entsprach. Eine Kunst im Zeitalter der profitablen Reproduzierbarkeit benötigt andere Sinnbilder. Eine Möglichkeit: ein subalterner Mensch in gebeugter Haltung, vor dem Schreibtisch eines Chefs der Reproduktionsindustrie stehend.

Die Reproduktion bestimmt die Produktion des Kunstwerks. Sie bestimmt sie nicht allein – wie Benjamin hoffte – technisch, sondern auch politisch. Die bestimmende Reproduktion ist selbst bestimmt vom Verkauf, vom Erfolg. Die Abhängigkeiten sind eindeutig, offen, geheimnislos. Genialität und Einzigartigkeit, Ritual und Aura wurden tatsächlich unbrauchbare Begriffe für diese Produktion und werden, so sie noch zur Anwendung gelangen, allein zur Etikettierung einer Ware benötigt, die nach völlig anderen Kriterien produziert und reproduziert wird. Die überkommenen Begriffe haben dieser Ware den Hauch einer geistigen Atmosphäre zu geben, deren Abwesenheit in der Produktionsphase der Ware Voraussetzung war. Die überkommenen Begriffe haben dem Konsumenten eine Produktionsweise zu suggerieren, die ihm das angebotene Produkt annehmbar, erträglich und wertvoll macht. Die Begriffe haben die Anwesenheit eines menschlichen Erzeugers, eines Künstlers vorzuspiegeln, da dieser für den Konsumenten von Kunst noch immer unverzichtbarer Bestandteil dieser Art Ware zu sein scheint.

Das traditionelle Etikett hat die Tatsachen zu verschleiern. Der kapitalistische Reproduktionsprozeß hat die künstlerische Produktion in jenem Bereich, der durch seine Technik besonders eingreifend von der Reproduktionsindustrie bestimmt wird, längst vom Künstler als Urheber und Schöpfer befreit. Kino- und Fernsehfilm sind in ihrer gesamten Produktionsphase damit kontrollierbar und beherrschbarer geworden. Mit der Aura und dem Geheimnis starb das Unvorhersehbare, damit auch das unkalkulierbare geschäftliche Risiko. Kunst wurde zu einer Produktion, die nicht mehr an den Künstler und das Talent gebunden ist, sondern sich vom zufälligen Ingenium befreite und abstimmbar wurde. Sie als demokratisch zu bezeichnen, hindern uns die Eigentumsverhältnisse, denn abzustimmen haben die Eigner der Reproduktionsindustrie und ihre Verwalter. Aus diesem Grund werden über die Ästhetik und Philosophie des Hollywoodfilms uns das Management und die Buchhaltung das Aufschlußreichste sagen können, da sie die entscheidende künstlerische Befugnis haben.

Das Kunstwerk im Zeitalter der Reproduktionsindustrie ist berechenbar geworden. Mit einem geeigneten Instrumentarium ist es zu koordinieren und in jedem Detail vorherzubestimmen – wie jede andere Produktion der Industrie.

Vor mehr als fünfzig Jahren besuchte Luis Buñuel für sechs Monate Hollywood. In seinen Memoiren berichtet er:

„In meinen nicht gerade seltenen Mußestunden hatte ich ein ziemlich seltsames Ding erdacht und gemacht ... nämlich eine synoptische Tabelle über den amerikanischen Film.

Auf einer großen Pappe oder Holzplatte brachte ich, mittels Schnüren leicht zu bewegen, mehrere Rubriken an. Die erste Rubrik zum Beispiel für das Milieu: Pariser Milieu, Western, Gangster, Krieg, Tropen, Komödie, Mittelalter und so weiter. Die zweite Rubrik betraf die Epoche, die dritte die Hauptfiguren und so weiter – es waren etwa fünf Rubriken.

Das Grundprinzip war das folgende: Das amerikanische Kino funktionierte nach einem so mechanischen, festgelegten System, daß, wenn man ein bestimmtes Milieu, eine bestimmte Zeit, bestimmte Figuren auf eine Reihe brachte, dank meines Schnursystems todsicher auch die Hauptgeschichte herauskam.

Mein Freund Ugarte, der über mir im selben Haus wohnte, beherrschte den Mechanismus meiner synoptischen Tabelle aus dem Effeff. Ich muß noch ergänzen, daß vor allem die Auskünfte über das Schicksal der weiblichen Hauptfiguren, die man dank meiner Tabelle bekommen konnte, außerordentlich genau und zuverlässig waren."

In der gleichen Zeit, in der Benjamin seine Hoffnungen zur Entwicklung der Kunst unter den Voraussetzungen ihrer technischen Reproduzierbarkeit formuliert, entdeckt Buñuel ihren Algorithmus. Von der eigenen Beobachtung offenbar verwirrt, nennt er sie „ziemlich seltsam". Uns ist dieser Algorithmus geläufiger geworden, da die Reproduktionsindustrie ihn seitdem nicht nur für die USA durchzusetzen versucht und dabei keinesfalls erfolglos ist.

Die neuesten Produkte dieser weltweit reproduzierten Filme und Serien bedienen sich strenger denn je des Algorithmus, ihre Berechenbarkeit unterliegt einer ausnahmslosen Stringenz.

Es bedarf nicht mehr des bösen und erfahrenen Blicks eines Kollegen im Handwerk wie Buñuel, um den Mechanismus zu erkennen. Die Mechanik ist für das Publikum sichtbar geworden. Und das beeinträchtigt keineswegs die Konsumtion dieser Produkte, sondern ist ein Faktor ihrer Wirkung geworden. Das Publikum ist versichert, durch nichts verschreckt, verwirrt oder beunruhigt zu werden. Situationen und Ablauf der Geschichten sowie die Konstruktionen der Personen bewirken ein unendliches Deja-vu-Erlebnis des Publikums.

Das Überraschende, das Ungewisse, die Spannung, das suspense, sie sind der unaufhörlichen Wiederholung untergeordnet. Der Schrecken ist immer vorhersehbar, das plötzlich eintretende Ereignis war lange zuvor bekannt. Gleichförmigkeit und Wiederholung sind die Fundamente dieser Dramatik. Was ermüdend langweilig ist, es ist auch bekannt und vertraut. Das Anheimelnde schafft Genuß und das unaufhörliche Gleichmaß der Bewegung eine bewohnbare Idylle. Die Katastrophe wie das happy-end sind von sich gleichender Gemütlichkeit.

Der Erfolg dieser Kunst ist ihre Berechenbarkeit. Der Konsument kauft keine Katze im Sack, die gewünschten und gern bezahlten Informationen sind ihm längst bekannt. Er kauft die Verlängerung des ewig Gleichen. Diese Berechenbarkeit ermöglicht die Berechenbarkeit der Produktion, sie erzwingt die Automation der künstlerischen Produktion.

Bei einem flüchtigen Blick auf die allgegenwärtigen Fernsehserien erkennen wir die bewußt einfachen Methoden ihrer Dramaturgie, deren sie sich mechanisch und ausnahmslos bedienen. Ihr Ablauf und das Ineinandergreifen der Teile ist so korrekt und überraschend wie der Gang eines Uhrwerks.

Das zentrale Prinzip der Seriendramaturgie ist das der phasenverschobenen Sinuskurven. Die Kurven der

Geschichten sind ineinander verschränkt. Ständig beginnen Geschichten (d. h. die Kurve befindet sich bei minus 1), entwickeln sich oder laufen aus (das ansteigende oder abfallende Kurvensegment) oder befinden sich auf dem Höhepunkt der Katastrophe bzw. des happy-ends (die Kurve ist auf ihrem Scheitelpunkt plus 1). Die Kurven der verschiedenen Teilgeschichten sind dabei so ineinander verschoben, daß zu jeder Zeit möglichst alle Kurvenpunkte zwischen minus 1 und plus 1 von verschiedenen Kurven (d. h. Geschichten) belegt werden, so daß immer das Interesse angesprochen ist, das Bedürfnis nach Spannung und Harmonie befriedigt wird, während gleichzeitig neue Kurven (neue Geschichten) vorbereitet oder zu einem Abschluß geführt werden.

Aus diesem Prinzip der phasenverschobenen Kurven ergibt sich, daß eine Serie in Abhängigkeit von der Anzahl der Serienteile entsprechend viele Kurven (Geschichten, Spannungsbögen) zu präsentieren hat. Eine Gesamtserie muß daher eine Vielzahl mehr oder weniger zusammenhängender, einzelner Geschichten bieten. Und folglich hat jeder Serienteil eine einfache, leicht überschaubare Geschichte vorzustellen, die aus der quantitativen Vielfalt so herausgelöst ist, daß eine einzelne Kurve vor dem Hintergrund eines stets vorhandenen, abrufbaren Netzes von Kurven deutlich wird und vorübergehend vorherrscht, also das Interesse bedient.

Das Kurvenprinzip bedingt den Grundsatz des Nicht-Endgültigen. Alle Katastrophen und happy-ends haben immer nur scheinbar endgültige Schlußpunkte zu sein, die im weiteren Verlauf der Serie beliebig aufgehoben und korrigiert werden können. Die spätere Korrektur muß als — noch nicht erkennbarer — Spielansatz bereits in der sich entwickelnden Teilgeschichte und ihrem scheinbar endgültigen Abschluß vorhanden sein, um der späteren Korrektur den Hauch von Wahrscheinlichkeit zu geben.

Und so wie sich die Kurven der einzelnen Geschichten beliebig fortsetzen lassen, also in der Tendenz endlos sind, sind sie es auch im Anfang: jede Geschichte kann nach dem gleichen Kurvenprinzip beliebig viele abrufbare Vorgeschichten haben. Die Kurven sind nach beiden Seiten offen und endlos.

Selbst der Tod hat in dieser Endloskurven-Dramaturgie jede Autorität verloren. Wenn eine Auferstehung glaubhaft zu machen ist und das Unwahrscheinliche das Publikum nicht verunsichert, so ist der Tote jederzeit wieder rekrutierbar, die tote Spielfigur wie der tote Schauspieler.

Die Mechanik der Seriendramaturgie zeigt, wie die technische Reproduzierbarkeit rückwirkend eine technische Produzierbarkeit dieses Kunstgenres ermöglichte und bedingte.

Eine ausreichende Kenntnis des formalisierten Ablaufs vorausgesetzt – und das Gesagte umreißt, wie gering diese Kenntnisse sein müssen – ist es bereits bei dem heutigen Entwicklungsstand der Computer für jeden Programmierer kein Problem, das Programm beliebiger Serien zu schreiben, ja, auch ein einziges Programm für beliebig viele Serien.

Ein ausreichender Apparat von Sprachfloskeln und umgangssprachlich reduzierter Topoi, eine Auflistung standardisierter Konflikte, eine Auswahl gängiger, einschlägig handhabbarer Charaktere mit der ihnen jeweils möglichen (glaubhaften, wahrscheinlichen) Handlungs- und Gefühlsskala, ein wertender Katalog filmischer Schauplätze, sowie nach Wirkungen abgestufte Verzeichnisse von Kostümen, Masken, Statussymbolen etc. reichen als Grundstock eines computerisierten

Programms zur automatischen Verfertigung von Fernsehserien aus.

Ein hinlänglicher Fundus dieser Informationen vorausgesetzt – und die Serien zeigen, daß die gewöhnliche Norm mit einem Minimum der Möglichkeiten zu erreichen ist – ist die unendliche Herstellung unendlicher Serienscripte allein eine Frage der korrekten Benutzung des Computers und der eingespeicherten Daten, des Kurvenverlaufs und einer glücklichen Hand beim Randomprinzip, der Nutzung der Zufallszahl. Eine menschliche Kontrolle oder Korrektur würde diese Kunstproduktion nicht nur zeitlich verzögern, sie könnte den optimierten Kurvenverlauf gefährden, also das Kunstprodukt ruinieren. Die Abwesenheit des Menschen gehört also zu den Voraussetzungen dieser Kunst.

Eine Ausnahme ist nur dann zulässig, wenn zusätzliche Daten eingegeben werden müssen, deren vorherige Programmierung zu aufwendig wäre, z. B. die thematische Nutzung heikler Themen, gesellschaftlicher Tabus, seien sie politischer, sexueller, rassischer, militärischer oder religiöser Natur. Diese zusätzlichen Daten sind schwer programmierbar, da sie Veränderungen und Bewegungen der Öffentlichkeit unterliegen und folglich als fixe Werte nur bedingt handhabbar sind. Sie dennoch in das aktuelle Programm mitaufzunehmen, gebietet der Reproduktionsmechanismus. Das schnelle Reagieren auf neue öffentliche Standards beweist scheinbar Ingeniosität, Mut und Avantgardismus der Serie.

Aus all dem folgt, daß die Herstellung heute üblicher und bekannter Fernsehserien durch programmierte Computer nicht mehr nur denkbar ist. Die Möglichkeiten des Automaten, umfassender und schneller als jeder Mensch alle verfügbaren und bekannten Daten zu prüfen und zu verknüpfen sowie den dramaturgisch optimalsten Weg, also die wirkungsvollste Sinuskurve, zu finden, prädestinieren ihn zum Schöpfer dieser Kunst. Der Einsatz des Computers für eine durch technische Reproduktion und Marktabsatz bestimmte Produktion ist daher sinnvoll und ökonomisch. Er ist technisch und profitpolitisch erforderlich.

In Kenntnis der heutigen auf technische Reproduzierbarkeit angelegten Kunst und der modernen technischen Möglichkeiten sowie der allen erkennbaren Folgen eines um Effizienz dieser Produkte kämpfenden Managements, wird als Folgerung unabweisbar: Der Computer als Produzent dieser Kunst entspricht dem erreichten Standard unseres Zeitalters.

Es ist nun nur ein kleiner und wohlbegründeter Schritt, wenn ich – auf der Grundlage meiner Beweiskette – die Behauptung aufstelle, daß diese Serienkunst bereits in praxi von Computern produziert wird. Denn da die technischen Voraussetzungen gegeben sind und die Produkte das durch Automation erreichbare Niveau nicht überschreiten, würde ein Zweifel am tatsächlichen Einsatz der Computer die Fähigkeit der kapitalistischen Unterhaltungsindustrie bezweifeln, profitabel zu arbeiten. Es gibt keinen unsinnigeren Vorwurf, den man ihr machen könnte.

Maelzels Schachspieler ging nach Hollywood.

Die alte Konstruktion Ritter von Kempelens von 1768 war, wie Poe schlüssig nachwies, eine Maschine, die ein in ihr versteckter Mensch bediente. Das 18. Jahrhundert, in dem dieser vorgebliche Automat gebaut wurde, und noch das 19. Jahrhundert, in dem dieser betrügerische Vorgriff auf eine nahe Zukunft durch die Welt reiste und sich bewundern ließ, waren noch weitgehend ungekränkt in ihrem Bild des Menschen, dem die Erde untertan ist. Die Hybris des Humanismus, die den Menschen zur Krone der Schöpfung erhob und nichts Gewaltigeres als ihn kannte, war nur zu schockieren durch eine Maschine, die — von Menschen zwar erfunden — eine eigene, unabhängige Intelligenz zu besitzen schien. Maelzels Betrug mußte deshalb als Sensation wirken, weil sein Schachspieler ein endgültiger und technischer Schlußstrich unter die europäische Kultur zu sein schien. Das Wort vom Maschinenzeitalter wurde vor den Maschinen geboren.

Maelzels neuer Schachspieler, mit dem nun Hollywood um die Welt reist, ist wiederum eine Konstruktion, die eine Maschine und einen Menschen in der betrügerischen Absicht koppelte, das Interesse des Publikums zu fesseln. Die Maschine ist nun tatsächlich in der Lage, die gewünschten Resultate in jeder beliebigen Menge zu liefern, Kunst als unaufhörliche Reproduktion von Kunst.

Der Mensch dieser Maschine ist nicht mehr in ihr versteckt, im Gegenteil, er ist es, der die Maschine zu verstecken hat, den eigentlichen Schöpfer. Die einzige Funktion dieses Menschen ist es, präsent zu sein. Vor den Augen des Publikums hat er vor der Maschine auf- und abzugehen und blinkende Knöpfe zu bedienen, um den Eindruck zu erwecken, daß dieser Automat nichts anderes sei, als ein traditionelles Handwerkszeug, eine technische Verlängerung der menschlichen Hand, dem Hammer und der Säge vergleichbar. Er ist engagiert, um dem Publikum scheinbar zu beweisen, die Maschine liefere die unaufhörlich über sie stürzenden Folgen einer verbrauchs- und verkaufsorientierten Serienkunst allein dank seiner entscheidenden, unentbehrlichen Handgriffe. Seine Anwesenheit hat die ungebrochene menschliche Fantasie und Schöpferkraft zu beweisen. Er hat den Produkten der Maschine jenen traditionellen Schein zu geben, ohne den für das Publikum Kunst nicht möglich ist, nämlich die Aura des Geheimnisses von Schöpfertum und Genialität. Er hat dem Maschinenprodukt jenes menschliche Siegel zu geben, ohne das für den Konsumenten auch die einfältigsten Formen der Unterhaltungskunst nicht annehmbar sind. Und je eindeutiger die Maschine dominiert und ihre Produkte die automatische, serielle Fertigung verraten, um so heftiger hat der ihr zugeordnete Mensch zu agieren. Er hat seine Person zu einem Potemkinschen Dorf zu machen, hinter dem der tatsächliche Produktionsablauf verschwindet. Er ist die Fassade, die den Verkauf garantiert, das Glamourbild personality.

Hier liegt auch einer der Gründe, daß die interpretierenden Künste in diesem Jahrhundert gewichtiger wurden. Der überlebensgroße Interpret einer Kunst, die er zu präsentieren und deren serielle Fertigung er zu verstecken hat.

Die technische Reproduzierbarkeit der Künste haben ihre Kapitalabhängigkeit nicht bewirkt, aber sie haben diese in einem bisher ungekannten Maß gesteigert und die Verdrängung des Menschen als künstlerischen Produzenten aus der Produktion ermöglicht. Das Kapital kann nun störunanfällig mit Apparaten produzieren, die nach einem einmalig vorgegebenen Programm endlose Verlängerungen zu geben imstande sind. Das Risiko, mit menschlichen Schöpfern zu arbeiten, die von Stimmungen abhängig sind, von einer kaum lenkbaren Psyche, von den unberechenbaren Einfällen ihres Talents, wurde mit dem Einsatz der Maschinen auf Null reduziert. Ein gleichbleibender Service der Computer kann von ihren Herstellern garantiert werden.

Das mit sich identische Produkt der seriellen Fertigung von Kunst, verbunden mit einer nicht für die Produktion, jedoch für den Verkauf notwendigen personality des Interpreten, erreichte einen früheren Jahrhunderten unbekannt großen Markt.

Und diese Produkte formen ihre Konsumenten.

Benjamins Hoffnung auf ein aufgeklärtes Massenpublikum entbehrten schon im zeitgenössischen Ansatz jeder Grundlage. Sie gründete sich auf Zufälligkeiten und fragwürdige Vergleiche (er setzte Chaplin gegen Picasso, um ein fortschrittliches Verhältnis der Massen bedingt durch die technische Reproduzierbarkeit auszumachen; wir dagegen könnten heute – angesichts der tatsächlichen Massenkunst Fernsehen – Fortschritt bestenfalls in einer noch so fragwürdigen Haltung des Publikums dem Surrealismus gegenüber feststellen). Benjamins Hoffnung war getragen von einer ungebrochenen Zukunftsgläubigkeit und von den wirklichen Möglichkeiten im Zeitalter der technischen Reproduzierbarkeit von Kunstwerken. Er abstrahierte allerdings dabei völlig von der Tatsache des Kapitals.

Diese Massenkunst hat nicht nur sich von Kunst und Wirklichkeit entfernt, sondern ihr gelang es, auch ihr Publikum in gleicher Haltung zu erziehen. Mag zum Beginn unseres Jahrhunderts das Verhältnis der Masse etwa zu Picasso das – wie Benjamin schreibt – rückständigste gewesen sein, es war insofern noch progressiv, als es überhaupt noch ein Verhältnis war. Die heutige Massenkunst absorbiert ihre Massen so vollständig, daß diese die neuen Kunstprodukte nicht einmal wahrnehmen können und folglich nicht einmal zu einem rückständigen Verhältnis der modernen Kunst gegenüber zu bewegen sind.

Der Erziehungs- und Bildungsprozeß der Massen durch die Massenkünste Film und Fernsehen hat Wirkungen auf den gesamten Kunstbereich. Unschwer läßt sich unter diesen Verhältnissen bereits heute bei einem großen Teil der Buchproduktion wie des Theaters hinter der personality eines Schöpfers und Künstlers die profitprogrammierte Maschine entdecken. Die ghostwriters allerdings sind nicht die Computer, sondern die von Marktforschung und Profit diktierten Programme eines möglichst weltweiten Absatzes.

Unter diesen Verhältnissen ist alles nur noch von einer Kunst zu erwarten, die sich der Reproduktionsindustrie entzieht bzw. von ihr als nicht verwertbar angesehen wird. Unter diesen Verhältnissen wird der Elfenbeinturm ein frech-avantgardistisches und revolutionäres Bauwerk und das einzigartige Talent mit seiner Aura von Geheimnis und Genialität zur sozial verantwortungsvollen Gegenposition. Progressiv wird der Rückgriff in eine reiche Tradition, und die traditionelle Haltung zum utopischen Griff in eine menschen- und kunstfreundlichere Zukunft. Denn die technische Reproduzierbarkeit des Kunstwerks ermöglicht unter diesen Verhältnissen keine Liquidierung des Kultwertes und keine praktische Aneignung des Kunstwerkes, sondern allein die Allgegenwart des Marktes.

Benjamins Prophetie trog. Sie gründete allein auf Hoffnungen und auf einem unbedingten Willen zur Hoffnung.

Die technische Reproduzierbarkeit löschte großflächig die Imponderabilien in der Kunst, um dem technischen Gerät die Reproduktion zu ermöglichen. Und die massenweise Verbreitung setzte der zu verbreitenden Kunst eine neue Ästhetik, deren alles umfassender Grundsatz in der Forderung nach Konsens mit dem stets angestrebten Gesamtpublikum besteht. Übereinstimmung und gemeinsamer Nenner, Gleichheit und Gemeinsamkeit, es sind wieder die demokratischen Spielregeln, die Demokratie verhindern.

Die Quantität erbrachte – bevor sie zu einer Qualität gelangen konnte – für das reproduzierte Kunstwerk das bevormundende und beherrschende Interesse des Marktes oder des Staates. Die Möglichkeit demokratischer Teilnahme des Publikums am Kunstwerk und seiner Produktion, die vermittels der größeren Verbreitung statt der Aura den Gebrauchswert zum Kriterium seiner Qualität setzt, bestand zu keiner Zeit. Statt dessen erlaubte die massenhafte Reproduktion den Zentralismus in der Kunst und ermöglichte damit die nahezu vollständige Kontrolle der gesellschaftsbeherrschenden Kräfte in einem Bereich, der zuvor als zu entlegen, verworren und wirtschaftlich bedeutungslos galt.

Für den Markt sind Ästhetisierung der Politik wie auch Politisierung der Kunst zu austauschbaren Programmen geworden. Er ordnete sie sich unter und nutzt ihre Unvereinbarkeit als breite Palette des Angebots. Die letzten Jahrzehnte brachten erstaunliche Wechsel, und erfolgreich reproduzierbar war vorübergehend jede Haltung. Der Markt war nie Purist.

Mit der Möglichkeit der technischen Reproduzierbarkeit entstand für das Kunstwerk die Verpflichtung, massenweise absetzbar zu sein. Der Markt setzte als einzig gültigen Prüfstein für Kunst seinen einzigen Wert: den materiellen Erfolg. „Goethe (Voltaire ...) hat ihn gelobt" war das würdigend-fragwürdige Sigel für Qualität im Zeitalter der handwerklichen Produktion. Nun stehen an der gleichen Stelle und mit gleicher, wenn auch unbezweifelbarerer Bedeutung die Zahlen der Produktionskosten des Kunstwerks und seines Marktanteils.

Der Markt kennt keinen Dissidenten, da er allumfassend ist, allgegenwärtig und allmächtig. Was für den Markt nicht existiert, ist nicht. Und alles was vernünftigerweise existiert, ist auf dem Markt. Jede Verweigerung, jeder Widerstand sind so lange nicht wirklich, wie der Markt sie nicht wahrnimmt. Und sie beginnen zu existieren, sobald die Verweigerung und der Widerstand verwertbar und reproduzierbar werden. Je heftiger und radikaler dabei das Kunstwerk gegen den Kunst-Markt steht, umso gewisser die künftige massenweise Reproduktion. Jede Haltung wird dadurch zur Pose.

Wo statt des Marktes der Staat die technische Reproduktion des Kunstwerks bestimmt und überwacht, werden die Werte des Marktes nicht oder nur eingeschränkt anerkannt.

Im Zeitalter der traditionellen (handwerklichen) Reproduktion von Kunst blieben die Massen von der Konsumtion des Kunstwerks weitgehend ausgeschlossen. Das erleichterte die Großzügigkeit, selbst die Libertinage des staatlichen Zensors. Die staatliche Macht konnte da zum Mäzen werden, wo nur sie selbst und die staatstragenden Kräfte Konsument waren. Das änderte sich in dem Maße, wie Kunst reproduzierbar wurde. Mit der Erfindung des Buchdrucks begann das Absterben des Staates als Mäzen. Anders gesagt, der staatliche Mäzen konnte der massenhaften Reproduktion nicht mehr allein mit förderndem Eingreifen begegnen. Dies wurde nun durch andersartig wirkende Maßnahmen ergänzt, die ihn zum Zensor machten.

Neue oder doch andere Werte wurden nun gesetzt. Und diese Werte wechseln, sie unterliegen selbst — und völlig anders als das stets ungekränkte Geld — gesellschaftlichen Entwicklungen. Gralshüter dieser anderen Werte wurde die Bürokratie, die durch ihre allesumfassende Verwaltung und die beständig veränderbaren Bestimmungen unfehlbar ist. (Für jeden Staat ist Unfehlbarkeit lediglich eine Frage präventiv veränderbarer Gesetze.) Aber die Unfehlbarkeit wacht über ungesicherte, sich wandelnde Werte, wodurch die Lebensdauer der unfehlbaren Urteile stark eingeschränkt ist.

Aber nicht allein der Wechsel der Werte und die verschieden möglichen Interpretationen des Kunstwerks im Verhältnis zu den staatlichen und gesellschaftlichen Normen erschweren die Reproduktion. Es fehlt nicht allein die Eindeutigkeit, erschwerend vor allem ist die nichtmaterielle Existenz der Werte. Der „Tartuffe" ist ein Stück über die Schwierigkeiten einer Gesellschaft, in der das Geld nicht den einzigen und vornehmsten Wert darstellt. „Timon von Athen" dagegen spricht von der Einsetzung des Geldes und der Vernichtung aller anderen Werte. War zuvor der verarmte Edelmann noch immer ein Edelmann, so ist er nun nur noch verarmt. Die Heuchelei war ein Problem des Feudalismus und wird es für jede Gesellschaft, die andere (ideelle) Werte als das Geld setzt. Dem Kapitalismus ist die Heuchelei fremd: Geld ist die einzige Tugend, die man nicht heucheln kann.

Diese Schwierigkeiten begünstigen das Anwachsen der Bürokratie im Sozialismus und fördern die fortgesetzte Delegierung von Entscheidungen. Wo jedes Urteil sowohl unfehlbar als auch in kürzester Zeit hinfällig ist, wird das zwischen den Schreibtischen wandernde Papier, der unerledigte Vorgang zur Staatsräson. Produktion wie technische Reproduktion werden – was immer sie sonst sind – somit zu fortgesetzten Angriffen auf die Bürokratie, da sie unaufhörlich Entscheidungen herausfordern, die hinauszuzögern das Lebenselixier der Bürokratie ist. Eben dadurch wird das Kunstwerk, unabhängig von seinem Inhalt und seiner künstlerischen Tendenz, politisiert und wirkt selbst politisch. Was die Bürokratie zu verhindern sucht, sie erschafft es.

Die technische Reproduktion des Kunstwerks ließ die Bedeutung des Marktes und der staatlichen Bürokratie in dem Maß anwachsen, wie das Kunstwerk massenhaft reproduziert werden konnte. Aber wo der Markt jeden Wert zum Marktwert umfunktionieren kann, steckt die Bürokratie in dem unerwünschten Dilemma, alles zu politisieren.

Da der Markt allgegenwärtig ist, kann nichts wirklich werden ohne einen alles prägenden Marktwert zu bekommen. Jeder politische Wert hat einen in Geld ausdrückbaren oder überhaupt keinen und damit auch keinen politischen mehr.

Dagegen erhält alles, was die Bürokratie berührt – auch wenn der Eingriff nur in der Absicht erfolgt, das Werk zu entwerten, wertlos zu machen – politischen Wert. Nur was sie nicht wertet, bleibt wertlos. Aber diese Art von Makulierung zu nutzen, ist ihr bei Strafe des eigenen Untergangs verwehrt: wo sie nicht eingreift, hört sie auf zu existieren.

Das Zeitalter der technischen Reproduktion machte das Kunstwerk zum Medium des Marktes oder der Bürokratie. Die Qualität dieser Medien liegt nicht in der Quantität erreichbarer Konsumenten, denn die größere Öffentlichkeit wird mit den größeren Einschränkungen erkauft. Ihre Qualität liegt in der Radikalisierung der Mechanismen des Marktes und der Bürokratie, denen sie jeden verschämten Schein nahmen. Das massenhafte Erscheinen des Kunstwerkes durch die Möglichkeiten seiner technischen Reproduktion ließ von der Freiheit des Marktes allein den Markt übrig und vom kunstsinnigen Mäzen den Zensor.

Ich teile dennoch Benjamins Hoffnungen. Es sind Hoffnungen trotzend der Erfahrung, Hoffnungen trotz der Geschichte auf die Geschichte. Weil es Hoffnungen sind, zu denen es keine menschliche Alternative gibt.

Als junger Mann erwarb Benjamin auf einer Münchener Paul-Klee-Ausstellung ein Blatt des Malers. Benjamin beschrieb das Blatt zwanzig Jahre später mit den folgenden Worten:

„Es gibt ein Bild von Klee, das Angelus Novus heißt. Ein Engel ist darauf dargestellt, der aussieht, als wäre er im Begriff, sich von etwas zu entfernen, worauf er starrt. Seine Augen sind aufgerissen, sein Mund steht offen und seine Flügel sind ausgespannt. Der Engel der Geschichte muß so aussehen. Er hat das Antlitz der Vergangenheit zugewendet. Wo eine Kette von Begebenheiten vor uns erscheint, da sieht er eine einzige Katastrophe, die unablässig Trümmer auf Trümmer häuft und sie ihm vor die Füße schleudert. Er möchte wohl verweilen, die Toten wecken und das Zerschlagene zusammenfügen. Aber ein Sturm weht vom Paradiese her, der sich in seinen Flügeln verfangen hat und so stark ist, daß der Engel sie nicht mehr schließen kann. Dieser Sturm treibt ihn unaufhaltsam in die Zukunft, der er den Rücken kehrt, während der Trümmerhaufen vor ihm zum Himmel wächst. Das, was wir den Fortschritt nennen, ist dieser Sturm."

Zur 3. Bitterfelder Konferenz am 2./3. Mai 1992

1. Wer von einem Scheitern der Aufklärung spricht, hat nicht verstanden, daß Aufklärung nur ein Aufklären ist, also ein beständiger Prozeß, der ein Fortschreiten oder ein Stillstehen kennt, aber nicht den endgültigen Erfolg – der auch nur ein Ende wäre.

Wirklich scheitern kann die europäische Aufklärung erst dann, wenn das zu errichtende europäische Haus zur europäischen Festung wird, weil die dritte Welt hinter der Oder-Neiße-Grenze beginnt, seit die Nachkriegsordnung zerfiel und der Kommunismus in Unehren aus dem Staatsdienst entlassen wurde und so radikal abspecken mußte, daß er seitdem diesen Kontinent nur noch und wieder als Gespenst bewohnt.

Die Kunst, ohnehin im Souterrain oder Keller geduldet, aber damit den Fundamenten nahe, vermag uns über den Zustand dieser Fundamente Auskunft zu geben.

2. Das neuerdings verkündete Ende der Geschichte ist ein Ausdruck jener Tradition eines geschichtslosen Denkens, das uns noch jüngst belästigte, als von einem Ende der Geschichte jene sprachen, sie sich uns als Sieger der Geschichte zu präsentieren suchten.

Die Kunst hat von Beginn an – ich nenne die Namen Isaak Babel und Michail Bulgakow – den Untergang dieser Sieger der Geschichte beschrieben. Kunst ist Chronik der stattfindenden Geschichte, das schließt nicht aus, das Unabwendbare voraussehen zu können. Auch der Totengräber, der kein Prophet oder Wahrsager ist, hebt im Herbst ein paar Gruben mehr aus, um auch bei gefrorener Erde seine Kunden bedienen zu können.

Dies wird die Aufgabe der Kunst bleiben, um so mehr wenn das verkündete Ende der Geschichte uns nur darauf verweist, daß offenbar wieder eine bestimmte Geschichte zu Ende geht, die Geschichte der ersten Welt beispielsweise.

3. Was soll Kunst? Die Gesellschaft und die demokratischen Medien haben ihr eine eineindeutige Funktion zugewiesen. Kunst wird als MUZAK gebraucht, gefördert und sogar bezahlt. Der Komponist Hans Zender berichtete über diesen Kunstkonzern: „Als ich in Brüssel zu meiner Arbeit ins Théâtre de la Monnaie ging, führte mein Weg an einem Bürogebäude vorbei, an dessen unterem Stockwerk weithin sichtbar ein Werbeplakat angebracht war, auf welchem zu lesen stand: it's more than music – it's environment. Es handelte sich hier um die Zentrale der sogenannten MUZAK – eines Industrie-Konzerns, der die ganze Welt mit Tonbändern versorgt, auf welchen jene sanft beruhigenden oder auch sanft erregenden Klänge gespeichert sind, die uns zu unserer dauernden Freude bei unseren täglichen Verrichtungen begleiten, sei es im Kaufhaus oder im Restaurant, sei es in den Lüften, beim Starten der Flugzeuge oder in den Tiefen eines Schwimmbads."

„Kürzlich haben wir", heißt es in einem firmeninternen Bulletin, „einen Schlachthof besichtigt. Anscheinend gab es da Probleme mit der Blutgerinnung beim Schlachtvieh. Wie es heißt, fließt das Blut jetzt ohne Zwischenfälle. Das abgespielte MUZAK-Programm entspannt die Tiere, während sie zur Schlachtbank geführt werden. ... MUZAK wird neuestens auch in Spitälern verwendet; das Ziel ist ein totales Programm ... Selbst bei Ausbruch eines Atomkrieges verfügt die ‚MUZAK-Corporation' über eigene Stromgeneratoren, um einen Ausfall des Basic-Programms auszuschließen und zu gewährleisten, daß die noch funktionierenden Einrichtungen weiterhin unser Programm empfangen."

MUZAK ist möglicherweise die westliche Alternative zum Bitterfelder Weg, in jedem Fall die erfolgreichere Variante.

Und Kunst muß sich dann selbst gegen eine Kultur stellen und gegen eine Gesellschaft, die ihre Kultur nur noch als MUZAK zu akzeptieren bereit ist. Damit das Blut gerinnt oder fließt, in jedem Fall arbeitet Kunst an der offenen oder geschlossenen Wunde.

Prägungen

Eröffnungsrede der Frankfurter Buchmesse 1994

Sogar Heinrich Heine, wir wissen es von ihm selbst, hätte ein allseits angesehener Bürger werden können, wohlgelitten und unvertrieben, ein guter Deutscher und rechter Patriot also, denn seine Mutter entriß ihm frühzeitig jeden Roman, verbot ihm den Besuch des Schauspiels, gestattete nicht, daß dem Kind Gespenstergeschichten erzählt werden, und tat ihr Möglichstes, um jeden Aberglauben und alle Poesie von ihm fernzuhalten. „Sie hatte nämlich die größte Angst", schreibt Heine, „daß ich ein Dichter werden möchte; das wäre das Schlimmste, sagte sie immer, was mir passieren könnte." Sie sorgte dafür, daß er Jurisprudenz studierte, da sie gesehen hatte, daß auch in Deutschland die Juristen allmächtig sind und die Advokaten schwatzende Hauptrollen spielen und dadurch zu den höchsten Staatsämtern gelangen. So studierte er das römische Recht, das Corpus juris, die Bibel des Egoismus, mit dessen Hilfe man das Geraubte sicherzustellen und mit Gesetzen zu schützen sucht, jenes Recht also, das allen unseren modernen Staaten zugrunde liegt, „obgleich es im grellsten Widerspruch mit der Religion, der Moral, dem Menschengefühl und der Vernunft steht".

Aber alle mütterliche Sorge, ihre Welt- und Menschenkenntnis verratenden Ermahnungen blieben, wir wissen es, fruchtlos. Ein Oheim, „ein Sonderling von unscheinbarem, ja sogar närrischem Äußeren“, stellte dem Kind eine staubige Kammer zur Verfügung mit einer Bibliothek, die für den jungen Heine die Dachstube in einen prachtvollen Palast verwandelte. Die Folgen waren voraussehbar: er lernte lesen, er lernte schreiben, er wurde zum Demokraten, seine Schriften wurden verboten, er lebte in Armut, er starb im Exil.

Und dabei war der Beginn so hoffnungsvoll: er hätte ein deutscher Richter werden können, ein geachteter – oder doch gefürchteter Jurist und Verteidiger der heiligen Bibel des Egoismus.

Ganz wie der Leser sie auffaßt, so haben sie ihr Schicksal, die Bücher, sagte Terentianus Maurus. Aber sie haben nicht nur ein eigenes, sie beeinflussen auch die Schicksale anderer, nicht nur die ihrer Autoren, Verleger und Buchhändler, auch die ihrer Leser. Es sind anfänglich gewiß winzige Wirkungen, die von den Büchern, den Märchen und Geschichten ausgehen, aber sie hinterlassen etwas, was unmerklich weiterwirkt und das Individuum bestimmt. Neben der Religion – oder gemeinsam mit ihr – ist es das, was wir Literatur nennen, also die Gesamtheit der mündlich und schriftlich überlieferten und vorhandenen dichterischen Werke, die unsere Vernunft und Moral prägt. Es sind die uns erzählten Märchen und Gespenstergeschichten, die uns ein erstes Bild von dieser Welt geben, unsere früheste Haltung zu ihr bestimmen, lange noch, bevor wir diese Haltung als eine solche erkennen und uns ihrer bewußt werden. Hunger und Liebe, für diese und andere uns und die Gemeinschaft regulierenden Bedürfnisse, für die kreatürlichen Neigungen und Erfordernisse, sorgt die Natur. Aber die Humanisierung des Menschen ist allein eine zivilisatorische Leistung, so stabil und brüchig wie diese Zivilisation. Gerechtigkeit beispielsweise ist der Natur fremd, sie ist kein kreatürlich-natürlicher Wert. Vielmehr ist das Recht des Stärkeren uns arteigen und angeboren und uns und unserer Welt gemäß; ein Streben nach Gerechtigkeit dagegen ist ein Ergebnis von Erziehung und durchaus weltfremd, ein Transplantat unserer Kultur und Gesittung. Es sind die Märchen, die das Samenkorn für diese Art von Gefühlen und Werten in uns pflanzten, die ursprüngliche Poesie, die Volksmärchen, die in uns einen Sinn für Gerechtigkeit weckten. Unsere Confessio hat diese eigentlich unnatürlichen, diese weltfremden Werte in ein System gebracht, das die Gesellschaft prägt, das uns Maßstab unseres Lebens ist, gelegentlich jedenfalls, am Geburtstag unseres jeweiligen Religionsgründers eventuell.

Und die Literatur, die Gesamtheit der schriftstellerischen Arbeiten, hat ihren Anteil an dieser Menschwerdung, der Zivilisation. Unser Gespür für Recht und Ordnung wurde durch Aschenputtel und Froschkönig geweckt, durch den Kleistschen Kohlhaas geschärft. Wir haben einen Sinn für das Dilemma entwickelt, den scheinbar unlösbaren Widerspruch eines Rechtsstaates, der kein Recht verschaffen kann. Wir haben – noch bevor wir es selbst erfahren mußten – aus der Literatur gelernt, daß Rechtsstaat und fehlende Gerechtigkeit durchaus einen Reim machen, und daß der, der gegen diesen Mißklang angeht, der sich damit nicht zufriedengeben will oder kann, der die Gerechtigkeit auch in einem und gegen einen Rechtsstaat durchzusetzen sucht, bald zum Räuber und Mörder wird. Die Literatur, deren Neuheiten in dieser Stadt nun wieder fast vollständig präsent sind, sie hat ihren Anteil an dieser Humanisierung des Menschen, an der Herausbildung der Identität des einzelnen, an der Bildung des sozialen Gefüges und des moralischen Weltbildes.

Unstrittig hohe Werte, ein bedeutsames Verdienst. Die Aufklärung, die das moderne Europa formte, ist ohne das Buch nicht denkbar. Der Ausgang aus der selbstverschuldeten Unmündigkeit hatte auch die Arbeit von Verlegern und Buchhändlern zur Voraussetzung. Wenn wir es bei diesen Bemerkungen bewenden lassen könnten, wir wären es alle zufrieden.

Aber trotz der Zahlen, mit denen Jahr für Jahr die Buchmessen unser Erstaunen erregen, der Leser verschwindet kontinuierlich. Schon haben wir Mühe, im eigenen Bekanntenkreis Personen zu nennen, die tatsächlich noch Romane lesen, so wie früher, wie vielleicht noch im 19. Jahrhundert, also von der ersten bis zur letzten Seite. Autoren und Lektoren, freilich, sie lesen noch, aber sie leben davon oder versuchen es doch, sind also professionelle Leser und insofern überhaupt nicht relevant für das diagnostizierte Verschwinden. Die Verleger und Buchhändler, sind sie noch belesen oder nur glänzend informiert und beredt genug, den Mangel – wenn es denn einer sein sollte – zu verdecken und auszugleichen? Die Flut der Neuerscheinungen ist ohnehin nicht mehr zu bewältigen. Die Rezensenten verzichteten längst auf das Lesen, und gelegentlich und unter vier Augen gestehen sie es auch ein. Sie bedauern es, fühlen sich aber zum Verzicht auf das Lesen gezwungen, denn nur ihr eigener Text, die Rezension, wird bezahlt, nicht die Lektüre des möglicherweise voluminösen Buches. So beschränken sie sich darauf, das Buch „diagonal" oder „anzulesen", was immer das sein mag. Oder sie stützen sich auf das übersandte Verlagsmaterial und folgen ansonsten dem mainstream, und dazu bedarf es keiner Lektüre, da reichen zwei, drei Telefonate völlig aus.

Über das Verschwinden des Lesers könnten wir uns nun leicht und elitär trösten: es war immer nur eine Minderheit, die sich für den Eigensinn und das gute Gedächtnis der Literatur interessierte. Das Standesprivileg und der Standeszwang, der sich einst mit dem Lesen verband, ist verschwunden, und damit vielleicht auch der Standesdünkel. Nun liest halt nur noch, wer es nicht lassen kann, und der Feuilletonist mag es zufrieden sein.

Auffällig aber ist, wer es lassen kann. Die Elite des Landes, wird uns gemeldet, die Leistungselite nahezu vollständig. Nun, wir sind nicht überrascht, die Elite der Gesellschaft ist beschäftigt, ist überbeschäftigt, eine 60- oder gar eine 70-Stunden-Woche läßt keine Zeit für Lektüre. Das ist weder verwunderlich noch beunruhigend.

Aber die neuere Soziologie will es bei diesem freundlich-privaten Bescheid nicht belassen. Die „fehlende Zeit", die wir der Elite eben generös und mitfühlend als Erklärung für die ausbleibende Lektüre attestierten, läßt sie auf Grund ihrer Untersuchungen nicht gelten. Sie entdeckte andere Ursachen für die schwindende Bedeutung der Literatur, benannte gewichtigere und durchaus beunruhigendere Gründe für den Verlust dieser Leser, für diese zeitgemäße Abneigung.

Literatur ist identitätsfördernd, Lesen prägt das Individuum und ergibt – um einen Begriff aus der Computer- und Datenträgersprache zu wählen – eine Initialisierung. Sie schafft im Individuum eine ursprüngliche Einteilung, deren Struktur alle späteren Erfahrungen, Haltungen, Kenntnisse ordnet und einordnet.

Eben das war eine Aufgabe und ein Ziel der Aufklärung, und eben diese prägende Identität wurde in unserer Zeit zu einer unerwünschten Belastung, da die erfolgte Prägung das Künftige nicht nur strukturiert, sondern auch über die Akzeptanz entscheidet. Das zu seiner Identität gelangte Individuum nimmt nur noch eingeschränkt auf, es filtert und prüft die eingehenden Informationen, es wählt aus, und es ist nicht mehr beliebig zu gebrauchen. Was einst als aufklärerische Leistung galt, wurde zum handikap: Literatur stiftet Identität, die nicht mehr gefragt ist, die in einer effizienten Technokratie verhindert werden muß, da sie die Disponibilität des Menschen einschränkt. Das Lesen, sagt uns heute die analytische Geisteswissenschaft, ist ein traditioneller Wert, und es schafft lediglich traditionelle Werte. Das Individuum im heutigen Produktionsprozeß darf sich nicht länger auf eine einzige Identität festlegen lassen. Es muß, um effektiv arbeiten zu können, um überhaupt den wechselnden Arbeitsanforderungen zu genügen, um nahezu beliebig verfügbar zu sein, zu einem Identitätswechsel bereit und fähig sein. Das Individuum, so lautet der kulturkritische Einwand gegen einen weiteren sorglosen Umgang mit der Literatur, muß sich für mehrere Identitäten offenhalten, muß für unterschiedliche Identitäten verfügbar sein. Die Echtheit, die Unverwechselbarkeit einer Person ist nicht mehr für ein ganzes Leben, sondern nur noch für kurze Lebensabschnitte erforderlich und brauchbar. Jedes Individuum muß für aufeinanderfolgende, grundsätzlich diskrepante Dispositionen bereitstehen, muß sich für eine Mehrfach-Initialisierung geeignet erweisen.

Aus dem Umgang mit der Literatur, dem Lesen, folgt eine derart aktive Prägung des Individuums, daß spätere, korrigierende oder gar grundsätzlich verschiedene Einflußnahmen unmöglich werden. Der heute notwendigen Disponibilität des Individuums, lehren uns jene Diziplinen, die die Entwicklung und die Formen der menschlichen Gesellschaft untersuchen, sei daher besser mit einer passiveren Beeinflussung gedient, wie wir sie etwa durch die Medien erfahren. Geradezu optimal in der erwünschten Eindrücklichkeit sei, was wir als interaktive Computerspiele und interaktives Fernsehen kennen: auch hier wird Identität geschaffen, ausreichend prägend, um zeitweise nutzbar zu sein, und doch oberflächlich genug und jede Tiefe meidend, um für eine spätere Veränderung eine befriedigende Matritze zu schaffen. Mit unseren sich ändernden Lebens- und Produktionsweisen veränderten sich die Werte. Die neu entstandenen Werte ergaben sich zwangsläufig aus dem Stand unserer Zivilisation und Produktion. Das ist moralisch nicht zu beurteilen, weder zu bedauern noch zu loben, sondern nur wahrzunehmen und zu akzeptieren.

Wenn Literatur, wie uns die Wissenschaft unterrichtet, so nachhaltige Prägungen bei uns hinterläßt, daß das derartig gebildete Individuum für die modernen Produktions- und Reproduktionsprozesse ungeeignet ist, dann mag der aufklärerische und Bildungswert weiterhin unbestritten sein, ebenso unstrittig ist dann aber auch die Schädlichkeit der Literatur und des Lesens.

Disponibilität ist gefragt, Verfügbarkeit, Aufgeschlossenheit, natürlich auch Anpassung, Geschmeidigkeit, Assimilierung, Kompatibilität, und gewiß auch Opportunismus. Sich schnell und bedenkenlos der jeweiligen Situation anzupassen, die Nützlichkeit zu erwägen und diesen Nutzen allem voran zu stellen, das ist die Tugend der Effizienz. Sie nicht anzuerkennen, sie vielleicht gar zu verachten, verweist vielleicht auf eine traditionelle Bildung, auf Belesenheit, auf die Kultur eines vergangenen Jahrhunderts, aber auch auf Weltfremdheit und ein gestörtes Verhältnis zur Gesellschaft.

Als im Sommer 1947 die amerikanische Militärverwaltung General Engel und einige andere hitlertreue Generalstabsoffiziere aus der Kriegsgefangenschaft entließ, erkundigte sich Generalmajor von Gersdorf, der vier Jahre zuvor versucht hatte, Hitler in die Luft zu sprengen, warum er im Lager bleiben müsse. Der Lagerkommandant erwiderte ihm: „General Engel hat in seinem ganzen militärischen Leben gezeigt, daß er stets nur die ihm gegebenen Befehle ausführt. Er wird uns auch im Zivilleben keinen Widerstand leisten und ist daher für uns keine Gefahr. Sie aber haben bewiesen, daß Sie gegebenenfalls Ihrem Gewissen gehorchen und dann unter Umständen unseren Anordnungen nicht Folge leisten würden. Deshalb sind Leute wie Sie für uns gefährlich." (Zitiert nach Joachim Fest: Staatsstreich. Der lange Weg zum 20. Juli, Berlin 1994.)

Vierundvierzig Jahre später, im Herbst 1991, werden zwei Bürgerrechtler der DDR vom neuen Personalchef ihres gerade privatisierten Betriebes mit der Auskunft entlassen, daß begründete Zweifel an der Loyalität der beiden Mitarbeiter gegenüber der Firma bestünden, da sie in der Vergangenheit – also in der Zeit vor 1989 – andere Interessen über die des damaligen Kombinates stellten. Brauchbar sind und nicht entlassen wurden dagegen drei leitende Angestellte, die vor 1989 keinerlei Anstoß nahmen an fraglichen und heute wie damals strafbaren Handlungen der ehemaligen Kombinatsleitung.

Zwei Entscheidungen, 1947 und 1991, die uns höchst ungerecht erscheinen, wenn wir traditionellen Wertvorstellungen folgen. Gleichzeitig wissen wir, daß beide Entscheidungen, die unserem Gefühl für Recht und Gerechtigkeit widersprechen, sinnvoll und richtig sind. Die Persönlichkeitsstruktur der Betroffenen wies Prägungen auf, denen sie vermutlich weiterhin folgen, folgen müssen. Der Kompromiß, der Opportunismus findet in dieser Identität keinen Nährboden. Es gab in der Vergangenheit Ärger mit ihnen; alles sprach dafür, daß es auch künftig Ärger geben würde. Gewünscht war und ist ein Wechsel der Identität, aber dafür wären andere Tugenden vorauszusetzen, andere Prägungen.

Wir haben alle mit diesen Tugenden unsere Erfahrung machen müssen.

Wenn beispielsweise eine liberale Zeitschrift sich national mausert, die Redaktion aber vollständig und unverändert bleiben kann und kein Mitarbeiter Schwierigkeiten hat, diese Wende mitzuvollziehen, so ist das nicht allein mit den guten Gehältern zu erklären.

Oder wenn eine große bürgerliche Zeitung den Kurs ändert und zum zentralen Blatt des nationalistischen Revisionismus wird – und es ist Revisionismus, der sich in der neu entflammten Eigentumsfrage zu Wort meldet, ein Revisionismus, der die Ergebnisse des 2. Weltkrieges revidieren will, der nach dem Abzug der Besatzungsmächte die Anti-Hitler-Koalition revidieren will, ein Revisionismus, der nicht an der deutschen Ostgrenze einhalten, sondern weitergreifend Eigentum in Osteuropa einklagen wird und Grenzen verändern will, ein Revisionismus, der der eigentliche Rechtsradikalismus im Wortsinn ist, gefährlicher, folgenreicher, terroristischer als jener, der landläufig als Rechtsradikalismus ausgemacht und von Polizei und Justiz mehr oder weniger behelligt wird –, wenn diese gewichtigen Veränderungen eintreten, ohne daß auch nur ein Redakteur sich genötigt sieht, persönliche Schlußfolgerungen zu ziehen, geschweige denn eine ganze Redaktion auf die (aufgegebenen) liberalen Positionen insistiert, so haben wir jenen von der Soziologie geforderten modernen Bildungsbürger, fähig und bereit zu beliebigem Identitätswechsel, da keine Identität unwiderruflich und unrevidierbar ist. Wir könnten einwenden, es sind Leute ohne Rückgrat, aber damit verraten wir nur, wie indisponibel wir sind.

Das Buch ist zweifellos ein kostbares Kulturgut. Es hat einen geschichtlichen, einen menschheitsgeschichtlichen Wert, den wir anerkennen sollten, ohne zu übersehen, daß sein zeitgeschichtlicher Wert geringer ist und fortgesetzt schwindet. Die Aufklärung war ohne das Buch und den Buchdruck nicht denkbar. Die heute erforderliche Mehrfach-Identität hat ihr förderliches Pendant in den Medien gefunden und wird durch die Literatur nur behindert. Wir könnten nun von einem höheren Wert der Literatur und des Buches sprechen, wir könnten die Mehrfach-Identität aufklärerisch als Null-Identität, als ein Manko, als einen Ausfall von Humanismus kennzeichnen. Aber ich denke, wir wissen auch, daß das anachronistisch wäre, gegen den Zeitgeist gesprochen und nicht eben förderlich für die Karriere. Eine nachhaltige Prägung und eine beständige Identität, sie sind durchaus hinderlich, denn sie bestimmen unsere Haltungen, führen uns zu einer Haltung. Es ist eben nicht folgenlos, ob man das Corpus juris als die Bibel ansieht oder als eine Bibel des Egoismus. Und ob man bereit und fähig ist, seine Identität nach Bedarf auszutauschen und seine Haltung gemäß der Nachfrage zu wechseln. Für die Bildung dieser Tugenden aber ist weder das Buch der Bücher noch das Buch zu gebrauchen.

III

Worüber man nicht reden kann, davon kann die Kunst ein Lied singen

Zu einem Satz von Anna Seghers

Wir dürfen ja nicht in der Beschreibung steckenbleiben. Denn wir schreiben ja nicht, um zu beschreiben, sondern um beschreibend zu verändern. (*Anna Seghers,* 1932)

Ein spanisches Märchen, der Prinz mit den Eselsohren. Drei gute Feen schenkten dem neugeborenen Prinzen Schönheit, Verstand und Aufrichtigkeit. Und eben die Eselsohren, damit er nicht stolz und übermütig werde. Die Hybris zu wehren. Eselsohren jedoch sind Schande, zwingen zum Verschweigen, Verstummen, zur Lüge. Man verbirgt sie, den Prinzen, die Wahrheit. Schweigen bei Strafe des Todes. Nur ein Barbier bekommt die Eselsohren zu sehen, das Vorrecht des Handwerks. Und die Qual, schweigen zu müssen, droht ihn nicht weniger zu kosten als das Verbot zu reden: Schweigen oder Reden, eins bringt ihn um den Verstand, das andere um den Kopf. Er rettet sich in die Natur und vertraut die Wahrheit dem Wald und den Feldern an. Er hat die Wahrheit gesagt und doch nicht gesprochen. Aber auch die Erde kann das drückende Geheimnis nicht für sich behalten. Die Bäume flüstern es, die Gräser zischeln es, die Winde raunen es. Und die Pfeifen, die sich die Hirten aus dem Rohr schnitzen, blasen unaufhörlich das Lied: Der Prinz hat Eselsohren.

Nun ist die Wahrheit öffentlich geworden, und die Wahrheit verlangt Blutzoll, den Kopf des Barbiers. Da jedoch – es ist ein Märchen – erhebt der Prinz Einspruch. Warum soll der Barbier den Kopf verlieren? fragt er und entblößt seine Ohren, er hat nichts gesagt als die Wahrheit; ich werde auch mit Eselsohren ein guter König. Und im gleichen Moment waren seine Eselsohren verschwunden.

Genannt, gebannt, die Macht des Wortes, die Macht der endlich ausgesprochenen Wahrheit? Ein Märchen von der Kunst, über Literatur? Ich nenne das Übel, die Schuld, das Vergehen, und im gleichen Augenblick ist die Welt verändert, ist sie ohne dieses Übel, diese Schuld, dieses Vergehen. Mehr als das Gold hat das Blei die Welt verändert, sagt ein vergangenes Jahrhundert, und mehr als das Blei in der Zündpfanne das Blei im Setzkasten. Also, scheint es, kommt alles nur darauf an, die Welt zu beschreiben. Und Legenden, nicht weniger wundersam als die der Religionen, sollen die hartnäckigen Zweifler überzeugen: eine Aufführung von Beaumarchais' FIGAROS HOCHZEIT, und der Sturm auf die Bastille begann. Oder gewichtige Zitate gewichtiger Kronzeugen – wie: Einhundert Jahre russische Literatur waren die Revolution vor der Revolution – werden wie geprüfte Wahrheiten gehandelt, obgleich sie nicht mehr sind als höchst angebrachte Verbeugungen und windschiefe Metaphern.

Metaphern sind vage Aussagen mit unüberprüfbarem Wahrheitsgehalt. Wir pflegen uns in sie zu retten, wenn der Sachverhalt weniger erlaubt als unsere Neigung und Ansicht es wünschen.

Nein, Literatur ist wohl ein Reagieren auf Geschichte, aber kein Urheber derselben. Und sie gewinnt nicht an Gewicht, wenn wir ihr falsche Gewichte anhängen. Sie kann uns unterhalten, zerstreuen, belehren und sogar bilden; sie kann erfreuen, ärgern und schockieren; sie vermittelt, und sie erzeugt Kultur; wir können fremde Erfahrungen durch Literatur fast zu den unseren und vermittels ihrer Hilfe eigene Erfahrungen uns verständlich machen. Alle weitergehenden Bewegungen benötigen andere Bedürfnisse, grundlegendere und gründlichere, radikale also, die Liebe etwa oder den Ruhm oder den Hunger. Darüber sprechen Shakespeare und Marx, aber auch ältere Testamente, etwa das Alte. Ich nenne diese drei als Kronzeugen, da sie gewiß nicht in dem Ruf stehen, von der Macht des Wortes nichts zu wissen.

Unser Jahrhundert setzt weniger Hoffnung auf Literatur, wenn es überhaupt noch darauf setzt. Die Bücherverbrennungen sind seltener geworden, und ich fürchte, der Grund dafür liegt nicht in der gestiegenen Achtung vor dem geschriebenen Wort, sondern allein in der erkannten Harmlosigkeit, für die man nicht einmal das Feuerholz opfern will. Zudem kam man auf probatere Mittel: wer Bücherverbrennungen scheut, hat die Möglichkeit, die Manuskripte erst gar nicht drucken zu lassen oder die fertigen Bücher zu ertränken, zu ertränken in einem Büchermeer, das alles verschlingt und allein einige schillernde Blasen und etwas schmutzigen Schaum an die Oberfläche läßt. Dieses Ertränken von Büchern ist ihre nachhaltigste Vernichtung, da alle anderen Arten Aufsehen erregen und dadurch gelegentlich unerwünschte paradoxe Folgen mit sich bringen. Und sie unterscheidet sich von Bücherverbrennungen weniger, als die uns glauben machen wollen, die jene mittelalterlich wirkenden Scheiterhaufen verurteilen und die moderneren und vollständigeren Autodafés praktizieren.

Die großen Sätze über die Wirkung der Literatur kommen uns schwerer über die Lippen als den vergangenen Jahrhunderten. Mag der Bleisatz noch die Bleikugel übertroffen haben, heute, da die Bücher aus dem Computer kommen, der auch die Raketen steuern soll und das einkalkulierte Chaos, finden wir wenig Gründe, auf die friedenserhaltende, kulturbewahrende, vernunftbringende Literatur als die aussichtsreichere Kandidatin zu setzen. Literatur ist nicht militant, selbst dann, wenn sie sich derart gebärdet. Sie erreicht nur den, der sie aufnimmt, sie spricht nur zu jenem, der sie hören will. Die Botschaft der Antigone kränkte keines Kreon Ohr, denn die besaßen durch die Jahrtausende keins für sie. Um so heftiger werden von beiden Seiten die Ausnahmen ausgestellt: Die Worte erscheinen mächtiger und die Mächtigen anrührbar.

Literatur, so lehrt die Geschichte, ist nicht mächtig. Gegen Herrschaft und Unterdrückung ist sie machtlos und kann – wenn sich diese gegen sie selbst wendet – nur in allerdings vielfältigen Maskeraden oder den gleichfalls sehr verschiedenen Formen der Illegalität überleben. Sie gehört nicht zu den waldursprünglichen, primären Bedürfnissen, die auch in den zivilisierten Gesellschaften nichts von ihrer beherrschenden Stellung verloren haben.

(Eine Randbemerkung zur Zivilisation: Wir verstehen darunter die Gesamtheit der durch den Fortschritt von Wissenschaft und Technik geschaffenen und stetig verbesserten materiellen und sozialen Lebensbedingungen. Da diese Verbesserungen der Lebensbedingungen zumindest in zwei Erdteilen höchst fraglich ausfielen, können wir Zivilisation nur mit dem Stand der erreichten Technik gleichsetzen. Und da die technische Entwicklung in allen Staaten der Erde am großzügigsten, rücksichtslosesten und erfolgreichsten in der militärischen Forschung und Industrie betrieben wird und selbst die kleinsten Erfindungen für den zivilen Bereich, etwa den Haushalt, sich nur zu oft als Nebenprodukte der Kriegsforschung erweisen, können wir als genauere Definition formulieren: Zivilisation ist der jeweils erreichte Stand der Waffentechnik samt ihrer zivilen Abfallprodukte und den sich daraus ergebenden materiellen und sozialen Lebensbedingungen der staatsabhängigen Bürger. Soviel zum Zauberwort Zivilisation.)

Literatur hat das Fortschreiten der Menschheit nicht bewirkt. Wo sie ihren Beitrag dazu leistete, hat sie auch ihren Anteil am menschenfeindlichen Fortschritt und der Barbarei. Wenn nach den Kriegen große und bewegende Bücher gegen diese Art des Genozids erschienen, so soll nicht vergessen sein, daß zuvor eine Literatur geschrieben wurde, welches diesem Massenmord Vorschub leistete und ihn begrüßte. Auch die Literatur hat ihren Januskopf.

Sie ist nicht mächtig, die Literatur, sagte ich, sie ist machtlos. Ich vermied zu sagen, sie sei ohnmächtig. Denn wenn ich auch nicht die Euphorie vergangener Jahrhunderte bezüglich ihrer Wirkungen zu teilen vermag, zu behaupten, sie sei ohnmächtig, widerspricht meinen Erfahrungen, den geschichtlichen und persönlichen wie den privaten.

Ich habe jetzt eine Erfahrung zu nennen, die auf den Begriff zu bringen mir schwerfällt. Sie führt zu so komplexen Bereichen wie Literatur und Herrschaft, Sprache und Realität, Poesie und stattfindende Geschichte. Ich will versuchen, diese Erfahrung mit einfachen Worten zu beschreiben, in der Hoffnung, sie auf diese Art zu begreifen, zu erfassen. Anders gesagt: das Wahrgenommene auch aufzunehmen.

Ich bemerkte, daß in der Jetztzeit, also der stattfindenden Geschichte, wie in der Vergangenheit nicht notwendig das Ereignis, der Fakt, das Geschehen selbst als schön oder schrecklich, gut oder schlecht, schädlich oder hilfreich empfunden und bewertet wurde, sondern vielmehr der Bericht darüber. Eine mögliche, vorschnelle Erklärung wäre: Durch diesen Bericht wurde das zu Berichtende öffentlich und konnte daher erst mit dem Erscheinen des Berichts wahrgenommen werden. Meine Erfahrung kann sich damit nicht zufrieden geben, da ich in meiner Gegenwart wie in meiner Vergangenheit – also den mir bekannten Gesellschaften und Kulturen, denen ich verbunden und verpflichtet bin – bemerken mußte, daß wiederholt nicht das berichtete Ereignis, der genannte Zustand es war, sondern der Bericht selbst, die Chronik, die Beschreibung, die zu Aufsehen, zu Erregung, zu Maßnahmen führte. Daß also nicht die Lage unserer schönen und schrecklichen Welt zum Ereignis wurde, sondern der Lagebericht. Mehr noch: Die Lage, der Zustand, das Geschehen konnte allgemein bekannt sein und scheinbar hingenommen werden, das Benennen jedoch, die einfache, literarische oder nichtliterarische Beschreibung, bei der nichts hinzukam, was zuvor unbekannt war, führte zu einem Aufschrei der Freude oder des Schreckens und zu eingreifenden Maßnahmen.

Ich will dafür ein Beispiel nennen: Eine Ehe, über Jahre und Jahrzehnte mehr schlecht als recht geführt, wird urplötzlich aufgelöst. Ihr lange hingenommener Zustand wird eines Tages in Worte gefaßt, und dies reicht aus, um sie zu beenden. Das Benennen eines bekannten Verhältnisses führt zu seiner Auflösung. Eine Wirkung der Beschreibung, nicht der Realität. Die Realität allein blieb folgenlos, aber sie war unbeschreiblich und endete also in dem Moment, wo sie – von einem der Ehepartner, von dem berühmten guten Freund oder auf der berüchtigten Couch des Psychiaters – beschrieben wurde. Das Unbeschreibliche hätte – unbeschrieben – Bestand gehabt.

Oder, weniger privat: Ein Krieg, ein Kriegsgeschehen, ein kriegerisches Massaker, weltweit bekannt und scheinbar hingenommen, wird durch eine Beschreibung so unerträglich, daß nicht allein mehr nur die darin verwickelten Staaten und Menschen betroffen sind. Und obwohl alles allen zuvor bekannt war, löst erst die Beschreibung des Schreckens eine Reaktion aus. Für diesen Vorgang kann jeder von uns die Daten eines konkreten Beispiels einsetzen. Gewöhnlich nutzen wir dabei den Splitter im Auge des anderen, da der Balken im eigenen erst gesehen wird, wenn er beschrieben ist.

Ich nenne dafür ein Beispiel aus der jüngeren Geschichte: Die im Ausland über Nazideutschland bekannt gewordenen Tatsachen trugen wenig oder nichts dazu bei, die deutschen Juden aus ihrer heimatlichen Mördergrube zu retten. Von vielen Ländern wurden die Juden zurückgewiesen, sie blieben unerwünscht. Das Tagebuch eines Kindes namens Anne Frank bewirkte weltweit ein Betroffensein, das – sehr spät, zu spät – zu veränderten Haltungen führte, wenn schon nicht bei den Staaten, so doch bei vielen ihrer Bürger.

Literatur ist machtlos, aber sie ist nicht ohnmächtig. Ich gestehe, daß ich mir leichter erklären kann, warum sie machtlos ist. Sie kann und will nicht unterdrücken und zwingen. Sie besitzt keinerlei Mittel, andere Menschen zu nötigen, sei es durch Waffen und Gewalt oder durch verheißene Karrieren und Geld. Sie kann jederzeit übergangen und nicht wahrgenommen werden, sie ist vielfältig abhängig von nichtliterarischen Interessen der wahrhaft Mächtigen, der Regierungen, der Wirtschaft sowie ihrer Presse. Und trotz alledem besitzt sie eine unüberhörbare Stimme, die uns auch dann zu erreichen vermag, wenn sie nicht heiter und unterhaltsam ist, sondern von einer schrecklichen, erschreckenden Schönheit, die in uns etwas zu bewirken vermag, für die gelegentlich sogar ein Kreon ein Ohr haben muß.

Zum Selbsterhaltungstrieb des Menschen, einer bewußt-unbewußten natürlichen Regung, die ihm hilft, die tödliche Gefahr zu vermeiden, zu umgehen, sich gegen sie zu wehren, gehört auch die Fähigkeit, die unerträgliche Wahrheit nicht wahrzuhaben, die Augen vor ihr zu verschließen. Unsere Welt, unser Jahrhundert ist uns unerträglich geworden; wir nehmen sie nur in dem uns erträglichen Maße wahr, wissend, daß das volle Maß einen jeden von uns unfähig machen würde, in dieser Welt weiterzuleben, das heißt, weiter zu hoffen und zu arbeiten. Wir wissen von einem Kontinent hungernder Kinder, von politischem Mord und Terror, von einer Kriegsvorbereitung, die die Grenzen menschlicher Vernunft überschritt und sich seit Hiroshima scheinbar nach der von Menschen unbeeinflußbaren Logistik von Alpträumen potenziert. Wäre die Welt beständig vor unserem Auge, wir wären nicht fähig, ein Gedicht zu lesen oder auch nur gelassen einen Kaffee zu trinken. Der Selbsterhaltungstrieb bewahrt uns davor, diese Welt wirklich aushalten zu müssen, indem er unsere Sinne mit einem dicken Fell versieht. Eine nützliche zweite Haut, die uns vor dem schützt, was uns zu diesem Leben unfähig machen würde, und ein gefährliches Fell, denn es erlaubt uns, Unerträglichkeiten zu ertragen und damit das Leben insgesamt zu gefährden.

Durch dieses nützliche und gefährliche dicke Fell, das von keiner Schreckensmeldung mehr wirklich durchdrungen wird, welches die uns täglich attackierenden Nachrichten der Agenturen so sehr besänftigt, daß sie uns gerade noch zu einer Geste des Unmuts bewegen, zu einem Kopfschütteln über so viel weltweiten Irrsinn, durch dieses dicke Fell, das uns lebensfähig macht und zugleich für uns lebensgefährlich ist, dringt allenfalls ein Ereignis, das uns so unmittelbar und direkt bedrängt, daß dieser Selbstschutz nicht ausreicht, um uns heraushalten zu können: die Gefährdung des eigenen Kindes und des eigenen Lebens etwa. Diese Harthörigkeit unserer Rasse bedingt, daß nur das persönliche Erleben des Krieges massenhaft zu einem aktiven Kampf gegen den Krieg führt.

Und die gleiche Harthörigkeit läßt die persönlichen Erlebnisse so rasch verblassen, daß auch sie keine weitreichenden Folgen haben. Ich erinnere an eine nach dem Zweiten Weltkrieg weltweit verbreitete Haltung, die in dem Satz kulminierte, daß jede Hand, die nach dem Gewehr greift, verdorren soll. Bereits ein Jahrzehnt später waren die eigenen Erfahrungen im Völkermord, die persönlichen Opfer vergessen. Die Waffenindustrie erblühte und brachte es bis heute zu einem bisher unbekannten und ungebremsten Wachstum. Und in jenen Ländern, in denen die Rüstung ein Geschäft ist, das vom Verkauf und Verbrauch seiner Waren lebt, verdorrten die Hände nicht, die ihre Finger darin haben, sondern wurden vergoldet.

Zu den vielfältigen Definitionen des Menschen will ich noch eine hinzufügen: das Tier mit dem dicksten Fell.

Dies mag auch die Machtlosigkeit von Literatur erklären helfen. Und dennoch wird dieses Fell des Schutzes, der Abwehr, des Desinteresses, des Hinnehmens und Duldens gelegentlich von eben dieser leisen Stimme durchbrochen, gelingt es der Literatur und den anderen Künsten, auf die Nerven des Verstandes wie des Gefühls zu treffen. Sie bewirken dann kleine, nicht zu überschätzende, jedoch nachhaltige Bewegungen und Reaktionen. So geringfügig diese Wirkungen auch immer sind, sie werden – wenn wir von den anderen Künsten absehen – von Worten veranlaßt.

Eine Erklärung, warum der Lagebericht schrecklicher und aktivierender wirkt als lediglich die bestehende, unreflektierte Lage, finden wir in der bekannten Kritik der Hegelschen Rechtsphilosophie von Marx. Dort heißt es: „Man muß den wirklichen Druck noch drükkender machen, indem man ihm das Bewußtsein des Drucks hinzufügt, die Schmach noch schmachvoller, indem man sie publiziert ... man muß diese versteinerten Verhältnisse dadurch zum Tanzen zwingen, daß man ihnen ihre eigene Melodie vorsingt! Man muß das Volk vor sich selbst erschrecken lehren, um ihm Courage zu machen."

Das Bewußtsein des Drucks vermehrt den Druck, sagt Marx. Nach meinen Erfahrungen gilt das Bewußtmachen des Drucks sogar als unerträglicher als der eigentliche Druck selbst.

Die Geschichte kennt Beispiele dieses bewußt gemachten Drucks. Sie belehrt uns auch über das Schicksal jener, die den versteinerten Verhältnissen die eigene Melodie aufspielten. Unsere Erfahrungen bestätigen diese Macht des Wortes.

Dennoch gilt es, eine Einschränkung zu machen. Marx vindiziert die genannte Aufgabe und Wirkung der Sprache der Kritik. Und Kritik ist ein Moment der Kunst, jedoch nicht ihr einziger. Literatur kann unter sehr verschiedenen Aspekten betrachtet werden. Sie ist unter anderem moralisch und aufklärerisch, sie ist Spiel und Spiegel, philosophisch und pädagogisch etc. Und sie ist auch Kritik. Verkürzen wir jedoch Literatur auf einen ihrer Momente, so erhalten wir einen Text mit einer möglicherweise guten, verdienstvollen Absicht, aber keine Literatur. Literatur ist umfänglicher, und was für die Kritik gilt, gilt für sie nur eingeschränkt. Wir könnten jetzt literarische Werke nennen, die eindeutig Literatur sind und große Literatur und die nichts von dem Bewußtmachen des Drucks wissen.

Sprache transportiert Literatur, Sprache ist selbst Material der Literatur, sie ist Literatur. Die Sprache der Literatur hat keine anderen Worte zu ihrer Verfügung als jede andere Sprache auch, also die Sprache der Presse, der Werbung, der Politik. Sie hat mit tausendfach benutzten, abgegriffenen und mißbrauchten Worten zu arbeiten, denen Sinn und Bedeutung und jede Schönheit längst abhanden gekommen sind; sie muß sie wieder beleben, wenn sie selbst existieren will.

Die Sprache der Literatur steht als Thema, wenn wir ergründen wollen, warum Literatur nicht ohnmächtig ist. Aber dieses Thema ist uns nicht hilfreich, denn es führt direkt zur Poesie, zum Poetischen, also zu ähnlich schwer zu begreifenden und zu erfassenden Phänomenen. Wir geraten von einem Geheimnis ins andere.

Sprache erschließt uns die Welt. Sie nutzt die gegebene, sich anbietende Gliederung der Welt und gibt ihr eine sprachliche, das heißt eine menschliche, eine für den Menschen brauchbare, von ihm zu nutzende Gliederung. Diese an Sprache gebundene Gliederung erlaubt es uns, zu erkennen und wiederzuerkennen. Sie erlaubt uns sogar, das nie Gesehene wiederzuerkennen vermittels der sprachlichen Gliederung, die nicht allein das Einzelne und Besondere kennzeichnet, sondern auch Gruppen, Mengen, Gattungen. Das Fremde ist uns dadurch nicht völlig fremd. Wir haben von ihm einen sprachlichen Begriff, der uns einen Zugang verschafft. Die Sprache und das von ihr gebildete und geschulte Denken erlaubt uns ein tatsächliches Déjà-vu, da sie für uns eine Gliederung unserer gesamten Welt bereithalten und uns mit einem ersten Erkennen vor dem ersten Sehen befähigen. Ich sagte einschränkend:

bereithalten, denn der für uns brauchbare Nutzen ist abhängig von der von uns gebrauchten Sprache. Ich erinnere an Humboldts Satz, daß die Verschiedenheit der Sprache eine Verschiedenheit der Weltansichten selbst sei. Eine eingeschränkte, reduzierte Sprache erlaubt kein weites Blickfeld.

Wie die Sprache erschließt uns auch die Literatur die Welt. Jedoch nutzt sie weniger die angebotenen Gliederungen, sondern schafft und erfindet poetische Welten, die von der wirklichen angeregt und bedingt sind, jedoch nicht direkt mit ihr übereinstimmen. Anders als die Wissenschaften, die – der Sprache vergleichbar – die vorhandene Gliederung der Welt aufnehmen und ein Netz von ihr entsprechenden, verifizierbaren Aussagen schaffen, um so eine theoretische, begriffliche Aneignung der Welt zu ermöglichen, sind die poetischen Welten nicht kongruent mit der Wirklichkeit. Sie sind einseitig, extrem subjektiv, voller Widersprüche in sich, höchst unvollständig, mit einem Wort: Fantastereien. Und doch geben sie uns einen Schlüssel zur Welt, sogar zu Bereichen, bei denen andere Weltsichten – die wissenschaftliche etwa – noch versagen, noch nicht in der Lage sind, sie mit Aussagen zu erfassen.

Die fantastischen Welten von Cervantes' DON QUICHOTE, von Kafka und García Marquez vermögen uns unsere alltägliche, schwer oder nicht durchschaubare Welt zu erschließen. Kunst und Literatur arbeiten in ungesichertem Gelände und versuchen seismografisch das neue Land zu erkunden. Ihr Handwerkszeug, die Sprache und die Fantasie, sind uneingrenzbar und jeweils erst nach dem Werk, post festum, zu benennen. Das ganze Verfahren ist erkenntnistheoretisch äußerst fragwürdig, und gegen Platons Satz, die Dichter seien Lügner, ist wissenschaftslogisch nichts einzuwenden.

Die Werke von Cervantes, Kafka, García Marquez sind aussagelogisch nicht verifizierbar oder gar unwahr.

Dagegen aber steht eine Menschheitserfahrung, die bei aller Wertschätzung von Theorie und Wissenschaft, nicht auf die phantastische, künstlerische Weltaneignung verzichten will, sie lebensnotwendig macht. Sie ordnet der Literatur einen anderen Wahrheitswert, eine andere Gültigkeit zu.

Unstrittig bewegt sich die Literatur (wie die Kunst überhaupt) in anderen Bereichen als die Wissenschaft. Beide schließen einander aus. Die fortschreitende Wissenschaft verdrängt die Kunst; die Kunst überläßt alles, was mit beweisbaren Aussagen gefaßt werden kann, der Wissenschaft. Von der Antike bis zur Gegenwart eroberte sich die Wissenschaft ständig neue Gegenstände für ihre Arbeit, die von der Kunst im gleichen Maße aufgegeben wurden. Physik, Chemie, Biologie waren — unter anderem Namen — in einem vorwissenschaftlichen Zeitalter Themen der Kunst und der ihr verwandten Magie, der Vorläuferin der Wissenschaft. Mit fortschreitenden Erkenntnissen wurden sie zu wissenschaftlichen Disziplinen, zu ausschließlich wissenschaftlichen Disziplinen.

Das ungelöste Rätsel ist, so schlußfolgern wir daher, Sache der Kunst; das gelöste oder doch lösbar gewordene Rätsel ein wissenschaftlicher Forschungsbereich. Wovon man nicht sprechen kann, darüber muß man schweigen, weiß die Wissenschaft bekanntlich seit Jahrtausenden von ihrer eigenen Arbeit. Meine Erfahrung mit Literatur sagt: Worüber man (noch) nicht reden kann, davon kann die Kunst ein Lied singen.

Heute, da die Wissenschaften allgegenwärtig sind, verbleiben uns nur noch sehr wenige ungelöste Rätsel als Objekt und Feld der Kunst. Die einzigen Bereiche, in denen nach meiner Ansicht die Wissenschaften nicht oder nur zu höchst unvollkommenen Erkenntnissen kamen und die somit als terra incognita, als unbekanntes, mythisches, widersprüchliches Land der Kunst verblieben, sind der Mensch und die menschliche Gemeinschaft. Hier kann die Literatur mit den merkwürdigen Sonden der Fantasie und den Seismografen der Sprache forschen, erkunden, entdecken. Denn stets handelt es sich in der Literatur um Entdeckungen, um das Sehen von bisher Ungesehenem, um das Beschreiben des Ungenannten. Alles andere ist Makulatur.

Schreiben heißt also für mich: die von anderen menschlichen Erkenntnismöglichkeiten nicht beschreibbaren Zustände und Vorgänge zu erfassen und zu benennen, sie sine ira et studio zu verzeichnen. Schreiben, um zu beschreiben, beschreiben, um weiterarbeiten zu können, um hoffen zu können. Auch um auf Änderungen, Veränderungen hoffen zu können. Denn alles Bestehende hat Wert, wenn es änderbar ist. Das Benennen, das Schreiben ist noch nicht der verändernde Zugriff auf die Welt, aber es ist die erste Voraussetzung aller Veränderungen.

Leserpost oder
Ein Buch mit sieben Siegeln

Für Christa Wolf

Im April 1825 findet Goethe in seiner Post einen ungewöhnlichen Brief, den er am Abend Eckermann zeigt. Ein junger Student bittet ihn darin, „um den Plan zum zweiten Teil des FAUST, indem er den Vorsatz habe, dieses Werk seinerseits zu vollenden. – Trocken, gutmütig und aufrichtig geht er mit seinen Wünschen und Absichten frei heraus und äußert zuletzt ganz unverhohlen, daß es zwar mit allen übrigen neuesten literarischen Bestrebungen nichts sei, daß aber in ihm eine neue Literatur frisch erblühen solle."

Goethe ist über den Brief nicht nur belustigt. Er äußert aus diesem Anlaß einige mißmutige Gedanken zur Menschheit und seinen Deutschen. Die angebotene Hilfe des „jungen Studierenden" schlägt er bekanntlich aus und beendet ohne Hilfe des unbekannt gebliebenen neuen Sterns der deutschen Literatur in den folgenden sechs Jahren den zweiten Teil des FAUST.

„Geht nur", bemerkt er dazu, „und laßt mir das Publikum, von dem ich nichts hören mag. Die Hauptsache ist, daß es geschrieben steht; mag nun die Welt damit gebaren, so gut sie kann, und es benutzen, soweit sie es fähig ist."

Und er will nichts von dem Publikum hören, nichts von dessen Gebaren und Gebrauch seiner Arbeit, und er teilt den Freunden Zelter, Reinhard, Boisserée und Humboldt mit, er habe das Werk, an dem er sein Leben lang gearbeitet, nun versiegelt und verschlossen, „damit es mir aus den Augen und aus allem Anteil sich entfernte".

Es sollte geschrieben sein. Alles andere ist für Goethe ohne jedes Interesse.

Und Eckermann berichtet: „Goethe übergab mir heute das Manuskript des zweiten Teiles seines FAUST, um es nebst seinem übrigen Nachlaß demnächst herauszugeben. ‚Sie lesen es wohl noch einmal', sagte er, ‚und bemerken wohl, was Ihnen etwa auffällt, damit wir es nach und nach ins reine bringen. Ich wünsche übrigens nicht, daß es jemand anders lese. Sie wissen, ich habe Zelter davon einiges gezeigt; aber sonst kennt es außer Ottilien und Ihnen niemand. Anderen guten Freunden, die nach dem Manuskript fragten, habe ich weisgemacht, ich hätte es mit sieben Siegeln belegt und fest verschlossen. Wir wollen es dabei bewenden lassen, damit ich nicht ferner geplagt werde.'"

Misanthropie eines älteren Herren? Die Bemerkung Goethes vermag uns zu kränken, da wir nicht nur ausgeschlossen werden, unser uns so wertvolles Urteil bleibt unerbeten, selbst unser uneingeschränktes Lob ist unerwünscht und wird mit einer müden Handbewegung verscheucht wie eine belästigende Fliege.

Selbst Gott, wenden wir ein, läßt sich vom Chor der Engel um seiner Werke loben. Als Antwort kommt nur ein stummer Blick, der uns mit dem Gedanken vertraut macht, daß der lobende Engelchor eine äußerst fragliche Vermutung sei, eine Erfindung von Gottes Eckermann; denn da Gott selbst sein Werk für gut befunden, was bedarf es da fremden Lobes. „Wir wollen es dabei bewenden lassen, damit ich nicht ferner geplagt werde."

Die Frage, für wen ein Autor schreibt, kennt einige Antworten. Goethes Antwort ist an Schroffheit nicht zu übertreffen. Freundlicher klingen da andere Aussagen, etwa: für die Menschheit, für die Gebildeten, für die Jugend, für die Arbeiterklasse, für die Befreiung der Unterdrückten. Freilich sind diese Antworten im Ton nicht nur verbindlicher, sie sind zugleich in der Sache völlig unverbindlich. Sie haben etwas Obszönes, da sie die herablassende Geste verdeutlichen: der Autor, der sich zu einer Masse neigt, sie so gut zu kennen meint, daß er ihr das ihr Nötige zu reichen vermag; der Prophet und die Schar gläubiger Jünger, der Schäfer und die Schafe.

Ernsthafter und glaubwürdiger scheinen uns einschränkende Antworten, etwa: für meine Geliebte, für meine Schwester, für meine Freunde, für mich, für meinen Ruhm. Wir sind zwar ausgeschlossen, aber bleiben verwandt im Geist, denn mit Sentiment und Egoismus können auch wir aufwarten.

Unter den letzten Antworten finden wir vielleicht eine mögliche Antwort von Goethe, war er doch glücklich, als er den Faust beendete. „Mein ferneres Leben", sagte er, „kann ich nunmehr als ein reines Geschenk ansehen, und es ist jetzt im Grunde ganz einerlei, ob und was ich noch etwa tue."

Der Satz verdeutlicht, daß er aus Respekt geschrieben hat, aus Respekt vor dem Leben. Er hat gearbeitet, um die Jahre, die ihm gegeben waren, zu nutzen und nicht zu vertun. Ehrfurcht vor dem Leben nannte das Albert Schweitzer, und er meinte die Ehrfurcht vor dem Leben des anderen, vor jedem Leben. Goethe spricht von seinem eigenen Leben, was, denke ich, keine Einschränkung ist, sondern eine Erweiterung. Nur wenn ich die Zeit, die mir zu leben gegeben ist, als kostbar, unwiederbringlich und von tausend Verlusten bedroht begreife, werde ich auch Ehrfurcht vor dem Leben und der Zeit anderer haben.

Aber das Goethesche Desinteresse an jedem Anteil,

das Versiegeln und Verschließen seiner Arbeit, die ihn selbst der Welt verschließt, läßt uns eher Hochmut denn Ehrfurcht erkennen, mehr Verachtung als Achtung des anderen. Kalt zeigt er sich sogar den Freunden, um nicht „ferner geplagt" zu werden. Immerhin, einem der Freunde, dem stets und um seiner Arbeit willen sehr hoch geschätzten Wilhelm von Humboldt, begründet er wenige Tage vor seinem Tod die uns verwunderliche Haltung. Am 17. März 1832 schrieb der greise Goethe an den fast zwanzig Jahre jüngeren Freund: „Ganz ohne Frage würd es mir unendliche Freude machen, meinen werten, durchaus dankbar anerkannten, weit verteilten Freunden auch bei Lebzeiten diese sehr ernsten Scherze zu widmen, mitzuteilen und ihre Erwiderung zu vernehmen. Der Tag aber ist wirklich so absurd und konfus, daß ich mich überzeuge, meine redlichen, lange verfolgten Bemühungen um dieses seltsame Gebäu würden schlecht belohnt und an den Strand getrieben, wie ein Wrack in Trümmern daliegen und von dem Dünenschutt der Stunden zunächst überschüttet werden. Verwirrende Lehre zu verwirrtem Handel waltet über die Welt, und ich habe nichts angelegentlicher zu tun, als dasjenige, was an mir ist und geblieben ist, wo möglich zu steigern und meine Eigentümlichkeiten zu kohobieren, wie Sie es, würdiger Freund, auf Ihrer Burg ja auch bewerkstelligen."

Die Welt, sagt Goethe, hat gewechselt, und an diesem Wechsel hat er keinen Anteil, will an ihm nicht teilhaben. Verwirrt erscheint ihm Denken und Handeln in dieser neuen Welt, er will sich durch sie nicht verwirren lassen, vielmehr hat er „nichts angelegentlicher zu tun", als sich und seine Arbeit weiter zu destillieren. Und er befürchtet den schlechten Lohn. Ihn schreckt die Aussicht, daß sein gesamtes Lebenswerk, und dafür steht der FAUST, unter die Trümmer und den Müll des neu heraufgekommenen Jahrhunderts gerät. Er versiegelt es, weil er Störung fürchtet.

Fünf Tage später stirbt er. Wenige Monate darauf wird der ganze FAUST postum herausgegeben. Die Welt ehrt ihn, indem sie seine Befürchtungen bestätigt: für Jahrzehnte stößt das Buch mit den sieben Siegeln auf Unverständnis und teilweise heftige Ablehnung.

Das Werk der Welt zu Lebzeiten zu verweigern ist, so scheint es nun, weniger der Haltung eines Jupiters geschuldet, Goethe fürchtet vielmehr die Verletzungen, denen er sich durch eine Veröffentlichung aussetzte. Die Neugier auf die Welt ist geschwunden, die Eitelkeiten und Sehnsüchte sind befriedigt. Er kann auf Resonanz völlig verzichten, seine Verdienste kennt er, und er muß sie nicht mehr mitteilen.

Ich vermute, Goethe fürchtete, jener eingangs erwähnte „junge Studierende" bekomme das fertige Stück zu Gesicht und antworte ihm. Diese Antworten waren ihm und sind uns denkbar. Goethe kann darauf verzichten und verschließt das Werk.

Jener dümmliche Brief – „trocken, gutmütig und aufrichtig" – war für Goethe, meine ich, Anlaß für jene rätselhafte, uns befremdende Entscheidung. Eine Vermutung, die noch einiger erklärender Worte bedarf.

Gewiß, jener Brief offenbart in außerordentlich krasser Art ein Unverständnis für Kunst und künstlerische Produktion. Aber das Unangemessene und Lächerliche sollte uns nicht von dem Verständnis seiner tatsächlichen Bedeutung abhalten, die Goethe möglicherweise zu seinem Entschluß führte. Die Absicht des Studenten, das noch fragmentarische Werk entsprechend den Vorstellungen Goethes zu vollenden, weshalb er eben um jenen Plan zum zweiten Teil des FAUST bittet, ist ungewöhnlich allein in der radikalen Fortführung einer bis heute üblichen Praxis der Kunstbetrachtung.

Kommentar und Interpretation, das sind die gewöhnlich gewordenen Arten der Annäherung an Kunst. Interpretation und Kommentar sind dabei längst nicht allein eine Domäne der Kunst- und Literaturwissenschaft, sie wurden die gewöhnliche Reaktion eines jeden Kunstbetrachters, ja, sie gelten als Führer zum eigentlichen Verständnis von Kunst. Goethe sieht dies als Unglück an, und er beklagt bei dem Erhalt des Briefes jenes Studenten, „daß niemand sich des Hervorgebrachten freuen, sondern jeder seinerseits selbst wieder produzieren will. Auch denkt niemand daran, sich von einem Werk der Poesie auf seinem eigenen Wege fördern zu lassen, sondern jeder will sogleich wieder dasselbige machen. Es ist ferner kein Ernst da, der ins Ganze geht, kein Sinn, dem Ganzen etwas zuliebe zu tun, sondern man trachtet nur, wie man sein eigenes Selbst bemerklich mache und es vor der Welt zu möglichster Evidenz bringe. – Dieses falsche Bestreben zeigt sich überall, und man tut es den neuesten Virtuosen nach, die nicht sowohl solche Stücke zu ihrem Vortrage wählen, woran die Zuhörer reinen musikalischen Genuß haben, als vielmehr solche, worin der Spielende seine erlangte Fertigkeit könne bewundern lassen. Überall ist es das Individuum, das sich herrlich zeigen will, und nirgends trifft man auf ein redliches Streben, das dem Ganzen und der Sache zuliebe sein eigenes Selbst zurücksetzte."

Es ist eine stolze und selbstbewußte Klage, die Goethe hier führt und die den aristokratischen Geist verrät: eine Haltung gegen einen kapitalistischen Kunstbetrieb wie gegen einen demokratischen. Goethe verachtet sie und mißtraut beiden, von ihnen erwartet er nichts Gutes und schon gar nicht Kunstwerke.

Grundsätzlich aber spricht er sich – und nicht hier allein – gegen die Interpretation aus. Einhundertfünfzig Jahre später formuliert Susan Sontag Vergleichbares in ihrem „Against interpretation".

Der Kommentar und die Interpretation zerstören das Kunstwerk, indem sie es zu ersetzen suchen. Post festum erfolgt eine Überschreibung, ein Überschreiben des Textes, ein Übermalen des Bildes. Diese Überschreibung, Übermalung läßt das Werk noch immer hervorleuchten, scheinbar unangetastet, nun jedoch erklärt.

Jener Student versuchte, seinen Kommentar und seine Interpretation präventiv vorzubringen. Er wollte die Arbeit vollenden, und er war davon überzeugt, daß ihn die Kenntnis von Goethes Konzept dafür ausreichend befähigt. Im Besitz des Plans, wäre er, wie er glaubte, imstande zu dichten. Tatsächlich aber würde er interpretieren und kommentieren (und seine Hoffnung, damit schreibe er den Faust, offenbart lediglich etwas von einem weit verbreiteten Selbstverständnis des Interpreten). Denn was er in Wahrheit mitzuteilen hatte, war der alte, vertraute Satz: Damit will Goethe uns sagen ...

Seine Voreiligkeit übersah, daß die Übermalung zuvor als Untergrund das Kunstwerk benötigt. Kommentar wie Interpretation sind nicht zu denken ohne die Existenz des zu kommentierenden, zu interpretierenden Werkes. Diese Metaebene trachtet danach, sich selbständig zu machen, so daß schließlich nur noch die Interpretation, der Streit der Kommentatoren von Interesse ist und das auslösende Werk kaum oder gar nicht mehr zur Kenntnis genommen wird, auf Kommentar und Interpretation keinen Einfluß mehr nimmt.

Goethe beklagt den Zustand. Seine Lösung: die postume Herausgabe seines Werkes. Dieser Ausweg, der für das Individuum Goethe von vollkommener Evidenz ist – mit dem Tod löst jedes Individuum die Welt auf und jedes Problem –, er ist für uns unannehmbar. Wir suchen nach dem Gesetz, nach der verallgemeinerbaren Formel, da ist Individualismus nicht zu tolerieren.

Susan Sontag bot eine Lösung an: Vernachlässigung des traditionell überschätzten Inhalts eines Kunstwerkes und Hinwendung zu Form und Stil. Die Inhalte, das Thema, der Stoff seien äußerlich, liegen außen, im Inneren stecke der Stil, die Form. Die größere Schwierigkeit, so dürfen wir vermuten, an den inneren Gehalt des Kunstwerkes zu gelangen, ermöglicht größere Kenntnis und adäquate Sicht auf das Werk. Zweifellos muß das Innere eines Werkes uns näher an sein Geheimnis bringen, ist doch die Form, wie Goethe anmerkte, ein Geheimnis den meisten – oder, nach anderer Lesart, ein Geheimnis der Meister.

Ein Unbehagen aber bleibt. Die Entthronung des Inhalts und die verstärkte Hinwendung zur Form als dem wesentlicheren Bestandteil des Kunstwerks löst nicht das Problem der Interpretation, sondern verschiebt lediglich unsere Kalamität.

Die Betrachtung des strukturellen Prinzips eines Werkes führt uns in Räume, die dem Produktionsraum sehr viel näher liegen als jene der Fakten, der Story oder des Handwerks. Erst mit dem Versuch, der Struktur eines Werkes zu folgen, kommen wir in die Lage, uns nicht von der Oberfläche des Werkes führen und verführen zu lassen, nicht der Botschaft oder Moral zu folgen, die das Werk absichtsvoll, scheinbar oder spielerisch für sich beansprucht. Denn Botschaft und Moral, die wir in jedem Kunstwerk entdecken können – eine Entdeckung, die weitgehend von uns selbst bestimmt ist, wir finden das, was wir suchen –, erhellen uns die Ideologie des Künstlers, sein Jahrhundert, dessen politische Tendenz und künstlerische Moden, häufiger aber nur unsere eigene Ideologie, Tendenz, unsere eigene Befangenheit in der Zeit. Botschaft und Moral führen uns nie zum Kunstwerk, sie sind lediglich Teil der zeitgenössischen Interpretation, sie sind Kommentar der Zeit. Wäre es anders, müßte mit jeder Veränderung der Ethik und jeder gesellschaftlichen Umwälzung und Reform auch der ihnen entsprechende Teil an Kunstwerken nichtssagend werden, da ihre Botschaft und Moral nun ins Leere zielen. Das Erstaunen über die so viele Veränderungen überlebenden Werke führte den Kommentar dazu, der Kunst die ewigen Werte zuzuordnen. Der Wunsch nach Frieden und Freiheit, die Sehnsucht nach Glück und Liebe wurden die Krücken, um ein Überleben des interpretativen Verständnisses zu retten.

Susan Sontag nennt dies die moderne Weise des Mißverstehens, die Rache des Intellekts an der Kunst und an der Welt, die die Welt arm und leer macht und die Kunst manipulierbar und bequem. „Wirkliche Kunst", sagt sie, „hat die Eigenschaft, uns nervös zu machen. Indem man das Kunstwerk auf seinen Inhalt reduziert und diesen dann interpretiert, zähmt man es."

Die Interpretation des Gehalts zu verwerfen und sich der Struktur zuzuwenden erlaubt uns gewiß größere Annäherung und ein Verständnis von Motiven, Einflüssen, Assoziationen, Gesetz und Zufall im Entstehungsprozeß. Aber es ist eine Annäherung an Imponderabilien.

Sind die Interpretation des Inhalts und der Kommentar unbefriedigend, weil sie bei den Fakten bleiben und allein das Äußere des Werkes, das allen Sichtbare benennen, so ist bei einer Betrachtung der Struktur unumgänglich, daß nunmehr die Spekulation die Interpretation ergänzt. Von der Struktur des Werkes besitzen wir nur das im Produkt festgehaltene Ergebnis. Unstrittig ist aber, daß die Struktur des Produkts nur ein verkürzter, summierender Teil der Struktur der Produktion ist. Die Produktion selbst muß betrachtet werden, ihre Struktur nur kann die Struktur des Produkts offenlegen.

Aus der Interpretation des Inhalts geraten wir in die Interpretation der Struktur. Die Oberfläche der Fakten verwerfend, schwimmen wir nun in Vermutungen. Die Wahrheit und Schlüssigkeit dieser Interpretationen beruhen auf der Schlüssigkeit und Vollständigkeit des interpretativen Gebäudes; ihre Gültigkeit kreist um sich selbst; das sich über dem Werk erhebende System von Aussagen emanzipiert sich von ihm in dem Maß, wie es sich vervollständigt. Vom Inhalt zur Form überzugehen erhöht die Schwierigkeit wissenschaftlicher Aussagen und erhöht gegebenenfalls den Aussagewert, sie befreit uns aber keinesfalls von der voluntaristischen Interpretation. Die Interpretation des Inhalts durch eine Interpretation der Form zu ersetzen ermöglicht lediglich, die interpretierende und kommentierende Auffassung von Kunst spekulativ zu verlängern und zu verbreitern.

Die Ergebnisse dieser neuen oder doch anderen Interpretation ergeben gewiß neue oder doch andere Einsichten, denn das veränderte Herangehen muß notwendigerweise anderes entdecken. Aber wieder ist es Interpretation. Wieder wird dem Kunstwerk Gewalt angetan, wird es zu einem Gebrauchsgegenstand von Kategorien, Theorien, Kommentaren. Nur so ist es erklärlich, daß Susan Sontag trotz ihres heftigen und energischen Engagements gegen Interpretation bei der Betrachtung einzelner Autoren und Werke ebenfalls interpretiert. Sie kommt nicht umhin, zu erklären, zu deuten, zu schlußfolgern, zu kommentieren.

Eisslers psychoanalytische Studie über Goethe ist eines jener Werke, die bereits im Ansatz vehement die traditionelle Interpretation verlassen. Das Ergebnis ist eine schlüssige Gesamtsicht – sofern ich den psychoanalytischen Ansatz akzeptiere und damit die spekulative Interpretation. Es wird dann ein Zugang zu Bereichen, für die uns das Werk allein keinen Weg weist. Es eröffnet sich ein Zugang zur Struktur der Produktion wie der diese Struktur bedingenden Voraussetzungen. Oder es sind völlig freie Fantasien und Interpretationen, die durch keine eindeutigen Fakten, sondern allein durch Mutmaßungen gedeckt sind, selbst psychoanalytisch fragwürdig, da sie den überkommenen Aussagen nur unbedingte Wahrheitswerte zuordnen und nicht die relativierenden Werte, die psychoanalytische Fallstudien durch persönliche Kenntnis, durch wiederholtes Befragen usw. erreichen können. Die schlußfolgernden Entscheidungen sind nicht wissenschaftlich zu fällen, sie sind von Interpretationen bedingt, von Haltungen des Urteilenden. Kommentar und Interpretation gehören dann in allen Kunstwissenschaften wie in allen gesellschaftlichen zu den Glaubenssätzen. Theologie wird dann wieder zur Mutter der Wissenschaft.

Ein anderer, weitaus zurückhaltenderer Versuch ist Elias Canettis DER ANDERE PROZESS. Der Versuch, dem Roman DER PROZESS den Briefwechsel Kafkas mit Felice Bauer zu unterlegen, überzeugt im Ergebnis und ist schlüssig und erhellend. Genauer gesagt: er ist es für mich. Mich überzeugt Canettis Interpretation mehr als Eisslers, unter anderem weil Canetti weniger direkt die Schlüsse zieht und apodiktische Urteile vermeidet. Er überzeugt mich, weil er meiner Interpretation entspricht oder doch nicht widerspricht. Aber selbstverständlich ist es Interpretation, trotz aller Zurückhaltung und äußerst vorsichtiger Argumentation. Auch Canetti spekuliert, und trotz des mich überzeugenden Nachweises und der behutsamen Annäherung bleibt ein Unbehagen, weil ein Kunstwerk aufgelöst wird in erklärende Verweise seiner Herkunft und Entstehung, gedeutet wird durch die Biografie des Autors, seine Ängste, Obsessionen und Hoffnungen.

Wir gewinnen Klarheit über die Produktion, genauer gesagt: mutmaßliche Wahrheit über die mögliche Art der Produktion, und eine gewichtige, nahezu alles umfassende Kenntnis über die Biografie des Autors, über den Autor. Verlustig geht uns dabei das Kunstwerk. Wir sind nun nicht mehr in der Lage, Romane wie den WILHELM MEISTER oder DER PROZESS zu lesen, wir lesen verschlüsselte Nachrichten über einen Autor. Und unsere Bildung, Kultur, unser Kunstverständnis erweist sich in dem Entschlüsseln der privaten Mitteilungen über die Befindlichkeiten, Ängste, Verletzungen einer Person, die Goethe oder Kafka heißt.

Unser Jahrhundert hat kein gewichtiges Kunstwerk seiner Zeit von dieser Betrachtung ausgenommen. Die Röntgenstrahlen zur psychischen und personengeschichtlichen Spurenlese vermitteln uns nicht allein Kenntnisse, sondern auch Annäherungen. Unsere Verklemmungen, Ängste, Unvollkommenheiten, Lädierungen, wir entdecken sie alle im Autor des Kunstwerks wieder. Die Röntgenstrahlen offenbarten uns die Pinselstriche der Produktion, und die Pinselstriche verrieten uns die Person. Wir haben nunmehr das Röntgenbild des Kunstwerks, das uns den Autor erklärt, verloren haben wir das Kunstwerk. Das Geheimnis des Werkes ist gelüftet, unsere Interpretation beweist sich selbst durch ihre Schlüssigkeit, und von dem Werk bleiben die sezierten Splitter, die keine andere Bedeutung haben als unseren Kommentar.

Vor zwei Jahren besuchte ich in Helsinki eine vielgerühmte HAMLET-Inszenierung. Ich war eine halbe Stunde früher in das Theater gegangen, um meine Eintrittskarte abzuholen. Im Foyer wartete ich auf den Beginn der Vorstellung und kam dabei mit einem Nordamerikaner ins Gespräch. Er war etwa gleichaltrig und arbeitete seit längerer Zeit in Finnland als Ingenieur für, ich glaube, Wärmetechnik. Im Gespräch erkundigte er sich nach meiner Kenntnis der finnischen Sprache, und ich mußte gestehen, daß ich Finnisch überhaupt nicht verstehe. Er war verwundert, daß ich dennoch ins Theater gehe, um mir ein Stück anzusehen, welches in finnischer Übersetzung gespielt wird. Ich verstand seine Verwunderung nicht ganz und sagte, gerade bei diesem Stück seien die Verständnisschwierigkeiten doch nicht unüberwindlich, habe man es doch hin und wieder gelesen und gesehen; ich fürchte also keineswegs, nicht zu verstehen. Ach, Sie kennen das Stück? fragte er überrascht. Sehr zögernd sagte ich Ja, zögernd, nicht weil ich meine tatsächlichen Kenntnisse bezweifelte, eher die Ernsthaftigkeit seiner Frage. Und ich erkundigte mich bei ihm, noch zurückhaltender, um ihn nicht zu kränken: Sie kennen Shakespeares HAMLET nicht? Nein, er kannte das Stück nicht, er hatte nie von diesem Stück gehört. Finnische Freunde hatten dem Ingenieur diese Aufführung empfohlen.

Für eine Sekunde war ich fassungslos, dann war ich nur noch neidisch, neidisch auf diesen vermutlich so technikbesessenen Mann, daß er selbst Shakespeares HAMLET bisher nicht zur Kenntnis genommen hatte.

Ich wußte, ich werde in die Vorstellung gehen, den Kopf angefüllt mit einer Vielzahl von Kommentaren und Interpretationen des Theaters, der Literatur, der Wissenschaft. Ich werde sehen, nur um immerfort zu vergleichen. Ich gehe in die Vorstellung, um Entsprechungen zu finden oder zu vermissen, ich werde zustimmend nikken oder empört den Kopf schütteln. Ich gehe in das Theater, nicht um HAMLET wirklich zu sehen – das ist mir auf Grund meiner Bildung nicht mehr möglich –, sondern um diesen HAMLET mit meinen von mir erkannten oder anerkannten Interpretationen zu vergleichen, zu überprüfen.

Und ich war auf den Ingenieur neidisch, weil er etwas erleben würde, was mir vor einer Ewigkeit verlorenging. Er würde etwas sehen, wo ich nur etwas bemerken, anmerken könnte. Er wird Hamlet kennenlernen, den klagenden Geist des alten Hamlet, er wird von Beschuldigungen hören und den vielfältigen Unmöglichkeiten, Klarheit zu gewinnen und zu einer richtigen Entscheidung zu kommen.

Ich dagegen werde vielleicht von einem Kostüm überrascht, von der ungewöhnlichen Führung einer Nebenfigur, von einer bedenkenswerten oder bedenklichen Sicht auf Ophelia.

Der Ingenieur wird ein Kunstwerk sehen, ich vielleicht nur eine Interpretation. Er wird etwas erleben, ich dagegen den Kommentaren in meinem Kopf einen weiteren hinzufügen.

Die Interpretationen und Kommentare haben uns die Sicht auf das Kunstwerk genommen. Wenn Kunst die Welt poetisch spiegelt, indem sie künstliche Welten schafft, die von unserer Welt berichten, so sind wir nur noch in der Lage, die Bilder der Bilder der Bilder wahrzuhaben. Second-hand erhalten wir alles, was uns wesentlich ist, also interpretationswürdig. Aus erster Hand erreicht uns allein die keinen Kommentar werte Trivialkunst. Vielleicht ist das auch einer der Gründe für den weltweiten Erfolg des Trivialen. (Die Theoretiker der Postmoderne entdeckten soeben die tieferen Bedeutungen und psychosoziologischen Verästlungen der Trivialkunst; die Zukunft wird es erweisen, ob es ihnen dadurch gelingt, die Unbefangenheit des Konsumenten dieser Kunst zu brechen und den Verkaufserfolg nachhaltig einzudämmen.)

Jedes andere Kunstwerk aber, das also von der Kunstwissenschaft die hohe Weihe ihrer Würdigung empfangen hat, was bereits die erste Kommentierung ist, erfährt das Schicksal aller uns wichtigen Werke: Anlaß für Interpretation zu werden.

Als vor einhundertfünfzig Jahren der Philosoph und Theologe David Friedrich Strauß seine kritische Schrift DAS LEBEN JESU veröffentlichte, schrieb er in der Einleitung: „Wo immer eine auf schriftliche Denkmale sich stützende Religion in weiteren Raum- und Zeitgebieten sich geltend macht, und ihre Bekenner durch mannigfaltige und immer höher steigende Entwickelungs- und Bildungsstufen begleitet: da thut sich früher oder später eine Differenz hervor zwischen demjenigen, was jene alten Urkunden bieten, und der neuen Bildung derer, welche an dieselben als an heilige Bücher gewiesen sind. Diese Differenz [...] tritt [...] selbst an den wesentlichen Inhalt heran, und [...] (wird) dahin streben, entweder das Göttliche als nicht so Geschehenes darzustellen, also den alten Urkunden die historische Geltung abzusprechen, oder das Geschehene als so nicht Göttliches aufzuweisen, also aus jenen Büchern den absoluten Inhalt hinwegzuerklären. In beiden Fällen kann die Auslegung befangen oder unbefangen zu Werke gehen: befangen, wenn sie gegen das Bewußtsein der Differenz zwischen der neuen Bildung und der alten Urkunde sich verblendet, und nur den ursprünglichen Sinn der letzteren zu ermitteln sich einbildet; unbefangen, wenn sie klar erkennt und offen eingesteht, daß sie das, was jene alten Schriftsteller erzählen, anders ansieht, als diese selbst es angesehen haben."

Unser Unbehagen an der Interpretation und die unauflösbare Differenz formuliert Strauß mit einer uns auch heute noch überraschenden Schärfe. Seine daraus geschlossene Alternative des befangenen oder unbefangenen Herangehens an das zu betrachtende Werk erscheint mir für die Praxis weitreichender und sinnvoller als die von Susan Sontag vorgegebene Verschiebung der Interpretation.

Wie können wir das uns heilige Buch, das Kunstwerk, der fatalen, weil immer verfälschenden Interpretation entziehen? Wie einem Kommentar entgehen, der – wie gut, genau und sorgfältig auch immer – stets ein anderer Text ist, der uns das Werk verstellt und schließlich, alles verhüllend, für uns verbirgt? Wie ist eine Tektur zu vermeiden, in die eingebettet jedes Kunstwerk uns zu einem Buch mit sieben Siegeln wird?

In den letzten Jahrzehnten häuften sich die Selbstkommentare der Autoren. Bei unterschiedlichen Gelegenheiten hören wir die Produzenten von Kunst über die Kunst sprechen, über ihre Kunst und ihre Ästhetik. Werkstattberichte nennt man diese Art von Vorträgen, und der Name legt nahe, daß hier Aussagen zu haben sind, die besonders eng an die Produktion gebunden sind und damit bedeutsame Annäherungen an das Produkt uns ermöglichen.

Aber selbst die Kunstwissenschaft nutzt diese Selbstkommentare mit großer Vorsicht und Zurückhaltung, eher als feuilletonistische Beigabe denn als göttliches Paralipomenon. Und tatsächlich ist auch hier nur Interpretation zu haben, unwissenschaftliche zumal, häufig selbstgerechte, immer selbstbezogene, egozentristische. Wir bekommen allenfalls die Interpretation des

Autors, die aber keinesfalls genauer oder gültiger ist als jede andere, die sorgsam und werkgerecht erfolgt.

Überdies fehlt zumeist der objektivierende Vergleich, die selbstlose Haltung des wissenschaftlich Betrachtenden, die klärende Distanz. Nur wenn wir diese Autoreninterpretationen interpretierend nutzen, also eingeschränkt und verändert, bekommen wir jene abstrakte Gültigkeit, die zum Wahrheitsbegriff gehört, den die Wissenschaft von uns verlangt. Aber mit der Interpretation der Interpretation ist eine Annäherung an das Kunstwerk nicht möglich, jedenfalls keine interpretationsfreie. Alles, was ein Künstler uns mitzuteilen hat, steckt in dem Werk, dem Kunstprodukt. Darüber hinaus werden wir von ihm nichts erhalten, was uns dieses Werk reicher, verständlicher oder erschließbarer macht. Es ist verlorene Zeit, dem Künstler – writer in residence, genauer: writer as his own commentator in residence – zuzuhören, verloren für uns wie für ihn. Bilde, Künstler, rede nicht, bemerkte Goethe dazu.

Ist das Unbehagen an der Interpretation aufzulösen durch ein wie auch immer geartetes Ende der Interpretation?

Ein radikales Ende ist das Schweigen. Goethe versiegelte sein Werk, um dieses Schweigen für sich zu erlangen, um den Faust der Interpretation zu entziehen. Ein Schweigen, gültig und zu erreichen allein für ihn, für seine Lebenszeit.

Der Ingenieur in Finnland erlangte das Schweigen durch Unkenntnis, durch Ignoranz. Dies ermöglichte ihm ein Kunsterlebnis, das mir versagt war. Er wurde zufällig und völlig überraschend an einem Abend in Helsinki mit einem der schönsten Stücke der Weltliteratur konfrontiert. Und ich hoffe, er hatte Augen, um zu sehen, und Ohren, um zu hören. Seine Naivität war aber nicht natürlich, sondern durch bornierte Abstinenz erkauft.

Tatsächlich kann das Schweigen eine vornehme und stolze Annäherung an das Kunstwerk sein. Es ist vielleicht die würdigste und angemessenste Art, auf Kunst zu reagieren. Jeder, der Kunst erlebt hat, von einem Kunstwerk je berührt wurde, wird dieses Schweigen, das Verstummen angesichts eines ihn überwältigenden Werkes kennen. Dann ist das Schweigen der Ausdruck eines tiefen, sinnlichen Begreifens von Kunst, der Rest, der bleibt.

Aber selbst das Schweigen ist nicht frei von Interpretation. Das Kunstwerk existiert an sich und für sich nur so lange, wie es verschlossen, versiegelt bleibt. Wenn es zu einem Werk für uns wird, von uns erlebt wird, wird es durch uns verändert. Das Erleben, das Überwältigtwerden durch ein Werk setzt voraus, daß ich mich zu ihm ins Verhältnis setze und daß ich das Werk in Relation zu mir bringe. Ich werde berührt, weil ich mich sehe, weil ich mich erkenne. Da aber der Künstler von sich erzählte, sich ins Bild setzte, ist mein Wiedererkennen bereits eine nonverbale Interpretation. Das Kunstwerk, das ich betrachte, ist ein anderes als jenes, das der Künstler aus der Hand gab. Er sprach von sich, ich aber sehe mich. Ich habe interpretiert, ich habe mir das Werk übersetzt. Ohne diese Übersetzung bliebe das Werk für sich, könnte mich nicht berühren, könnte ich es nicht erleben.

Wenn also Interpretation die Voraussetzung für das Kunsterlebnis ist, so ist sie unabdingbar an das Kunstwerk, genauer gesagt: an das Erleben von Kunst geknüpft. Was ich mir aneignen will, muß ich mir zu eigen machen, mir entsprechend machen, mir interpretieren. Ohne Interpretation bleibt das Kunstwerk eine Arbeit an sich und für sich; erst die Interpretation, meine Interpretation, macht das Werk erfahrbar, macht es zu einem Kunstwerk für mich. Das Unbehagen an der Interpretation ist also nicht aufhebbar oder gar zu beenden, sondern nur durch ein Bewußtmachen der Interpretation zu kompensieren. Wenn ich bei der Annäherung an das Werk mir beständig vor Augen halte, daß jede meiner Aussagen, ja bereits meine Empfindungen ein interpretierendes Verfälschen sind, wenn ich mir der andersartigen Charaktere des Kunstwerks und der Kunstwahrnehmung bewußt bin (wenn ich also unbefangen herangehe, wie Strauß sagte, und erkenne und eingestehe, daß die Werke anderes erzählen, als wir es sehen), nur dann habe ich die Chance, nicht allein meine Sicht, meinen Kommentar wahrzuhaben, sondern auch das Werk.

Ich plädiere also für Zurückhaltung, für Unsicherheit, für eine zögernde Annäherung. Ich plädiere für die jeder Interpretation vorangestellte und sie abschließende einschränkende Wendung: nach meiner Meinung.

Das ist für eine die Kunst betrachtende Wissenschaft eine unzumutbare Forderung, da sie jede Gültigkeit absichtsvoll und vorsätzlich in Frage stellt. Es könnte aber die ohnehin unumgänglichen Interpretationen und Kommentare dem Kunstwerk entsprechender machen. Die Selbsteinschränkung der Interpretation bräche für uns die sieben Siegel auf, die zuvor das Werk vor Überschreibung, Übermalung, Zerstörung durch Kommentar zu retten hatten. Es befreite uns endlich aus der fatalen Verwandtschaft mit jenem Studenten, der nur auf den Plan für den zweiten Teil des FAUST wartete, um mit seinem Kommentar loslegen zu können.

Zurückhaltung, sagte ich. Christa Wolf sprach in einem nicht so sehr verschiedenen Zusammenhang von einer notwendigen anderen Sprache, um uns in der verkehrten Welt auszudrücken, zurechtzufinden. „Damit man einander doch wieder etwas sagen und erzählen könnte, ohne sich schämen zu müssen. Die nach dieser Sprache fahnden wollen, müßten aber wohl ein beinah vollkommenes Schwinden ihres Selbst-Gefühls, ihres Selbst-Bewußtseins ertragen können, weil ja all die Muster, in denen zu reden, zu erzählen, zu denken und zu dichten wir gewöhnt sind, nicht mehr verfügbar wären. Sie würden wohl erfahren, was es wirklich heißt: die Fassung verlieren."

Der Gewinn aber wäre das Erleben von Kunst, und da geht die Fassung uns ohnehin verloren. Nach meiner Meinung und Erfahrung.

Der Apfelwein der Madame de Guermantes

Betrachtungen über Poetik-Vorlesungen

Madame de Guermantes neigte, wie Marcel Proust bemerkt, „zu einer Art von Konversation, die alle großen Worte und Bekundungen erhabener Gefühle ablehnt, und entfaltete gerade eine besondere Eleganz darin, in Anwesenheit eines Dichters oder Musikers nur von den Gerichten zu sprechen, die aufgetragen wurden, oder von dem Kartenspiel, das gleich folgen sollte. Diese Enthaltung hatte für einen Dritten, der über diese ihm unbekannte Gewohnheit nicht nachdachte, etwas Verwirrendes, dem ein Geheimnis zugrunde zu liegen schien. Wenn Madame de Guermantes ihn fragte, ob er gern mit diesem oder jenem berühmten Dichter zusammen eingeladen sein würde, so erschien er von Neugier verzehrt pünktlich auf die Minute. Die Herzogin sprach mit dem Dichter über das Wetter. Dann wurde zu Tisch gegangen. ‚Mögen Sie Eier gern auf diese Art?' fragte sie ihn nun. Angesichts der Billigung, auf die das Gericht bei ihm stieß – wie übrigens auch bei ihr, denn sie fand alles ausgezeichnet, was es bei ihr gab, sogar den abscheulichen Apfelwein, den sie aus Guermantes kommen ließ – bedeutete sie dem Diener: ‚Noch einmal Eier für Monsieur', während jener Dritte ängstlich aufpaßte, daß ihm nur nicht entginge, was die beiden eigentlich sich zu sagen hätten, da ja der Dichter und die Herzogin trotz unerhörter Schwierigkeiten möglich gemacht hatten, sich vor ihrer Abreise noch einmal zu sehen. Doch die Mahlzeit nahm ihren Fortgang, die Speisen wurden nacheinander gebracht und abgetragen, nicht ohne Madame de Guermantes Gelegenheit zu geistreichen Scherzen oder amüsanten Geschichten zu geben. Der Dichter aß unausgesetzt, ohne daß Herzog und Herzogin daran zu denken schienen, daß er ein Dichter sei. Bald ging das Dejeuner zu Ende, man verabschiedete sich, und nicht ein Wort war über die Dichtkunst gefallen, die sie alle doch liebten, von der aber infolge einer Zurückhaltung ganz im Geist derjenigen, von der mir Swann einen Vorgeschmack gegeben hatte, keine der Anwesenden sprach. Diese Zurückhaltung war ganz einfach guter Ton."

Soweit Proust. Und soweit und damit ist alles gesagt, was ohne Magendrücken in einer Vorlesung zur Poetik gesagt werden kann, jedenfalls meinerseits.

Und wenn ich dennoch nicht umgehend dieses Pult hier verlasse, so ist dies lediglich eine Geste der Höflichkeit Ihnen gegenüber: Sie haben einen Anspruch darauf, von mir unterhalten zu werden, und ich fürchte, Sie bestehen darauf, auch wenn ich nichts weiter zu sagen habe. Denn alles, was ich noch anmerken kann, sind Folgerungen aus dem bereits Gesagten, sind Interpretationen des zitierten Textes, ist nur ein Paralipomenon.

Zu vermeiden ist zuerst nicht allein der Tod von Madame de Guermantes: sie ist nicht nur gestorben, sie ist ausgestorben, was ich persönlich äußerst bedauere. Der Dichter bekommt nun nicht mehr unausgesetzt etwas zu essen. Was man nunmehr von ihm erfahren möchte, ist nicht seine Meinung über den abscheulichen Apfelwein, er soll über die Arbeit reden, über seine Arbeit, über den Arbeitsprozeß, über seine Pläne. Der abscheuliche Apfelwein wurde von etwas viel abscheulicherem verdrängt; statt sauren Wein zu schlucken, muß er nun über seine

Poetik sprechen. Die Magenschmerzen ließen bei ihm nach, aber nur um den Herzschmerzen Platz zu machen.

Einige Jahrhunderte haben Neuerungen in die Literatur eingebracht, den Roman beispielsweise oder die short story oder das Stalinepos. Das ausgehende 20. Jahrhundert hat als literarisches Genre die Poetik-Vorlesung erfunden. Kein zivilisiertes Land auf dieser Erde verzichtet darauf, die Schriftsteller bei der Arbeit zu stören. Die Autoren sollen nicht schreiben, sie werden stattdessen genötigt, Vorlesungen über das Schreiben zu halten.

Vermutlich ist dieses neue literarische Genre das Ergebnis einer Kreuzung von Buch und Fernsehen. Poetik-Vorlesungen haben immer etwas von der Beliebigkeit und der Gedächtnislosigkeit der Talk-Shows. Man redet, um nicht zuhören zu müssen, und man hört ihnen zu, um sie nicht lesen zu müssen. Der Autor redet über seine Poetik, weil diese für einen Roman zur Zeit nichts hergibt, und der geschätzte Zuhörer hofft, daß ihm der im Kunstwerk verborgene Sinn endlich – und zwar verkürzt und direkt – serviert wird. Und beide, der Zuhörer wie der Autor, ahnen die Vergeblichkeit dieser Mühen.

Poetik-Vorlesungen beginnen weltweit mit der Koketterie, daß der Autor unter dem verständnisvollen Lächeln seiner Zuhörer gesteht, er habe eigentlich gar keine Poetik. Das klingt sowohl bescheiden wie souverän und ist zudem eine Eröffnung, die nichts sagt und somit alles offen läßt.

Allerdings ist diese Eröffnung regelwidrig, denn sie ist falsch. Eine Poetik hat jeder Mensch, der ein paar Sinne besitzt. Jeder sinnliche Mensch besitzt auch einen Sinn für Ästhetik, hat eine Haltung der Kunst gegenüber, ob er darum weiß oder nicht. Jeder Mensch, der auch nur einmal in seinem Leben über ein Buch oder einen einzigen literarischen Satz gesagt hat „Das gefällt mir“ oder „Das gefällt mir nicht“, hat damit offenbart, daß er eine Poetik besitzt, also ein Urteil über und eine Haltung zur Literatur. Diese rudimentäre Poetik und Ästhetik ist selbst den Zeitungen nicht abzusprechen: es mag wahrhaft peinlich und peinigend sein, was gelegentlich dort zu lesen ist, wir müssen aber soviel Toleranz und Objektivität aufbringen, um diese Peinlichkeiten als Ästhetik und Poetik einer Tageszeitung zu akzeptieren.

Aus all dem folgt, daß ein Autor gleichfalls eine Poetik besitzen muß. Allerdings gibt es einen entscheidenden Unterschied zwischen ihm und seinen Lesern: seine Poetik wechselt häufiger und schneller.

Die Poetik eines Schriftstellers ist keine Absichtserklärung, kein programmatischer Entwurf einer neuen, noch zu leistenden Arbeit. Eine Poetik ist das Resultat einer Arbeit, ein Arbeitsprodukt. Die nächste Arbeit, wenn sie anders ist als die vorhergehende, zerstört folglich die eben gebildete und möglicherweise in einer Poetik-Vorlesung verkündete Poetik. Eine unveränderliche Haltung zu Literatur kann nur der Autor vorweisen, der sich und seine Arbeit nicht verändert.

Wenn ich mich auf Ihren Wunsch, hier meine Poetik vorzutragen, tatsächlich einlassen würde, so könnte ich Ihnen nur einige Theoreme verkünden, die meine letzte und längst abgeschlossene Arbeit betreffen. Aber diese Kunsttheorie ist eben dabei, wie ein Regenbogen dahinzuschwinden, da ich natürlich an einer neuen Arbeit sitze, an einer auch für mich neuen und anderen Arbeit, die meine bisher genutzte Ästhetik auslöscht oder doch gravierend korrigiert.

Und in dem Maß, wie diese, meine alte Ästhetik korrigiert, verworfen, erneuert wird, wird der Wert der neuen Arbeit gemessen. Es ist das Maß, mit dessen Hilfe zu sehen ist, wie weit die neue Arbeit tatsächlich neu ist oder ob sie doch nur eine Wiederholung ist, von überkommenen Mustern geprägt und alte Erfahrungen nutzend statt sich neuen Erfahrungen auszusetzen. Und das überkommene Muster, die alte Ästhetik, ist im Handwerk von unschätzbarem Wert, in den Künsten jedoch lediglich der gerade Weg in den Erfolg und die Makulatur.

Die Poetik, die Ihnen ein Schriftsteller erläutert, ist folglich nicht seine, sie war seine. Sie ist das Ergebnis eines mehr oder weniger theoretischen Aufarbeitens einer künstlerischen Haltung, die zu einem künstlerischen Produkt führte, aber auch mit diesem Produkt sich erledigt hat. Alles worüber der Autor redet, worüber er reden kann, ist in dem Moment bereits Vergangenheit. Die verkündete Theorie ist nichts anderes als eine in Thesen über Literatur formulierte Erinnerung an eine Arbeit. Die neue Arbeit, an der er hoffentlich sitzt, erlaubt den theoretischen Exkurs noch nicht. Die neue Arbeit nämlich macht ihn sprachlos. Alles, was er von ihr und über sie weiß, steht auf dem Blatt Papier, das vor ihm liegt – und das ist noch leer. Jungfräulich nennt man ein solches weißes Blatt Papier wohl, aber so fürchterlich wie ein weißes Blatt Papier auf einen Autor wirkt, können Jungfrauen gar nicht sein.

Sprachlos, sagte ich, und ich versichere Ihnen, jeder Autor ist zu Beginn einer Arbeit tatsächlich mit Sprachlosigkeit geschlagen. Der Anblick seines Bücherregals mit den Arbeiten geschätzter Kollegen aus Vergangenheit und Gegenwart verstärkt seine Schwierigkeit. Eigene, frühere Arbeiten, deren Anwesenheit er in der Form von Belegexemplaren seines Verlages in seiner Wohnung dulden muß oder die für ihn zum Hausaltar geworden sind, vermögen es nicht, ihm über die Schreibschwäche hinwegzuhelfen. Verwundert sieht er die früheren Arbeitsprodukte, und ihm ist unerklärlich, wie sie entstanden. Mit dem gleichen Recht und Zynismus, mit dem im vorigen Jahrhundert Ärzte ihren Studenten den wahnsinnig gewordenen Nietzsche vorführten, könnten die Psychiater heute Autoren, die eben eine neue Arbeit beginnen, im Hörsaal vorführen als Beispiele ausgeprägter und scheinbar unheilbarer Legasthenie, also der Schwäche oder Unfähigkeit, Wörter zu schreiben und einen sinnvollen, zusammenhängenden Satz zu Papier zu bringen.

Erwarten Sie also von diesem geplagten und schreibunfähig gewordenen Autor nicht auch noch, daß er sich in allgemein verständlicher Rede über etwas äußert, das ihn ins sprachlose Entsetzen trieb. Jeder Autist kann sie kurzweiliger unterhalten als ein Autor, der sich verzweifelt bemüht, auf ein weißes Blatt Papier auch nur einen Buchstaben zu kritzeln.

Und wenn ein Autor dann doch für ein Autorenreferat, für eine Poetikvorlesung zu gewinnen ist und dann durchaus nicht den Eindruck eines Legasthenikers macht, so dürfen wir völlig zu recht daraus schließen, der Autor redet nicht von einer Poetik, mit der er beschäftigt ist, die ihn beschäftigt und sprachlos macht, der Autor spricht vielmehr über etwas, was er längst ad acta gelegt hat. Wenn die Sätze über eine poetische Konfession formulierbar sind, ist der, der sie vorbringt, längst zum Dissidenten seiner eigenen Theorie geworden, zum Renegaten seiner soeben geäußerten Glaubenssätze. Er konvertierte, ohne sagen zu können oder bereits genau zu wissen, wo er geht und wohin er läuft. Das neue Terrain kann er noch nicht benennen, es ist für ihn unbekanntes Land.

Wichtig ist allein, wohin er geht und was er dort und wie er es machen wird. Hat er das unbekannte Land durchschritten und sich mit ihm vertraut gemacht, kann er uns in seinem neuen Text davon berichten.

Er kann sogar darüber theoretisieren, zum Beispiel in einer Poetik-Vorlesung. Diese ist dann die öffentlich vorgetragene Erinnerung an eine frühere Ästhetik. Hier wird der anderweitig nicht verwertbare Rest, der für ihn künstlerisch banal ist und wertvoll allenfalls für sein historisches Archiv, einem interessierten oder auch uninteressierten Publikum vorgestellt.

Wenn wir den Autor bitten oder sogar nötigen, uns diese Erinnerungen vorzutragen, sollten wir nicht vergessen, daß wir damit auch Arbeit, künstlerische Arbeit verhindern. Wir kehren eine Goethesche Maxime barbarisch um, da wir ihn auffordern: „Rede, Künstler, bilde nicht".

Aber er muß reden, alle Welt bittet ihn darum. Er hat nicht mehr unausgesetzt zu essen, wie noch bei Madame de Guermantes – wollen wir ihr ein liebevolles Gedenken bewahren – nun soll er unausgesetzt reden. Nun heißt es nicht mehr „Noch einmal Eier für Monsieur!", nun bekommt er nicht mehr Apfelwein, nun bekommt Monsieur lediglich das Wort.

Und was er uns dann sagt, können wir – etwas arg pathetisch und hochtrabend – als seine Poetik bezeichnen, genauer: seine frühere Poetik, eine Ästhetik also, die er abgearbeitet, überwunden und bereits verlassen hat. Die Poetikvorlesung kann keine aktuelle Stunde werden, bestenfalls ein historischer Bericht, denn was der Autor Ihnen sagen kann, interessiert ihn selbst bereits nicht mehr.

Aber kann eine nachgetragene Poetik für uns von Interesse oder Nutzen sein?

Ich denke, wir werden jetzt alle heftig nicken und sagen, eine solche Poetik – eine späte, verspätete Poetik – liefert uns Erhellendes über das gemeinsam mit dieser Poetik entstandene Buch, verrät uns, was in der Kunstform spröde verborgen ist oder sogar bleibt, benennt uns klarer den Sinn und die Form des Werkes als es die poetische, interpretierbare Sprache des literarischen Textes kann und darf. Klartext statt Poesie also. Das ist dann für Seminararbeiten brauchbar, hilfreich beim Erwerb eines wissenschaftlichen Titels. Statt der alten Formulierung „Damit will der Dichter uns sagen", können wir nun schreiben: „Der Dichter selbst sagt".

Dagegen steht jedoch, wie wir wissen, einiges. Vor allem jener Pudding, der sich erst beim Essen erweist. Absichtserklärungen stellen nicht zufrieden, ein Kochrezept sättigt nicht und sagt uns nichts über die Qualität des Essens. Und wenn ein Autor Ihnen mitteilen würde, seine Ästhetik sei bis aufs i-Tüpfelchen identisch mit der von Shakespeare oder Goethe, ich denke, Sie würden doch zuvor noch einen Blick in seine Romane und Stücke werfen, bevor Sie ihn zum Shakespeare und Goethe unserer Zeit ausrufen.

Die Poetik ist ein Kommentar des Werkes, der nichts erklären kann und der uns, wo der literarische Text sich als schwer zugänglich erweist oder sich uns gar verweigert, keinen Zugang erschließt. Und wo wir mittels des Autorenkommentars doch eine Tür zu sehen meinen, werden wir die Erfahrung machen müssen, daß uns diese Tür nicht zu dem kommentierten Text führt, im Gegenteil, sie führt uns in eine Metaebene, in unsinnliche, theoretische Räume, die vom Ziel unserer Bemühungen weit entfernt liegen.

Der poetische Kommentar hat allein einen Wert für den Autor. Er dient zur Selbstverständigung, da der Kommentar den Autor nötigt, sich seiner gegenwärtigen und eben noch gültigen Poetik bewußter zu werden. Diese

Verständigung über die Poetik wird ihm helfen, sie zu überschreiten und nach neuen Ufern Ausschau zu halten, nach einer neuen Poetik, die dem neuen Gegenstand, inhaltlich wie formal, angemessen ist und ihn zu transportieren und transparent zu machen vermag.

Sie dient ihm als Hilfs- und Arbeitsmittel, sie ist für ihn ein Spiegel, den er benötigt, wenn er sich rasieren will. Ohne diesen Rasierspiegel drohen ihm schlimme, blutige Schnitte ins eigene Fleisch oder eine – vor allem für andere sichtbare – schlecht ausgeführte Rasur. Er benötigt dringend den Spiegel, sollte aber vermeiden, sich über Gebühr und Notwendigkeit vor ihm aufzuhalten und hineinzustarren. Zurückhaltung ist angebracht, wenn er sich nicht lächerlich machen will. Jene Zurückhaltung, von der Proust in seiner, eingangs zitierten Poetik-Vorlesung sprach und die er ganz einfach den „guten Ton" nannte.

Alles, was ich sagte, war nur ein Kommentar der Proustschen Bemerkungen zur Poetik. Mehr, denke ich, ist nicht zu sagen, nicht von mir. Proust schon hatte sich knapp gefaßt. Noch kürzer war dereinst die Poetik-Vorlesung meines geschätzten Kollegen Kleist. Er gab ihr den Titel „Betrachtungen über den Weltlauf". Ich erlaube mir, zum Abschluß sein allumfassendes Wort, es sind nur zwei Sätze, zu diesem Thema zu zitieren:

„Es gibt Leute, die sich die Epochen, in welchen die Bildung einer Nation fortschreitet, in einer gar wunderlichen Ordnung vorstellen. Sie bilden sich ein, daß ein Volk zuerst in tierischer *Roheit* und *Wildheit* daniederläge; daß man nach Verlauf einiger Zeit das Bedürfnis einer Sittenverbesserung empfinden, und somit die *Wissenschaft von der Tugend* aufstellen müsse; daß man, um den Lehren derselben Eingang zu verschaffen, daran denken würde, sie in schönen Beispielen zu versinnlichen, und daß somit die *Ästhetik* erfunden werden würde: daß man nunmehr, nach den Vorschriften derselben, schöne Versinnlichungen verfertigen, und somit die *Kunst* selbst ihren Ursprung nehmen würde: und daß vermittels der Kunst endlich das Volk auf die höchste Stufe menschlicher *Kultur* hinaufgeführt werden würde. Diesen Leuten dient zur Nachricht, daß alles, wenigstens bei den Griechen und Römern, in ganz umgekehrter Ordnung erfolgt ist. Diese Völker machten mit der *heroischen* Epoche, welches ohne Zweifel die höchste ist, die erschwungen werden kann, den Anfang; als sie in keiner menschlichen und bürgerlichen Tugend mehr Helden hatten, *dichteten* sie welche; als sie keine mehr dichten konnten, erfanden sie dafür die *Regeln*; als sie sich in den Regeln verwirrten, abstrahierten sie die *Weltweisheit* selbst; und als sie damit fertig waren, wurden sie *schlecht*."

IV

Zwei Sätze zu Thomas Mann

1.

Giorgio Manganelli eröffnet eine Betrachtung des Frühlings in Rom mit den folgenden Worten: „Während ich schreibe, im selben Augenblick, also um 10 Uhr 37 eines römischen Vormittags, wird die berühmte und berüchtigte Hauptstadt von einer bezaubernden, versilberten Sonne geküßt, die als spätwinterliches Medaillon an einem zerbrechlichen blaßblauen Himmel hängt; dieser Himmel ist Rekonvaleszent, hat ein Plaid auf den Knien, ein ausgemergeltes Intellektuellengesicht und ein ungelesenes Buch aufgeschlagen in der Hand – vermutlich Thomas Mann, denn der eignet sich wohl am besten zum Aufschlagen und nichtlesen ..."

Zur Literatur, zur Kunst gehört nahezu unvermeidlich ein Vorgang, der wenige Jahrzehnte nach dem Tod des Künstlers oder der Zeit seiner wichtigsten Produktionen einsetzt. Scheinbar unvermutet beginnt eine radikale Umwertung der Person und des Werkes. Und je heftiger und eindeutiger sie zuvor war, um so energischer wird dann die gegensätzliche Sicht vorgetragen; nicht unisono, doch einen Diskant besaß auch der frühere Chor.

Die neue Beurteilung ist nicht von Dauer. Wiederum Jahrzehnte später setzt sich eine Meinung fest, welche nach den bisherigen Erfahrungen einigermaßen Bestand hat.

Dieser Vorgang verdeutlicht, daß Kunstprodukte nur bedingt toter, geronnener Arbeit gleichzusetzen, daß sie nicht endgültig sind, sondern in Abhängigkeit vom Leser und Betrachter jeweils neu entstehen und scheinbar anderes zu sagen haben. Er bezeugt, daß das Urteil des Publikums ein wenig von dem Werk und sehr stark vom Zeitgeist bestimmt ist. Und schließlich beweist er, daß Kunst- und Literaturwissenschaft als Wissenschaften nicht möglich sind, da ihr Gegenstand sich ihnen fortgesetzt entzieht, um ihnen in ständig wechselnder Gestalt entgegenzutreten und die eben begründeten Urteile der nun allen offensichtlichen Unstimmigkeit zu überführen. Diese Wissenschaften, mit ihren wechselnden Meinungen selbst an den häufigen Umwertungen beteiligt, sind daher nur als Kunst- und Literaturhistorie mit Anspruch zu betreiben.

Und nun, so meine ich nicht nur bei Manganelli zu sehen, haben die Zeiten soeben für Thomas Mann gründlich gewechselt. Aus einem der geliebtesten und gelesensten Schriftsteller seiner Zeit schuf sich unsere Zeit einen zwar schätzenswerten, aber kaum lesenswerten Autoren.

„Thomas Mann ... eignet sich wohl am besten zum Aufschlagen und nichtlesen." Die Formulierung drückt Respekt aus. Es ist der Respekt, der es nicht erlaubt, die Leistung Thomas Manns einfach beiseite zu schieben und zur (aktuellen) Tagesordnung überzugehen, etwa zu den neuen, zeitgemäßeren Göttern. Dieser unfreiwillige, von seinem Werk erzwungene Respekt machte aus dem geliebten und geachteten Autor einen geachteten Ungeliebten. Thomas Mann ist so gewichtig, daß er uns immerhin bedrückt.

2.

Das Beispiellose, das uns beispielhaft sein kann – das ist es, was uns Nachfahren am erbrachten Werk produktiv interessiert. Thomas Manns Leistung macht betroffen: Ihm gelang es, entgegen den gutbegründeten Voraussagen, noch im 20. Jahrhundert ein geschlossenes Universum der Dichtung zu schaffen, vollständig aus sich, in sich widerspruchsfrei, mit sich identisch. Ein solches Werk, in Deutschland zuletzt eineinhalb Jahrhunderte zuvor geschaffen, schien *vor* Thomas Mann undenkbar. In ihm wird auch das, was er selbst den von ihm geleisteten „Zeitdienst" nennt, poetische Confessio. Und selbst Nebenarbeiten und Mißlungenes, eine verunglückte Novelle etwa, sind unverzichtbarer Bestandteil dieses Werkes. Ein Werk, das nicht allein aus Romanen, Erzählungen, Essais besteht, sondern in dem die einzelne Dichtung einen Teil jenes abgeschlossenen und umfassenden Universums darstellt, das wir mit dem Namen Thomas Mann bezeichnen, dessen Name wiederum sein Jahrhundert, seine Zeit zu bezeichnen imstande ist.

Einzigartigkeit, das ist auch ein Verstoß gegen die Zeit, ist also das, was wir anachronistisch zu nennen uns gewöhnten. Thomas Mann war ein Anachronismus, nicht nur in der Kreativität, er wußte selbst darum. Und er arbeitete um so heftiger und unbeeinflußbarer. Er arbeitete in bester Gesellschaft, und seine erstaunliche Produktivität ertrug diese Einsamkeit nicht nur, er machte sie für sein Werk fruchtbar.

Beispiellos war er gewiß, was viel bedeutet und doch nicht viel sagt, da jeder Künstler ohne Beispiel ist oder sein sollte. Beispielhaft war er nicht, konnte er nicht werden, da jedes seiner Werke nur in Harmonie mit der Sphäre seines Universums denkbar ist und zu schaffen war. Auch hierin war er ein Anachronismus. Wo Prometheus uns Sterblichen ein Beispiel sein kann, wir ihn uns identisch zu machen vermögen, muß Zeus beispiellos bleiben. Denn keiner der Zeitgenossen und Nachfahren kann ein künstlerisches Credo in der gleichen Aufrichtigkeit, Entschlossenheit und mit der Fähigkeit, es fast leichthin einzulösen, so unbedingt formulieren wie Thomas Mann, der Motor und Energie seiner Produktion, den Horizont seines Anspruchs und den Umfang seiner vereinnahmten Welt und seiner geschaffenen Welt nennt, wenn er sagt: „In mir lebt der Glaube, daß ich nur von mir zu erzählen brauche, um auch der Zeit, der Allgemeinheit die Zunge zu lösen, und ohne diesen Glauben könnte ich mich der Mühe des Produzierens entschlagen."

Und dennoch, da es ein menschliches Werk ist, muß Thomas Mann uns beispielhaft sein, denn sein Werk zeigt eine Menschen-Möglichkeit.

Ein bißchen laut
Für Kurt Tucholsky

In der Einladung zur Kurt-Tucholsky-Matinee steht das Wort Festrede – das ist offensichtlich ein Mißverständnis. Ich werde keine Festrede halten. Tucholsky ist nicht der Mann, dem man eine Festrede hält. Er würde sie sich nie anhören. Und wir sollten, da er tot ist und sich scheinbar nicht mehr wehren kann, ihn dazu nicht mißbrauchen. Er wurde zeit seines Lebens beschimpft, und er wurde zeit seines Todes beschimpft und mißbraucht. Die Tortur einer Festrede will ich ihm nicht antun. Wir sind beide dazu denkbar ungeeignet. Festreden seien den Repräsentanten vorbehalten, wir repräsentieren nichts, allenfalls das eigene Scheitern. Und das ist nicht der Rede wert, denn das Scheitern kam nicht überraschend, Tucholsky hatte es vorausgesagt.

Keine Festrede also, nur ein Nachdenken über diesen Mann Tucholsky, der in zwei Tagen einhundert Jahre alt geworden wäre und nicht einmal fünfzig Jahre alt werden durfte.

Tucholsky, ein Deutscher, ein Jude, ein Schriftsteller, ein Journalist, ein linker Intellektueller. „Lassen Sie sich sagen", heißt es in Leserbriefen, „daß es bei uns Bürgern ein tief eingewurzeltes Mißtrauen gegen alle linken Intellektuellen gibt. Sie waren die Steigbügelhalter für verbrecherische Regimes. [...] Die linken Intellektuellen haben Deutschland stets Unglück gebracht."

Solche Leserbriefe kannte Tucholsky, wenn auch nicht die zitierten. Diese Leserbriefe wurden erst 1989 geschrieben, also nicht im Kaiserreich, nicht in der Weimarer Republik, nicht im Dritten Deutschen Reich, sondern in der Deutschen Demokratischen Republik.

Tucholsky würde lächeln und schweigen. Vermutlich würde er darauf verzichten, auf seinen „Gruß nach vorn" zu verweisen, den er 1926 schrieb als einen Gruß in das Jahr 1985. „Aber das rufe ich dir noch nach", grüßte er uns damals, „besser seid ihr auch nicht als wir und die vorigen. Aber keine Spur, aber gar keine –".

Noch vor wenigen Jahren hätten wir lauthals protestiert. Heute schweigen wir beschämt. Und andere machen sich Luft, mit einem Leserbrief beispielsweise: „Lassen Sie sich sagen, daß es bei uns Bürgern ein tief eingewurzeltes Mißtrauen gegen alle linken Intellektuellen gibt ..."

Ein unglücklicher Anfang, Tucholsky. Ich will nochmals beginnen.

Arnold Zweig grüßt den Toten und nennt ihn „tapferer Kamerad, bezaubernder Schriftsteller, bester Chansonnier der Republik". Für die Republik hat Tucholsky sich lebenslang eingesetzt, tapfer und mutig. Aber auch hellsichtig, und das hieß, er wußte um die Vergeblichkeit seines Kampfes. Immer wieder, zumal in den nicht für die Öffentlichkeit bestimmten Briefen, sagt er ihr Ende voraus. Lange bevor er ein Exil dringend benötigt, wählt er sein Exil.

Aber als alles, was er verzweifelt vorhersagte, eintrifft, verliert er doch die raison d'etre, den Lebenssinn. Er ist nun au dessus de la mêlée, außerhalb des Getümmels. „Es geht mich nichts mehr an", schreibt er, „ich bin damit fertig." Seiner Freundin schreibt er zum Abschied: „Ich bin einmal ein Schriftsteller gewesen." Und dann schluckt er das Gift.

In diesem Jahrhundert war er, ein Bruder Heinrich Heines, einer der vorzüglichsten Republikaner der Deutschen.

Ich muß mich korrigieren: selbst Tucholsky, der wie kein zweiter deutscher Schriftsteller in diesem Jahrhundert die Gegenwart für die Zukunft zu deuten verstand, hat nicht vorhersehen können, daß ihm auch dieser Titel abhanden kommen wird. Er, der verzweifelt und immer wieder die Republik dazu aufforderte, sich selbst zu schützen, sich gegen die Reichswehr, gegen die Geheimverbände und gegen die Deutschnationalen zu wehren und nicht immer wieder vor ihnen zu kuschen – nachzugeben, um Schlimmeres zu verhüten und damit dem Schlimmsten den Weg zu ebnen – auch er konnte nicht vorhersehen, daß wir ihm heute den Titel „Republikaner" nicht mehr geben können. Er ist derzeit anders besetzt. Er steht uns für Tucholsky nicht zur Verfügung. Den Titel „Republikaner" okkupierten jene für sich, die die Demokratie und die Republik wieder mal abschaffen wollen. Zum 100. Geburtstag Tucholskys können wir ihn mit seinem erworbenen und ihm zustehenden Titel nicht ansprechen. Wir sind eben dabei, ihn gegen die Feinde der Republik, die sich Republikaner nennen, zu verteidigen oder die Republik zu verspielen.

Es ist uns bisher nicht viel geglückt. Wir sind nicht besser als die vorigen; keine Spur, aber gar keine.

Auch dieser Anfang mißriet, und ich muß erneut beginnen.

Von Karl Arnold gibt es eine Zeichnung zum 70. Geburtstag Heinrich Zilles, jenem Maler von dem Tucholsky als „Berlins Bestem" sprach: Ein jovialer, dicker Industrieller reicht dem alten Maler eine Zigarrenkiste und sagt: „Nehm Se sich noch ne frische Habana, Meister Zille.

Sie ham uns mit Ihren Nutten und armen Leuten imma so vill Freude jemacht."

Der reiche Bonhomme erteilt Berlins Bestem ganz familionär eine Ohrfeige, und Zille muß sich das fatale Lob anhören, das ihm sein Scheitern deutlich macht. Ein grundsätzliches Mißverständnis, Zille nimmt es nicht lächelnd, doch fast nachsichtig hin.

Auch andere, ein Walter Benjamin beispielsweise oder eben Kurt Tucholsky, haben ihr Scheitern konstatieren müssen und konnten nicht so gelassen bleiben. „Der Grund zu kämpfen, die Brücke, das innere Glied, die raison d'etre fehlt." Den fehlenden Lebenssinn ersetzen beide mit Gift. Beide sterben sie gelassen, nur noch bemüht, andere nicht zu kränken und ihnen mit der Mißlichkeit ihres Todes nicht zur Last zu fallen. Der Freitod erst macht sie frei.

„Sie ham uns mit ihren Nutten und armen Leuten imma so vill Freude jemacht. Nehm Se sich noch ne frische Habana, Meister."

Tucholsky, das war dieser amüsante und witzige Feuilletonist. RHEINSBERG und SCHLOSS GRIPSHOLM, WENN DIE IGEL IN DER ABENDSTUNDE und EIN EHEPAAR ERZÄHLT EINEN WITZ. Und dann dieser ulkige „Herr Wendriner", EIN ÄLTERER, ABER LEICHT BESOFFENER HERR, diese tolle Witznummer, womit uns Tucholsky „imma so vill Freude jemacht" hat. Und fürs Gemüt gab's da ja auch einiges, MUTTERNS HÄNDE zum Beispiel oder AUF EIN KIND. Das ist doch der Tucholsky, den wir angenommen haben und lieben. In unserem Bücherschrank steht er in der Abteilung Schnurren und Späße, Unterabteilung Berliner Humor. Wir haben ihn uns gründlich hergerichtet, wir haben uns ein Bild von ihm gemacht nach unserem Bild. Und nun soll er uns amüsieren, und die Politik soll er draußen lassen. Und von seinen Herzschmerzen wollen wir nichts hören.

Und den Selbstmord, den übersehen wir einfach, das ist nur so eine Mode der deutschen Schriftsteller, daß sie sich selbst alle tot machen. Er soll uns amüsieren oder zum Teufel gehen.

Tucholsky entschied sich, er entschied sich gegen uns. „Ich bin ein aufgehörter Schriftsteller", schrieb er am 15. Dezember 1935, vier Tage, bevor er das Gift nahm, sechs Tage, bevor er starb.

„So vill Freude" hat er uns zum Ende nicht mehr gemacht. Auch dieser Ansatz führt uns nicht weit, sondern nur zu seinem Ende. Ich beginne erneut.

Tucholsky hat eine Autobiographie geschrieben. Nicht am Ende seines Lebens, sondern viel früher. In den deutschen Landen schreibt man Autobiographien am Beginn seines Lebens. Man ist vierzehn oder sechzehn oder zwanzig Jahre alt, wenn einem ein schriftlicher Lebenslauf abverlangt wird. Man hat noch nicht viel zu sagen, der Lauf des Lebens war noch allzu kurz, auf viel mehr als auf Elternhaus, Kindergarten und Schule ist kaum zu verweisen. Aber darum geht es auch nicht. Der schriftlich abverlangte Lebenslauf soll den tatsächlichen Lebenslauf erst begründen. Der Autor hat seine politischen und sonstigen Haltungen zu offenbaren, ehe man über seine Bewerbung um Aufnahme in die Oberschule, die Universität, den ihn auszubildenden Betrieb entscheidet. Es ist Gesinnungsschnüffelei: Der Schutz der Schulen und Hochschulen, der Werkschutz, der Verfassungsschutz verlangen vom jugendlichen Bewerber, einen Lebenslauf zu verfassen.

Am Ende eines Lebens interessiert sich kein Mensch mehr dafür, es sei denn der Selbstbiograph ist eine Schauspielerin, die einige Aktfotos von sich vorzuweisen hat, oder der Betreffende war mehr als sechsmal verheiratet; da stoßen Autobiographien noch auf Interesse.

Tucholsky beginnt seine Autobiographie mit dem alles offenbarenden Satz: „Soweit ich mich erinnere, wurde ich am 9. Januar 1890 als Angestellter der WELTBÜHNE zu Berlin geboren."

Freund und Feind wissen, woran man mit ihm ist. Der Gesinnungsschnüffelei ist Genüge getan.

Seine kurze Autobiographie endet mit einem ähnlich deutlichen und entlarvenden Satz. Er hat, schreibt er, „im Leben nur noch einen kleinen Wunsch: die Rollen der deutschen politischen Gefangenen und ihrer Richter einmal vertauscht zu sehen."

Es scheint, ich habe diesmal den richtigen Faden gefunden. Mit einem leisen Triumph in der Stimme kann ich Tucholsky vermelden, daß bereits zehn Jahre nach seinem Tod sein kleiner Wunsch in Erfüllung ging. Die deutschen politischen Gefangenen wurden, sofern sie noch am Leben waren, aus den Konzentrationslagern befreit; ihren Richtern wurde der Prozeß gemacht, sie wurden gehenkt oder kamen ins Gefängnis, sofern nicht die Wünsche der Industrie und der Alliierten einen informellen Gnadenakt erwirkten. Die Mitläufer, voll Abscheu über den aufgedeckten Sumpf und die nun offenbarten Verbrechen der drei ehemals mächtigsten Männer des Landes, schickten mit dem Ausdruck höchster Empörung ihre Parteiabzeichen und Auszeichnungen zurück und waren fortan Demokraten oder Sozialisten, wie es die Landschaft – rechtselbisch oder linkselbisch – erforderlich machte.

„Die Rollen der deutschen politischen Gefangenen und ihrer Richter einmal vertauscht zu sehen" – das war im Jahr 1926 ein frecher und provokanter Wunsch, und ich denke, ich gehe nicht irre, wenn ich vermute, daß

Sie, Tucholsky, diesen Wunsch als unerfüllbar ansahen. In jedem zivilisierten und funktionierenden Staat wäre dieser Wunsch, auch wo er zu Recht besteht, unsinnig und politische Traumtänzerei. Die Deutschen machten es möglich. Hätten Sie Ihren 55. Geburtstag erleben können, vielleicht hätte es Sie erfreut, Ihren Wunsch erfüllt zu sehen. Freilich, die Kosten dafür waren unermeßlich hoch, mehrere Millionen ermordeter Menschen. Auch das machten die Deutschen möglich.

Hätten sie allerdings auch Ihren 100. Geburtstag erlebt, so hätten Sie sehen müssen, wie Ihr Wunsch ein zweitesmal in Erfüllung ging. Und das vermelde ich ohne jeden Triumph in der Stimme. Nicht, weil dieser Tausch zu Unrecht erfolgte – die Freizulassenden und die zu Rehabilitierenden hatten jeden nur denkbaren Anspruch auf diesen Tausch, und ihre Richter, die Kerle, die nun ins Gefängnis kamen und kommen, haben sich die Zelle wohl verdient – nein, auch dieses zweite Mal tauschte man ganz zu Recht die Rollen der Gefangenen und ihrer Richter. Aber daß es wiederum notwendig wurde, heißt doch nur: Der erste Rollentausch brachte wenig, jedenfalls wenig für die Demokratie und für die Zukunft. Der erste Rollentausch konnte nicht verhindern, daß wiederum der Staat Unrecht begeht, daß wieder Gesetze geschaffen wurden, die den politischen Gegner zum Volksfeind machten, der zu liquidieren, auszulöschen ist. Das schlimme Beispiel blieb folgenlos, man lernte nichts hinzu. Das Unrecht wurde getilgt, um neues Unrecht darauf aufzubauen. Und 45 Jahre später ein neuer Rollentausch der Gefangenen und ihrer Richter. Und was wird jetzt gelernt? Demokratie? So hieß es damals schon. Es hieß sogar Volksdemokratie, so ein merkwürdiges Wort, doppelt jemoppelt, würden Sie sagen. Und heute gibt es schon wieder so ein Zauberwort: Basisdemokratie heißt es nun, auch wieder ein Wort doppelt jemoppelt. Volksdemokratie, Basisdemokratie, wozu diese Wortungetüme? Soll das bedeuten, daß wir zur einfachen Demokratie, zur Herrschaft des Volkes, unfähig sind?

Und in vier oder fünf Jahrzehnten, vielleicht zum 150. Geburtstag Tucholskys, ist dann wieder ein Rollentausch fällig?

Ohne jeden Triumph in der Stimme vermelde ich Ihnen, Tucholsky, daß Ihr Wunsch zum zweitenmal in Erfüllung ging. Und es sind sogar Kerle dabei, die bei jedem Rollenwechsel beteiligt waren, die bis 1945 politische Gefangene waren, dann die Rolle des Richters bekamen und nun wieder die Rolle des Gefangenen. Und das ist besonders bedrückend und widerlich. Wir könnten nun von der Macht sprechen, die den machtausübenden Menschen korrumpiert; oder von dem Machtapparat, der sich den einzelnen unterordnet, jeden einzelnen; oder vom persönlichen Versagen, von einer menschlichen Tragödie; oder von der hauchdünnen Decke, auf der sich unser Humanismus gründet. Es gibt insgesamt 87 Gründe, um diesen unerklärlichen Vorgang zu erklären, und dennoch bleibt ein Rest. Trotz des endlich erreichten Sieges, trotz des fast unglaublichen, noch vor kurzem nicht zu erhoffenden Sturzes eines korrumpierten und verbrecherischen Systems, trotz des Rollentausches der deutschen politischen Gefangenen und ihrer Richter, es bleibt ein Rest, der uns verzweifeln läßt.

Ihr Wunsch ging in Erfüllung, Tucholsky, gleich zweimal. Sind Sie nun glücklich oder wenigstens zufrieden? Vielleicht sagen Sie: „Nun muß, auf die lächerliche Gefahr hin, daß das ausgebeutet wird, eine Selbstkritik vorgenommen werden, gegen die Schwefellauge Seifenwasser ist. Nun muß – ich auch! ich auch! – gesagt werden: Das haben wir falsch gemacht, und das und das – und hier haben wir versagt. Und nicht nur: die anderen haben ... sondern: wir alle haben."

Oder Sie sagen nur noch: „Ohne mich. Ceterum censeo: ich habe nichts damit zu tun."

Schade, es ist mir wiederum mißglückt. Dabei war der Anfang so hoffnungsvoll, da Ihr einziger Wunsch in Erfüllung ging und gleich mehrmals. Ich muß wieder beginnen. Und es ist schwieriger geworden.

Noch bis vor kurzem war unser Verhältnis zu Tucholsky geklärt: er war unser. Die jeweiligen Festreden zu gegebenen Anlässen waren nahezu austauschbar. Ich will einige wenige Sätze zitieren, den Verfasser zu nennen ist unwichtig, die Sätze klangen überall gleich.

1960, zum 70. Geburtstag, hieß es:

„Heute ist Tucholsky auferstanden ... auferstanden aus den Kräften, an deren Widerstandskraft und Wirkungsmächtigkeit er den Glauben verloren hatte. Und weil diese Kräfte in der Deutschen Demokratischen Republik auferstanden sind, in einem Staate der Vernunft, der Menschlichkeit und Friedfertigkeit, erbaut auf Voraussetzungen, die auch Tucholsky als unabdingbare Voraussetzungen für einen solchen Staat erkannt hatte, und diese Republik ein deutscher Staat ist, der ganz Deutschland zeigt, daß es auch anders geht, so nämlich, wie Tucholsky es sich gedacht hat, darum ist Tucholsky auferstanden ... Kurt Tucholsky sah am Ende ‚keinen Grund zum Leben' mehr, weil er meinte, daß es nach dem Faschismus alles wieder so werden würde, wie es vorher war. [...] in der Deutschen Demokratischen Republik jedoch ist es – mit Tucholsky – ganz anders geworden. In ihr ist der ‚eine kleine Wunsch' seiner Autobiographie von 1926, ‚die Rollen der deutschen politischen Gefangenen und ihrer Richter vertauscht zu sehen', erfüllt worden und daraus die Welt erblüht, für die er gearbeitet hat."

Sie waren alle unser, Lessing und Goethe, Heine und Büchner, Thomas und Heinrich Mann, Brecht und Tucholsky. Die toten Dichter gehörten alle der DDR, die Lebenden selbstverständlich auch, sofern sie sich nicht durch Flucht entzogen.

All das waren Dummheiten, zu dumm, um sie auch nur zu erwähnen. Aber diese Dummheiten sind uns teuer zu stehen gekommen. Und wir sind immer noch dabei zu zahlen.

Und schon kommen neue Kosten hinzu. Die Konvertiten, die frisch Bekehrten, sind ein seltsames Volk. Um den Faschismus und seine Untaten abzuwaschen, stürzte man sich in den Stalinismus und fiel in dessen Untaten, und ein Verbrechen wurde schnell durch ein anderes ersetzt und verdrängt. Und nun geht's heftig und sehr schnell in die Abrechnung mit dem Stalinismus. 1945 war der Faschismus in vier Wochen überwunden, der Stalinismus wurde jetzt in vier Tagen beseitigt, und republikweit gibt es nur noch Opfer und nirgends mehr Täter. Jedoch sind heute bereits die ersten Opfer der Entstalinisierung zu beklagen.

Und jetzt? Wird es wieder so werden, wie es vorher war? Ich kenne Ihre Antwort, Tucholsky. Darum haben sie ja das Gift genommen, obgleich Sie im schwedischen Hindas in Sicherheit waren. Das mag eine gültige Antwort für Sie gewesen sein, es ist keine für uns. Aber natürlich ist alles sehr viel schwerer geworden, eben jetzt und hier. 1933 schrieben Sie an Hasenclever: „Man kann für eine Majorität kämpfen, die von einer tyrannischen Minderheit unterdrückt wird. Man kann aber einem Volke nicht das Gegenteil von dem predigen, was es in seiner Mehrheit will."

Was wird kommen? In Demokratie sind wir ungeübt, und ich fürchte, sie wird uns mißlingen, denn nur diejenigen, die heute über 80 Jahre alt sind, haben sie hier mit Bewußtsein erlebt. Wir alle sind ungeübt in der Demokratie, wir alle haben es über fünfeinhalb Jahrzehnte hindurch nur gelernt, im politischen Gegner den Volksfeind, den Konterrevolutionär zu sehen, der zu vernichten ist. *Diese* Lektion wurde gelernt, doch die demokratischen Regeln eines Gemeinwesens sind uns – allen verbalen Bekundungen zum Trotz – noch fremd.

Deutsch-national, da hatten wir immer die besseren Noten, und da haben wir auch noch die passenden Lieder und Verse und Losungen. Und Ausländer, das muß ja nicht sein, und linke Intellektuelle auch nicht, und Behinderte und Künstler und Homosexuelle und Juden, muß alles nicht sein in deutschen Landen.

Was wird werden? Einen Tucholsky werden wir nicht mehr haben, aber einen Ossietzky, den man internieren kann, werden wir schon finden.

„Deutschland ist ein gespaltenes Land. Ein Teil von ihm sind wir", schrieben Sie 1929. Aber Sie hatten die Rechnung ohne den Wirt gemacht, und siedelten im gleichen Jahr nach Schweden über. Und dort lebten Sie als „aufgehörter Schriftsteller", der keine deutschen Zeitungen und keine deutschen Bücher mehr las. Und am 19. Dezember 1935 war es für Sie soweit. Kurz zuvor schrieben Sie noch in Ihr SUDELBUCH: „Wenn ich jetzt sterben müßte, würde ich sagen: Das war alles? – Und: Ich habe es nicht so richtig verstanden. Und: Es war ein bißchen laut." Und dann schrieben Sie an Arnold Zweig: „Man muß von vorn anfangen. Von vorn, ganz von vorn." Und dann schluckten Sie das Gift.

Was wäre sonst noch zu sagen?

Daß Sie Ihre Heimat liebten, den Norden Deutschlands vor allem und die See. „Im Patriotismus", schrieben Sie, „lassen wir uns von jedem übertreffen – wir fühlen international. In der Heimatliebe von niemand – nicht einmal von jenen, auf deren Namen das Land grundbuchlich eingetragen ist. Unser ist es."

Hier irrten Sie sich, Tucholsky. Eine Figur in einem Ihrer Lieblingswitze, der Ganove Schackerchen, war da realistischer. Als Schackerchen sich eines Tages bei dem Gefängnisdirektor über das Essen beschwert, resümiert er: „Also, Herr Direktor, ick bedaure, aber unter sone Umstände kann ick ma hier nich inleben!"

Die grundbuchliche Eintragung ist entscheidend, Tucholsky. Auch das Exil hat Ihnen nicht viel geholfen, aber immerhin brachte es Ihnen einen Grabstein auf dem Friedhof von Mariefred, in der Nähe des Schlosses Gripsholm. Und ein Grabstein im Exil, das hieß, das Grab konnte unzerstört das 3. Deutsche Reich überstehen, und der Grabstein ist nicht den antisemitischen Schmierereien der deutsch-deutschen Nachkriegsrepubliken ausgesetzt.

Ein Grabstein, der nicht belästigt wird – mehr war vom Leben für einen „aufgehörten Schriftsteller" wohl nicht zu verlangen, nicht für einen Mann wie Sie, Tucholsky, für den „kleinen, dicken Berliner", wie Erich Kästner sagte, der „mit der Schreibmaschine eine Katastrophe aufhalten" wollte.

Was wäre sonst noch zu sagen? Ihr Verhältnis zu den Frauen, da ist manches verwunderlich, aber mir widerstrebt es, in fremden Nachttischen und Betten zu wühlen, auch wenn das als Freiheit gilt.

Oder es wäre zu sprechen über Tucholsky, Deutschland und die Juden. Das jedoch ist, wie einer Ihrer Lieblingsschriftsteller, der alte Fontane, zu sagen pflegte,

„ein weites Feld", und es wäre viel zu sagen und lange zu sprechen. Aber dagegen steht Ihr Rat an den Bruder Fritz:

„Laß sie alle ausquatschen", schrieben Sie ihm, „dann kommt ein Moment, wo die Gesellschaft des Stoffes müde wird. Wenn man dich dann fragt: ‚Na, und was meinen Sie dazu?' so fürchten alle: Mein Gott, jetzt fängt der auch nochmal an! – Dann sagst du: ‚Ja, meine Herren, dazu ließe sich in mancher Beziehung viel sagen.' Und dann sagst du es nicht. Dann werden dir alle sehr dankbar sein."

Oder ich könnte, da die Rede geredet werden muß, ganz persönlich werden und im Tonfall der neueren Gesellschaftsspiele mir selbst die Frage stellen: Was fällt dir – ganz spontan – bei Tucholsky ein?

Das ist mit einem Satz gesagt: Im Dezember 1935 starb Tucholsky, im August 1933 wurde er ausgebürgert, im Mai 1933 wurden seine Bücher verbrannt, aber bereits 1929 wählte er sein Exil in Schweden. Es ist diese Voraussicht, die an Weisheit grenzt und die ich an ihm bewundere. Und ich hoffe, ihn nicht eines Tages um diese Weisheit beneiden zu müssen; und um das gastfreundliche Land, das ihm ein Exil gewährte, hat doch die Welt am Ende des 20. Jahrhunderts eine neue Nation dazugewonnen, jene Menschen, die von keinem Land der Erde aufgenommen werden, denen selbst jenes kleine Stück Erde abhanden kam, das jeder Mensch mit seinem Tod benötigt, ich spreche von dem neuen Mitglied in der Familie der Völker, dem Volk der Boatpeople.

Und sonst?

Am 9. Januar wäre Tucholsky 100 Jahre alt geworden. In Deutschland allerdings durfte er nur 45 Jahre alt werden. An den Bruder Fritz schrieb er zwei Wochen vor seinem Tod: „Für Deutschland kämpfen, das ist nicht deine

Aufgabe. Du würdest dein Leben vertun, wie ich es getan habe. (Wofür war das alles?)"

In sein SUDELBUCH, auf eine der letzten Seiten, zeichnete er eine dreistufige Treppe. Auf der untersten Stufe ist das Wort SPRECHEN eingetragen, auf der folgenden das Wort SCHREIBEN. Und ganz oben, dort wo auf den alten Bildern das Paradies dargestellt ist oder die Jungfrau mit dem Kind, die dem Betrachter zulächelt, dort oben steht bei Tucholsky das Wort SCHWEIGEN.

Schöne Jahrhundertdurchblicke

Rede eines Stellvertreters für Hans Mayer zum 85.

Ein anderer müßte hier sprechen. Einer, der Hans Mayer besser kennt, der ihm – wie so viele – viel verdankt. Aber auch einer, der – wie nur wenige – für das, was er von Mayer empfing, reichlich zurückgab, an Hans Mayer und an uns.

Der hier sprechen müßte, ist tot. Er ging lange vor seiner Zeit. Er ging, zweimal Deutschland fliehend, um auf einer Insel seine große Arbeit zu beenden, aber auch sein Leben. Ich spreche von Uwe Johnson, der heute hier stehen sollte und sprechen müßte, der große Schüler, der seinen großen Lehrer hier zu ehren hätte.

Es hat nicht sollen sein.

Johnson hat von seinem Lehrer erzählt. Er nannte Leipzig, wo dieser Lehrer unterrichtete, auch Johnson unterrichtete, „die wahre Hauptstadt der Deutschen Demokratischen Republik". Eine Hauptstadt, weil es in ihr noch Könige gab, Ernst Bloch zum Beispiel. Oder Hans Mayer. Könige, die Welten öffnen konnten. Sie waren um so gewichtiger und wurden um so mehr gebraucht, als das zugehörige Königreich die Welt ausschloß, sich aus der Welt ausschloß.

Die Könige von Leipzig eröffneten Weltmöglichkeiten, Möglichkeiten des Geistes, der in schwierigen Zeiten mehr gefragt ist, mehr befragt wird.

Johnson nannte Hans Mayer eine Möglichkeit.

„Die Möglichkeit Mayer ist aus Gerüchten zusammengesetzt, vorerst“, sagt er. Oder: „Die Möglichkeit Mayer betritt raschfüßig den Hörsaal 40, hat es noch auf dem Podium sehr eilig, endlich hinter dem Pult angelangt, beginnt fixes Sprechen. Sehr gespannte Stimme, könnte leicht reißen, phonetisch explosiv. Schöne Jahrhundertdurchblicke.“

Und dann erzählt Johnson, wie alle, die mit Hans Mayer Umgang hatten und haben, Anekdoten, von ihm, über ihn. Das ist dann sehr heiter, gelegentlich erhellend, und wenn wir dann alles gegen den dunklen Hintergrund halten, der Hans Mayers Leben und Werk fast lebenslang bedrängte und bedrohte, verlieren die Anekdoten nichts von ihrem Charme und ihrer Heiterkeit. Allenfalls werden sie etwas stachliger, böser wohl, aber nicht bösartig, so wie ein guter chassidischer Witz, bei dem die Pointe und das darauf erfolgende Lachen immer den fernen Klang eines Pogroms mittönen lassen.

Gelassenheit zeichnet Mayer aus, zeichnet sein Leben und seine Arbeit. Was immer ihm angetan wurde, und da genoß er reichlich, er blieb souverän. Ein König eben, auch im Exil. Die kleinliche Rachsucht wie die triumphale Geste des siegreich Zurückkehrenden sind ihm fremd. Wenn er als Zeitgenosse spricht, verjagt aus Deutschland, verjagt aus der DDR, spricht aus ihm nie ein doch verständliches, verstehbares Gekränktsein. Der Schmerz jedoch wird hörbar, erkennbar, der Schmerz über so viel Wahnsinn in einer so kleinen Welt und einem so kurzen Leben.

Und er weiß auch dann noch zu unterscheiden. Schwarz und Weiß reichten ihm nie als vollständige Farbenlehre, dafür hatte er wiederum zu gute Lehrer. Schwarz und Weiß, die bilden in Deutschland seit jeher ein ausreichendes Farbenspektrum, da unterschieden sich die letzten fünf deutschen Staaten nicht, selbst wenn in den Staatsflaggen ein Rot auftauchte. Schwarzweiß, das war, das ist ausreichend. Und willst du nicht mein Bruder sein, so schlag ich dir den Schädel ein – ein Grundsatz deutscher Brüderlichkeit. Mayer hatte dies erfahren müssen, immer wieder, wie alle Außenseiter. Ein Deutscher, aber nur auf Widerruf, der auch prompt und wiederholt erfolgte.

Er blieb dennoch und trotz alledem bei seinen vielfältigen und reichen Farben. Er ließ sich seine Palette nicht verkleinern, und schon gar nicht von jenem Kleingeist, der sich Zeitgeist nennt. Der vorzügliche Lehrer hatte selbst die besten Lehrer. In seinem Werkverzeichnis sind alle aufgeführt: Goethe und Thomas Mann, Lessing und Brecht, Schiller, Büchner, Heine. Und dann die Oper, die Musik, das Theater. Mozart und Wagner, Brahms und Mahler.

Die Musik, denke ich, ist der eigentliche Lebensgrund Hans Mayers. Was anderen, groß und einsam und bedrängt wie er, die Natur war und zu geben vermag, nämlich „jedem, der euch vertraut, hilfreich und tröstlich zu sein“, für Hans Mayer ist es die Musik.

Ich weiß nicht, wie Mayer für sich über die Natur entschieden hat. Ich vermute – aber es ist eine unbeweisbare Hypothese, eine Mutmaßung eben – sein Verhältnis zur Natur ist ähnlich dem von Hanns Eisler, der sie schätzte, aber es vorzog, zwischen sich und der Natur eine dicke Glasscheibe zu wissen. Hinter ihr konnte man sie – vor unfreundlicher Witterung und belästigenden Insekten geschützt – gelassener betrachten und genießen. Man wurde weniger gestört, während man in einem Buch blätterte oder, am Fenster stehend, einem Gedanken folgte.

Seine Lehrer, die er ehrte, indem er sie für uns aufschloß und verständlicher machte, halfen ihm vermutlich, jene deutschen Lande, die ihn bedrohten und verjagten, ohne Haß und Eifer zu betrachten. Sie, von sich gleichenden deutschen Landen bedroht und verfolgt und auch verjagt, halfen ihm dabei, zu diesen für ihn dunklen Stätten seiner eigenen Biografie zurückzukehren, lächelnd, doch deutlich betonend, daß er nichts, aber auch nichts vergessen hatte, und daß er nicht gewillt ist zu vergessen.

Ein Ehrendoktor-Titel in Deutschland, er nimmt ihn trotz allem an, warum nicht, es ist für ihn eine Gelegenheit, über den Faschismus zu sprechen. Ein h.c. in Leipzig, das ist ein guter Anlaß, über das Versagen und die Schmach jener Jahre zu erzählen, die er nicht vergessen will, nur weil sich mal wieder alles wendete. „Keine Umarmung, kein Gezeter", wie er sagt.

Aber er vermag, anders als viele der frisch Gewendeten, auch die frühere Leistung zu sehen und das geschichtlich Bedeutsame. Und als alle nur noch von der schrecklichen Zeit reden, um zu beweisen, wie schnell sie hinzulernten, sich wendeten, als so viele eilfertig die Vergangenheit und die eigene Biografie von sich warfen, um sich dadurch selbst freizusprechen, oder um zumindest einen Freispruch aus Mangel an Beweisen zu erreichen, spricht er von den Privilegien, die hier erstmals durchbrochen wurden und nun wieder entstehen werden. Er, der keinen Grund hat, die Universität und dieses Land zu loben, ausgerechnet er sagt: „Kinder von Arbeitern und Bauern, das waren sie wirklich gewesen." Das hört man heute nicht mehr so gern, aber das ist Mayer gewohnt. Wahrheiten sind immer schwer erträglich und sollen kuschen, nicht nur in deutschen Landen. Aber so viel Mayer auch kann und vermag, eins konnte er nie, trotz seiner reichen Bildung und langen Erfahrung, er hat es nie gelernt: zu kuschen.

Und gegen eine Zeit mit einem neuen Opportunismus, der dem alten Opportunismus nur zu ähnlich ist und sich allein durch die andersfarbige Kappe auszeichnet, setzte er wieder seine Erinnerung. Als er mir von seinem Plan erzählte, seinem Buch „Der Turm von Babel“ den Untertitel „Erinnerung an eine Deutsche Demokratische Republik“ zu geben, und ich ihm sagte, das würde gewiß Ärger geben, nickte er sehr zufrieden und erwiderte: Natürlich, aber ich bin so alt, ich kann alles sagen, ich muß keine dummen Rücksichten nehmen.

Er weiß, „unsere Welt der Medien und der Information verhindert immer stärker“ den genauen Blick auf die Wirklichkeit. Dem setzte er sein Buch entgegen. Ein Schlüsselsatz lautet: „Es war alles ganz anders.“

Jenes Land und jene Zeit, die nun vergangen sind, kennt Hans Mayer aus eigenem Erleben und Erleiden, und er hat, bedingt durch seine Biografie, den uns so nötigen Abstand, um einen gelassenen Blick auf jenes Gebilde zu werfen, das nun nur noch Geschichte ist, aber uns noch immer beschäftigt und wohl noch lange beschäftigen wird.

Die Zeitungsschlagzeilen, die scheinbar schonungslos und gründlich aufdecken wollen, was diese DDR war, registrieren lediglich ein Monstrum. Ich fürchte, das Bild, das die Westdeutschen sich von der DDR machen und gemacht bekommen, ist seit dem Moment, wo dieser Staat zerbröckelte, nie falscher gewesen. Ich bemerke sogar, daß selbst Ostdeutsche ihre eigenen, jahrzehntelangen Erfahrungen den griffigen Pattern und Losungen der gewandelten Zeit opfern; vermutlich in der Hoffnung, so die Vergangenheit schneller beerdigen zu können und unbelasteter die Gegenwart zu bewältigen.

Aber Hans Mayer schüttelt nur nachsichtig lächelnd den Kopf zu dieser Art der Geschichtsaufarbeitung. Er erinnert sich ohne Haß und Eifer. Er bleibt auch diesmal, allem Unbill und allen erlittenen Demütigungen trotzend, souverän. „Die offenkundigen Untaten dieses Staates“, schreibt er, „und seiner mit ihm zugrunde gegangenen

Lenker können die vielen Hoffnungen, Leistungen, Ausdrucksformen eines demokratischen Gemeinwillens nicht ungeschehen machen."

Diese Haltung Mayers erklärt auch den für manche provokativen Untertitel, der etwas von dem ausdrückt, was vielleicht das Wichtigste und künftig Bedeutsame dieses Buches ist. Es sind nicht nur Erinnerungen, die Hans Mayer vorlegt, es ist eine Erinnerung, die eine Vergangenheit auf ihre Substanz hin prüft, auf ihre Verwertbarkeit. Ein Aufrechnen, nicht um abzurechnen, was derzeit die modische Haltung ist, sondern um das Brauchbare vom Unbrauchbaren zu trennen. Mayer beginnt mit diesem Buch die notwendige Arbeit der nächsten Jahre: die gewonnenen Erfahrungen für künftige Generationen zu benennen. Schonungslos, aber sine ira et studio zu sichten, was mit der DDR zugrunde ging, endgültig und unwiederbringlich und gottseidank, und was da vielleicht doch Wert hatte und noch hat oder künftig haben wird.

Ich glaube, sein Fazit lautet: es war weniger und mehr. Die DDR war weniger, weitaus weniger, als ihre Regierung vorgab. Sie war mehr, als die eingeflogenen Manager je erkennen können. Es ging mehr zugrunde, als einige noch immer wahrhaben wollen, aber wohl auch weniger, als andere hoffen. Die Realität dieses Landes war irreal, real war wohl nur die Möglichkeit, die sich nie realisierte – oder doch nur für eine närrische Sekunde im Oktober/November 1989.

Die so häufig gestellte Frage: Was wird bleiben?, Hans Mayer beantwortet sie aus der Erfahrung seiner Jahre und der Kenntnis der Jahrhunderte. Bleiben werden, so sagt er uns mit diesem Buch, ein paar Fragen und ein Narr.

Er schreibt: „Auch am Ende unseres Jahrhunderts wird er stehen und warten: Don Quijote de la Mancha, der Ritter von der traurigen Gestalt. Er weist hinüber in die Zukunft, indem er zurückschaut. Das tat er von jeher."

Es gibt von Uwe Johnson, den ich nicht kennenlernen konnte, einen Gruß an mich. Er steht in einem Aufsatz über Hans Mayer. „Einer meiner Lehrer" heißt der Text, und Johnson berichtet dort auch, wie Mayer, die DDR verlassend, nach Hannover kam. „Ich habe ihn begrüßt, als er kam", schreibt Johnson, „er war jetzt wieder für mich erreichbar, aber ich habe mich auch erinnert an den Schüler, der ich in Leipzig war, und mir die vorgestellt, die da seine jetzt nicht werden können, und ich dachte: Schade."

Diese „Schade", ich nahm es immer als einen persönlichen Gruß Uwe Johnsons an mich. Eine Welt war mir versperrt. Was mir fehlte, war nicht unbedingt die Côte d'Azur. Mir fehlte Mayer. Seine Bücher waren ein guter Ersatz, mit dem ich mich zu begnügen hatte. Kein schlechter Ersatz, in Deutschland findet sich nichts Besseres. Aber der Lehrer in persona fehlte mir. Ich konnte nur zu einem seiner Fern-Studenten werden, einem Schüler ehrenhalber, einem scholaris h.c.

Hans Mayer wird 85 Jahre. Er hat in finsteren Zeiten gelebt, eine folgte der anderen. Er hat sich an die Dichtung gehalten, an die Musik, an die Freunde, und blieb daher unverzagt. In einem Reisebericht schreibt er: „Dann wollte ich, für die noch verbleibenden Stunden in Leipzig, nur noch Freunde sehen, nichts mehr repräsentieren. Sehr habe ich immer die ersten Zeilen aus der letzten Magelone-Romanze von Ludwig Tieck geliebt, die Brahms vertonte.

Treue Liebe dauert lange,
Überlebet manche Stund',
Und kein Zweifel macht sie bange,
Immer bleibt ihr Mut gesund.

Das gilt auch für Freundschaft. Besonders in finsteren Zeiten."

Nehmen wir dieses Wort von ihm als Rat und Zuspruch und kleine Ermunterung für uns.

Danke, Hans Mayer.

Für Heiner Müller zum 9.1.1996

Er starb an der von ihm immer wieder beschriebenen Krankheit, am Krebs. Sein Krebs hieß Ekel, MEIN EKEL AM HEUTE UND HIER. Der Ekel hatte in den letzten Jahren Futter bekommen, reichlich, aber man hatte diesen auch vor der letzten Zeitenwende gemästet. Futter für seinen Ekel, dafür war stets gesorgt.

Man wehrte sich zeit seines Lebens gegen Heiner Müller. Das Freundlichste, was die verstorbenen Geister der Einheitspartei und die Lemuren jenes Feuilletons, das sich als Standgericht versteht und als Bluthund Triumphe feiert, über ihn zu sagen hatten, war: Müller ist ein Zyniker. Es gab eine deutsche Einheit bereits vor der deutschen Einheit, die der Krebserreger.

Vierzig Jahre zuvor starb der andere deutsche Dramatiker dieses Jahrhunderts, Brecht. Aus der Emigration zurückgekehrt und mit den neuen Behörden kämpfend – gegen die Dummheit der Ämter, gegen die Arroganz der Macht, um seine Arbeit –, notierte er: ich fühle hier den stinkenden Atem der Provinz. Daran starb Brecht schließlich, die Todesursache: ein Schnupfen und der Ekel. Dieser stinkende Atem und der tödliche Ekel waren auch für Müller nicht mit Zigarrenqualm und Whisky auszuräuchern.

Müller war kein Zyniker. Er war vielmehr – und das kostete ihn Kraft und Schreiblust und schließlich seine Lebenszeit – das Gegenteil eines Zynikers, also nicht bereit, über diese Welt hinwegzusehen. Er beschrieb sie wahrheitsgemäß und wie er sie sah, als eine Schlacht und ein Totenhaus, RAUBKATZENATEM WEHT IM PARLAMENT / DIE PANTHER SPRINGEN LAUTLOS DURCH DIE BANKEN. Das galt, das gilt als zynisch. Eine alte Tradition, altdeutsches Brauchtum sozusagen: in der bombardierten, brennenden Stadt singt man „Ich weiß, es wird einmal ein Wunder geschehn". Das gilt als menschlich, das greift ans Herz, das ist Kunst. „Es brennt, Brüder, es brennt" ist dagegen verschrien als der Ruf des Zynikers.

Er hat der zweiten Welt, auf die er setzte, den Untergang prophezeit. Das galt bis zum vollzogenen, lachhaften Untergang als zynisch. Der andere Zynismus, dessen man ihn beschuldigte, war, daß er auf die dritte Welt setzte, die kommen wird HEIMHOLEND IN DAS NICHTS DIE ERSTE WELT.

Er war wohl der freundlichste Mann, den ich kennenlernte, von großer Zärtlichkeit Frauen und Kindern gegenüber. Den Ekel konnte er fast immer hinter den Zähnen und unter seinem Lächeln halten. Ich habe es nur ein einziges Mal erlebt, daß er ihn nicht beherrschte und ihn auch nicht in heitere Ironie verpacken wollte. Am Tage der Uraufführung von den „Bauern" (der wiederholten Uraufführung der „Umsiedlerin"), stand ich mit ihm vor der Volksbühne. Einige der Premierengäste kamen auf Müller zu, begrüßten ihn und wünschten ihm Glück. Plötzlich brach es aus ihm heraus. „Diese Ratten", sagte er leise. Auf meinen erstaunten Blick hin, bemerkte er verbittert: „Das sind dieselben, die mir das Stück vor fünfzehn Jahren verboten haben." Dann näherte sich die nächste Ratte und wünschte Heiner Müller Glück, und Müller lächelte dankend, die Lippen schmal, den Mund spöttisch verzogen, die Augen halb geschlossen, die Freundlichkeit in Person, alles verstehend, alles verzeihend und angeekelt.

Zuletzt wollte er gehen. WISSEND DER UNGESCHRIEBENE TEXT IST EINE WUNDE / AUS DER DAS BLUT GEHT DAS KEIN NACHRUHM STILLT / UND DIE KLAFFENDE LÜCKE IN IHREM GESCHICHTSWERK / WAR EIN SCHMERZ IN MEINEM WIE LANGE NOCH ATMENDEM KÖRPER.

Über mich

Rede bei der Aufnahme in die Deutsche Akademie für Sprache und Dichtung, Darmstadt

Herr Präsident, meine Damen und Herren: es überrascht, sich vorstellen zu müssen, da man eben dankbar vernahm, man sei gewählt, also doch bereits bekannt. Und so vermute ich, die Akademiemitglieder interessieren sich weniger für das, was sie ohnehin wissen und wohl zur Wahl führte, als dafür, wie sich der Kandidat selbst sieht. Unser Bild von uns verrät uns, denn über Biografien und Memoiren steht als ungenanntes Verdikt wohl stets jener Nietzsche-Satz: „Das habe ich getan, sagt mein Gedächtnis. Das kann ich nicht getan haben, sagt mein Stolz und bleibt unerbittlich. Endlich – gibt das Gedächtnis nach."

Die Erde wäre in besserer Verfassung, wenn auf ihr solche prachtvollen Menschen zu finden wären wie so reichlich in den Memoiren.

Schriftsteller sind hierbei gewöhnlich in einer vorteilhafteren Situation. Sie sind gewiß nicht aufrichtiger und selbstloser, aber sie können der Wahrheit Masken geben, das macht es leichter, mit dem Herzen in der Hand zu sprechen. Denn wer einen „Hamlet" oder „Richard III." zu schreiben vermag, steht ihnen wohl weniger fern, als er es seinen Mitbürgern ansonsten frei gestehen möchte.

Was ich über mich sagen kann, ich habe es bereits geschrieben. Was noch fehlt, ist mein Arbeitsmaterial für die nächsten Jahre.

Geboren wurde ich 1944 in einem schlesischen Dorf und mußte es verlassen, bevor es mir eindrücklich wurde. Ich wuchs auf in einer sächsischen Kleinstadt als Sohn eines Pfarrers, was der Staat als ein strafwürdiges Vergehen ansah und dazu führte, daß ich, um weiter eine Schule besuchen zu können, die DDR 1958 verlassen mußte. Nun in Westberlin lebend, besuchte ich mit anderen ehemals ostdeutschen Schülern, vor allem Kinder von Pfarrern und Ärzten, ein Gymnasium, altsprachlich natürlich, das hatte der Vater durchgesetzt, der auch einen Berufswunsch für den Sohn anmeldete. Wenige Jahre später, 1961, gab es eine spektakuläre Aktion der Regierung der DDR, die dazu führte, daß einige meiner Mitschüler zu Westdeutschen und die anderen repatriiert wurden; letztere freilich mit dem Makel einer zweiten zu bestrafenden Untat gezeichnet: illegales Verlassen des Staates.

Ich arbeitete in verschiedenen Berufen, weil mir das Abitur und später ein Studium mehrmals verboten wurden. Selbst ein Minister sorgte sich um den gerade Zwanzigjährigen, um Schaden vom Land, das durch dessen Studium entstehen könnte, abzuwehren. Und der verhinderte Abiturient und Student, angeregt und herausgefordert von einer geteilten Stadt, ließ sich auf Abenteuer ein, die ein Staatsanwalt wohl Beihilfe zur Republikflucht genannt hätte. Über all das habe ich vor Jahren geschrieben, und die Kunst half mir, daß es sogar veröffentlicht werden konnte. Schließlich ein Studium, Philosophie erst, dann Logik, nicht ganz freiwillig, aber die erwünschten Künste waren mir durch jenen Minister versperrt.

Nach dem Studium kam das Theater, denn seit meinem zwölften Lebensjahr, seit der Lektüre von Schillers Gesamtwerk in einem Band, war mein Beruf entschieden. Am Theater endlich fand ich einen, der mir half; Benno Besson, ich habe ihm viel zu verdanken. Als er das Land verlassen mußte, wurde es für mich wieder schwieriger. Verbote von Inszenierungen meiner Stücke auf der Sollseite, 15 Verbote allein in zwei Jahren, in meinen sozusagen erfolgreichsten damals, auf der Habenseite Manuskripte, aber keine Alimente. An den Theatern gab es für mich nicht mal mehr die geschmähte Hintertür. Ich schrieb Prosa und klopfte damit an anderen Türen an.

In Verlagen traf ich mutige Leute, die den Kummer, den ich ihnen machte, ausdrücklich begrüßten. Für einen Roman beispielsweise, „Horns Ende“, kämpfte ein Verleger zwei Jahre erfolglos, dann ließ er ihn ohne Druckgenehmigung erscheinen. Dieser Roman ist meines Wissens das einzige belletristische Buch, das in einem DDR-Verlag trotz ausgesprochenen Verbots durch die Zensurbehörde erschien. (Wenn man von einer illegalen Klein-Auflage des gleichen Buches absieht, die anonym gebliebene Drucker ein halbes Jahr zuvor aus dem längst fertiggedruckten und eingelagerten Buchblock, versehen mit dem Cover eines unverdächtigen Unterhaltungsromans, herstellten und in die Buchhandlungen brachten. Den Staatsanwalt hätte ein Verweis auf eine alte Tradition wohl kaum beeindruckt.) Der die Herausgabe verantwortete, der Verleger Elmar Faber, weiß seitdem Erstaunliches vom Umgangston und Stil in den höchsten Kreisen eines Staates zu berichten.

In diesen Kreisen wurde in jenem Jahr 1985 entschieden, daß „der Fall Hein“ gelöst wird. Ich wehrte mich dagegen, das Land zu verlassen, mußte aber die Erfahrung machen, daß man auch vor unangenehmeren Lösungsvarianten nicht zurückschreckte. Es gab Leute, die für mich eintraten. Einer, der damals Mächtigen, Kurt Hager, erwiderte einem, der sich gegen eine „Lösung des Falles Hein“ wandte: Auf einen Fall mehr oder weniger kommt es nicht an. Ein großer Satz, ein klassischer Satz, ein klassisch falscher Satz, wie sein Autor inzwischen wohl selbst weiß.

Geholfen haben mir in all den Jahren viele Menschen, ich versuchte ihnen zu danken, indem ich anderen half. Sogar drei Regierungen verwandten sich für mich, was außerordentlich ist und auch Außerordentliches bewirkte. Und ein europäischerer Staat signalisierte mir, daß ich notfalls bei ihm willkommen sei. Darauf bin ich besonders stolz, denn es ist, wie wir alle wissen, in diesem Jahrhundert ein besonders kostbares Privileg.

Ich habe möglichst unbeeindruckt, doch aufmerksam weitergeschrieben, als Chronist sine ira et studio, was noch heute meine Arbeit ist.

Wichtig war es für mich, nein sagen zu lernen, was uns überall auf der Welt erschwert wird, da von Kindesbeinen an – durch Liebe oder Nötigung, durch Gewalt oder Verführung, die, wie Lessing sagt, die eigentliche Gewalt ist – immer nur unser Ja, unsere Zustimmung, gefragt ist. Freilich, ich hatte es leichter als andere, da vor meiner allerersten Entscheidung schon der Staat sein Nein gesagt hatte; das erleichtert vieles.

Und ebenso wichtig war mir vor dem Abgrund oder der Mauer, die stets einem Nein folgen, nicht zu resignieren oder gar zu verzweifeln, sondern ohne Haß und Eifer nach anderen Wegen zu suchen, die auch zum Ziel führen. Und ich denke, das ist der eigentliche Humor dieser Welt.

Ich danke Ihnen für die Aufnahme in die Deutsche Akademie.

Quellennachweis

Die Zeit, die nicht vergehen kann oder Das Dilemma des Chronisten. Gedanken zum Historikerstreit anläßlich zweier deutscher vierzigster Jahrestage – Vortrag an der Folkwang-Hochschule Essen am 29. Mai 1989 (überarbeitete Fassung). Aus: Christoph Hein, Als Kind habe ich Stalin gesehen. Essais und Reden, Berlin und Weimar 1992.

Als Kind habe ich Stalin gesehen – Zuerst u.d.T. „I Saw Stalin Once" in: Die Zeit, Hamburg, Nr. 33, 11. August 1989. Aus: Christoph Hein, Als Kind habe ich Stalin gesehen, a.a.O.

Unbelehrbar – Erich Fried. Rede zur Verleihung des Erich-Fried-Preises am 6. Mai 1990 in Wien. Zuerst u.d.T. „Unbelehrbarsein ist die Pflicht des Intellektuellen" in: Frankfurter Rundschau, 25. Mai 1990. Aus: Christoph Hein, Texte, Daten, Bilder. Hg. Lothar Baier, Frankfurt/ M. 1990.

Eure Freiheit ist unser Auftrag. Ein Brief an (fast alle) Ausländer – wider das Gerede vom Fremdenhaß der Deutschen (Dezember 1991) – Zuerst in: Chronist ohne Botschaft. Christoph Hein. Ein Arbeitsbuch. Materialien, Auskünfte, Bibliographie. Hg. Klaus Hammer, Berlin und Weimar 1992.

Die Mauern von Jerichow. Ansichtskarte einer deutschen Kleinstadt, leicht retuschiert. Dresdner Rede – Rede in der Veranstaltungsreihe des Staatsschauspiels Dresden und der Verlagsgruppe Bertelsmann „Zur Sache: Deutschland“ am 9. Februar 1992. Zuerst u.d.T. „Ansichtskarte einer deutschen Kleinstadt, leicht retuschiert“ in: neue deutsche literatur, Berlin, H. 4/1992.

Unhaltbare Zustände als Status quo. Rede zur Verleihung des Ludwig-Mülheims-Preises für religiöse Dramatik am 2. Juni 1992 in Köln. – Erstdruck.

Abstand, Distanz und Nähe – Vortrag an der Keio Universität, Tokio, im Mai 1994. Erstdruck.

Deutscher Tag. Zum 8. Mai 1995 – In: Freitag, Berlin, Nr. 20/1995.

Maelzel's Chess Player Goes To Hollywood. Das Verschwinden des künstlerischen Produzenten im Zeitalter der technischen Reproduzierbarkeit – Brief an Phillip McKnight, Lexington, Kentucky, USA (März 1986, überarbeitete Fassung). Aus: Christoph Hein, Öffentlich arbeiten. Essais und Gespräche, Berlin und Weimar 1987.

Zur 3. Bitterfelder Konferenz am 2./3. Mai 1992 – In: Freibeuter, Berlin, H. 55.

Prägungen. Eröffnungsrede der Frankfurter Buchmesse 1994 – Zuerst in: Freitag, Berlin, Nr. 41/1994.

Worüber man nicht reden kann, davon kann die Kunst ein Lied singen. Zu einem Satz von Anna Seghers –

Vorlesung im De Balie, Amsterdam, am 28. Oktober 1985. Aus: Christoph Hein, Öffentlich arbeiten, a.a.O.

Leserpost oder Ein Buch mit sieben Siegeln – Zuerst in: Christa Wolf. Ein Arbeitsbuch. Studien-Dokumente-Bibliographie, Hg. Angela Drescher, Berlin und Weimar 1989. Aus: Christoph Hein, Als Kind habe ich Stalin gesehen, a.a.O.

Der Apfelwein der Madame de Guermantes. Betrachtungen über Poetik-Vorlesungen – Vorlesung an der Karl-Marx-Universität Leipzig am 31. Oktober 1989. Aus: Christoph Hein, Als Kind habe ich Stalin gesehen, a.a.O.

Zwei Sätze zu Thomas Mann – Beitrag auf der Veranstaltung „Aufbau-Autoren lesen Aufbau-Autoren" anläßlich des vierzigsten Jubiläums des Aufbau-Verlages im Theater im Palast, Berlin, am 24. September 1985. Aus: Christoph Hein, Öffentlich arbeiten, a.a.O.

Ein bißchen laut. Für Kurt Tucholsky – Festvortrag anläßlich einer Feierstunde zum 100. Geburtstag von Kurt Tucholsky im Deutschen Theater, Berlin, am 7. Januar 1990. Aus: Christoph Hein, Als Kind habe ich Stalin gesehen, a.a.O.

Schöne Jahrhundertdurchblicke. Rede eines Stellvertreters für Hans Mayer zum 85. – Rede auf der Festveranstaltung im Wiener Burgtheater im März 1992. Erstdruck.

Für Heiner Müller zum 9.1.1996 – In: Freitag, Berlin, Nr. 3/1996.

Über mich. Rede bei der Aufnahme in die Deutsche Akademie für Sprache und Dichtung, Darmstadt, im Oktober 1992 – In: Jahrbuch der Deutschen Akademie für Sprache und Dichtung, Darmstadt, 1992.

AtV

Band 1122

Christoph Hein
Der fremde Freund

Novelle

212 Seiten
14,90 DM
ISBN 3-7466-1122-9

»Meine undurchlässige Haut ist eine feste Burg«, sagt die Ärztin Claudia von sich. Kühl und leidenschaftslos hat sie ihr Leben kalkuliert, es ist so nüchtern wie ihr Einzimmer-Appartement. Die Begegnung mit einem spontanen, risikobereiten Mann und dessen plötzlicher Tod irritieren sie nur kurz. Der Panzer sitzt perfekt. Ihr fehlt nichts. Es geht ihr gut.

»Ein Buch, so still, daß man die Schreie hört, die da verschluckt werden.«

Rolf Michaelis

AtV

Band 1123

Christoph Hein
Horns Ende

Roman

320 Seiten
15,90 DM
ISBN 3-7466-1123-7

»Erinnere dich, du kannst es nicht vergessen haben. Du hast es gesehen. Sprich.« Beschwörende Aufforderungen, Rückschau zu halten, die Ereignisse in einem verschlafenen mitteldeutschen Landstädtchen im Jahre 1957 nicht zu vergessen. Nicht nur Thomas erinnert sich, der damals ein Kind war und deshalb alles am genauesten wahrgenommen hat, auch die Erwachsenen reden und lassen nach ihrer Art manches offen über jenen Sommer, in dem die Zigeuner gekommen waren und die Untersuchungskommission vom Bezirk und Horn sich das Leben nahm.

AtV

Band 1124

Christoph Hein
Der Tangospieler

Erzählung

14,90 DM
206 Seiten
ISBN 3-7466-1124-5

Erzählt wird die Geschichte eines jungen Historikers, der mit 21 Monaten Gefängnis für einen Studentenulk hat büßen müssen. Durch den Knast wird seine Biographie folgerichtig: Dallow ist ein Mensch, der das Gefängnis wittert und der es, als er wirklich darin gesessen hat, endlich sicher zu identifizieren vermag: als das Medium seines Daseins vorher, nachher, immerdar.

Barbara Sichtermann

AtV

Band 1125 **Christoph Hein**

Das Napoleon-Spiel

Ein Roman

208 Seiten
14.00 DM
ISBN 3-7466-1125-3

»Es war eine Tötung, kein Mord«, behauptet der angesehene Rechtsanwalt, der aus der Untersuchungshaft seinem Verteidiger einen Brief schreibt. Es wird die Beichte eines besessenen Mannes, der nur eine Leidenschaft kennt, das Spiel, und nur eine Furcht, die Langeweile. Jenseits aller Moral sind ihm Begehren, Macht, Geld oder Politik nichts als Spielmaterial, das ihn nur so lange reizt, bis er gewinnt und ein anderes Spiel mit höherem Einsatz, zum Beispiel dem Leben eines völlig Unbekannten, finden muß.

»Auf dieses Buch wird man in späteren Literaturgeschichten oft zu sprechen kommen.«

Helmut Böttiger, Frankfurter Rundschau

»Sein neuer Roman, glaubwürdig und spannend, ist eine trickreiche Erzählpartie des Autors mit seinen Lesern.«

Jochen Hieber, FAZ

AtV

Band 1126

Christoph Hein
Exekution eines Kalbes und andere Erzählungen

192 Seiten
DM 14,90
ISBN 3-7466-1126-1

In diesen Geschichten, zwischen 1977 und 1990 entstanden, zeigt sich Christoph Hein erneut als brillanter Erzähler. Lakonisch berichtend, heiter oder anekdotisch knapp erzählt er von bemerkenswerten Schicksalen und Vorkommnissen, die unversehens und unmerklich auf elementare Fragen verweisen: Welchen Spielraum hat der einzelne, wieviel Verantwortung will er übernehmen, wann und mit welchen Mitteln wird er sich widersetzen.

AtV

Band 1121

Christoph Hein
Nachtfahrt und früher Morgen

Prosa

164 Seiten
12,90 DM
ISBN 3-7466-1121-0

In zwölf Geschichten, Anekdoten und Novellen wird mit vollendet ausgedachten Wirklichkeiten, mit historischen Begebenheiten, authentischen Personen und Skizzen aus dem Alltag Berlins gespielt. Geprägt vom inneren Witz und Scharfsinn ihres Erfinders, werden Lebensläufe, Kurzdramen oder amüsant-hintersinnige Berichte und Korrespondenzen aufgeblättert – facettenreiche Variationen zu den bekannten Romanen und Stücken Christoph Heins.